हनुमानजी के जीवन की कहानियाँ

हनुमानजी के जीवन की कहानियाँ

मुक्ति नाथ सिंह

प्रभात पेपरबैक्स
www.prabhatbooks.com

प्रकाशक

प्रभात पेपरबैक्स

4/19 आसफ अली रोड, नई दिल्ली-110002

फोन : 23289777 • हेल्पलाइन नं. : 7827007777

इ-मेल : prabhatbooks@gmail.com ❖ वेब ठिकाना : www.prabhatbooks.com

संस्करण

प्रथम, 2019

मूल्य

दो सौ रुपए

अ.मा.पु.स. 978-93-5322-374-8

मुद्रक

आर-टेक ऑफसेट प्रिंटर्स, दिल्ली

HANUMANJI KE JEEVAN KI KAHANIYAN
stories by Shri Mukti Nath Singh

Published by **PRABHAT PAPERBACKS**
4/19 Asaf Ali Road, New Delhi-110002

ISBN 978-93-5322-374-8

₹200.00

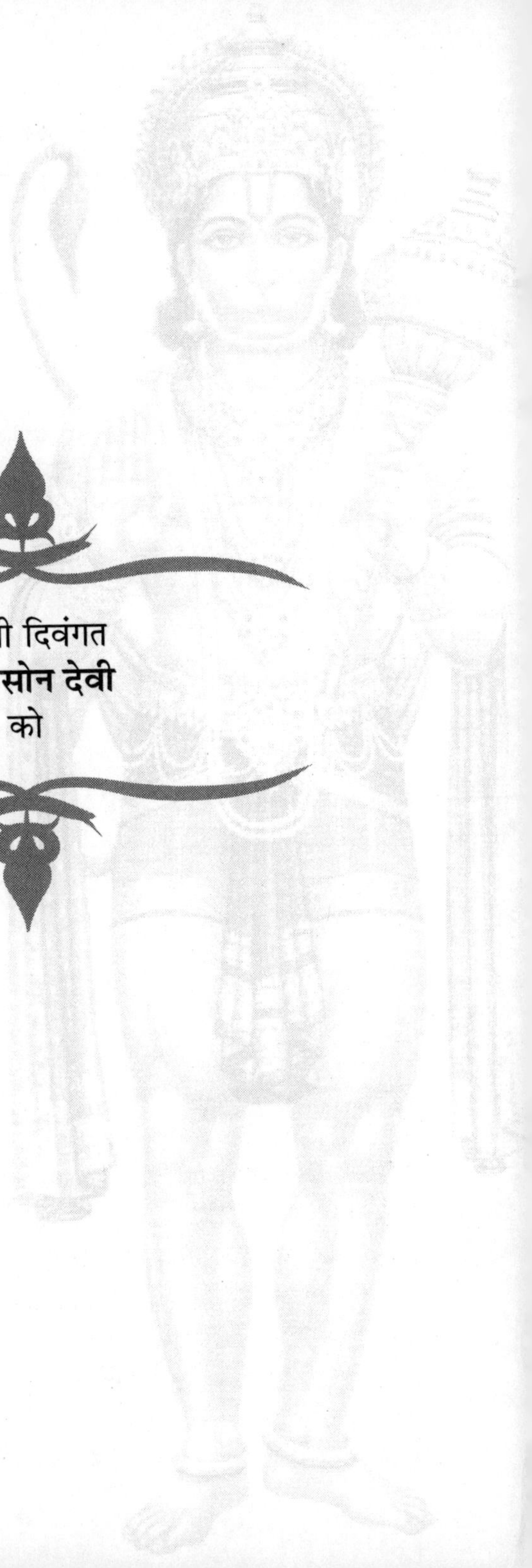

अपनी दिवंगत
पत्नी **सोन देवी**
को

प्रस्तावना

बल के धाम, सोने के पर्वत सुमेरू के समान क्रांतियुक्त शरीर वाले, दैत्यरूपी वन को ध्वंस करने के लिए अग्निरूप, ज्ञानियों में अग्रगण्य, संपूर्ण गुणों के विधान, वानरों के स्वामी, श्री रघुनाथजी के प्रिय भक्त पवनपुत्र श्री हनुमान को शत-शत प्रणाम।

श्री हनुमानजी एक ऐसे बहुमुखी व्यक्तित्व के स्वामी हैं, जिनके समान दूसरा अन्य उदाहरण नहीं है। वे ज्ञान, भक्ति, सेवा में सबसे अग्रणी हैं तथा सबसे सरल, निरभिमानी, कृपालु, व्यवहारकुशल और सर्वशक्तिमान हैं।

सीता अन्वेषण में श्री हनुमानजी को अपने मार्ग में सिद्धिका नाम की राक्षसी मिलती है, जिसे उन्होंने मार डाला, क्योंकि वह ईर्ष्या का प्रतीक थी। वह उड़ते हुए लोगों की परछाईं पकड़कर उन्हें खा जाती थी। श्री आंजनेय का यह मत है कि ईर्ष्या को जिंदा नहीं रहने देना चाहिए, उसे मार डालना चाहिए। ईर्ष्यालु लोग अपनी पूरी ऊर्जा दूसरे से लड़ने में लगा देते हैं, जबकि यदि मनुष्य को लड़ना है तो अपनी किस्मत से लड़ना चाहिए, ताकि वह उसे बेहतर बना सके।

श्री हनुमानजी के बहुमुखी व्यक्तित्व के संबंध में भगवान् श्रीराम ने कहा था कि समाज के सभी वर्णों—ब्राह्मण, क्षत्रिय, वैश्य, शूद्र—चारों का रूप उनमें दिखाई देता है, अर्थात् हनुमानजी सभी के हैं। तब कौतूहलवश हनुमानजी ने भगवान् श्रीरामजी से पूछा कि मुझे आपने वैश्य क्यों कहा? उत्तर में भगवान् श्रीराम ने कहा, ''प्रिय हनुमान! वैश्य दूसरों पर कर्जा चढ़ा देता

है, तुमने भी मेरी इतनी सेवा कर दी है कि उसे चुकाना मेरे लिए आसान बात नहीं है।''

श्री हनुमानजी से संबद्ध कुछ ऐसे निम्नांकित रोचक प्रसंगों का उल्लेख इस पुस्तक में किया गया है—

1. श्री हनुमानजी को बचपन में ऋषियों का शाप
2. हर और हनुमानजी की लीला (मदारी और स्वर्णिम कपि के रूप में महादेव एवं हनुमान)
3. देवी सीता का महादेव के धनुष पिनाक को बाएँ हाथ में थामे और दाएँ से सफाईरत
4. सीता-हनुमान मिलन
5. लक्ष्मण सहित श्रीराम का सोए हुए में अपहरण
6. हनुमान का अपने पुत्र मकरध्वज से युद्ध
7. हनुमानजी का पंचमुखी रूप आदि।

हनुमान-भक्तजनों द्वारा विशिष्ट कार्य-सिद्धि हेतु किए जानेवाले हनुमानगढ़ का प्रयोजन—

1. हनुमान का उद्‍बोधन
2. मंगल एवं धन-वृद्धि
3. दुःख निवारण
4. मानसिक तनाव से मुक्ति
5. प्रिय व्यक्ति से मिलन
6. रोग निदान
7. पाप-शमन
8. दुस्वप्न के दुष्प्रभाव को दूर करना
9. भूत-प्रेतादि का भय भगाना
10. विद्वान् एवं वाक्पटुता
11. सर्वतोन्मुखी सुरक्षा

उपलब्धि की दृष्टि से भी आंजनेय अप्रतिम हैं। प्रभु श्रीराम आंजनेय से कहते हैं कि जब तक संसार में रामकथा प्रचलित है, तब तक आप जीवित

रहेंगे और आपकी कीर्ति भी शाश्वत रहेगी।

आज प्रत्येक गाँव, नगर, राजमार्ग आदि स्थानों पर हनुमानजी अपने मंदिर में विराजमान दीखते हैं तथा श्रद्धालुओं को नमन करने का सौभाग्य प्राप्त होता है।

हनुमान कथा के रूप में इस पुस्तक को मैं श्री हनुमानजी को ही समर्पित करता हूँ। इसकी पूर्णता हेतु मैंने 'मारुति-चरितामृतम्' तथा 'अखंड ज्योति पत्रिका' का आभारी हूँ।

मेरा यह विश्वास है कि यह पुस्तक पाठकों को पढ़ने में प्रिय लगेगी, साथ-साथ अपने आराध्य के नजदीक भी होएँगे।

—मुक्तिनाथ सिंह

अपनी बात

सर्वप्रथम मैं परमपूज्य परमेश्वर का आभार व्यक्त करता हूँ कि 85 साल की लंबी आयु देने के उपरांत भी मुझमें पढ़ने-लिखने की क्षमता दी है। इसी बल के प्रताप के कारण मैं अपनी जिंदगी का शेष भाग स्वाध्याय करके व्यतीत कर रहा हूँ। यह भी संयोग की बात थी कि निकट में ही सद्ग्रंथों रामायण, महाभारत, भागवत पुराण जैसे अनेक ग्रंथों का भंडार एक पुस्तकालय के रूप में मिल गया और मेरे जीवन जीने का सहारा तथा प्रेरणास्रोत बन गया।

ईश्वर को इसके लिए भी आभार व्यक्त करता हूँ कि मुझे इतना सुंदर परिवार दिया, जहाँ सब तरह से संपन्नता है। 'छोटा परिवार, सुखी परिवार' का कथन चरितार्थ हो रहा है। ईश्वर ने एक विद्वान् पुत्र दिया, जिसने डी.लिट. की उपाधि हासिल की है। सुंदर, सुशील बहू घर की शोभा बढ़ाती है और दो इंजीनियर पौत्र कार्यरत हैं।

—मुक्तिनाथ सिंह

अनुक्रम

शिवजी का हनुमानावतार

हनुमानावतार के रूप में शिवजी ने बड़ी उत्तम लीलाएँ की हैं। इसी रूप से महेश्वर ने भगवान् राम का परम हित किया था। वह सारा चरित सब प्रकार के सुखों का दाता है। एक समय की बात है, जब अत्यंत अद्‌भुत लीला करनेवाले गुणशाली भगवान् शंभु को विष्णु के मोहिनी रूप का दर्शन प्राप्त हुआ, तब वे कामदेव के बाणों से आहत हुए की तरह क्षुब्ध हो उठे। उस समय उन परमेश्वर ने रामकार्य की सिद्धि के लिए अपना वीर्यपात किया। तब सप्तर्षियों ने उस वीर्य को पत्रपुटक में स्थापित कर लिया, क्योंकि शिवजी ने ही रामकार्य के लिए आदरपूर्वक उनके मन में प्रेरणा की थी। तत्पश्चात् उन महर्षियों ने शंभु के उस वीर्य को रामकार्य की सिद्धि के लिए गौतम कन्या अंजनी में कान के रास्ते स्थापित कर दिया। तब समय आने पर उस गर्भ से शंभु महान् बल-पराक्रम संपन्न वानर-शरीर धारण करके उत्पन्न हुए, उनका नाम 'हनुमान' रखा गया। (कल्याण-शिवपुराण 40348)

हनुमानजी के पिता केसरी प्रभास क्षेत्र के राजा थे, उन्होंने जब भरद्वाज ऋषि को मारने पर उतारू शंखशवल नामक गजराज को पछाड़कर उसका वध कर डाला, तब ऋषियों ने केसरी से प्रसन्न होकर वर माँगने को कहा। केसरी ने पवन के समान पराक्रमी पुत्र का वरदान माँगा और उन्हें वैसा ही तनय प्राप्त हुआ भी। अत: उन्हें 'पवन: पुत्र' नाम से जाना जाता है।

आंजनेय के अनेक नामों में हनुमान सर्वाधिक प्रचलित नाम है। इंद्र के वज्र-प्रहार से शिशु आंजनेय की हनु (ठुड्डी) टेढ़ी हो जाने के कारण उनका नाम हनुमान पड़ा, ऐसी सामान्य धारणा है।

इंद्र पवन देव से कहते हैं कि मेरे हाथ से चलाए गए वज्र के कारण इस

बालक की हनु (ठुड्डी) टूट गई है, अत: इसका नाम हनुमान होगा। आंजनेय को स्वयं यह नाम (हनुमान) प्रिय है, क्योंकि अनेक अवसरों पर आत्म-परिचय में उन्होंने यही नाम बताया है। प्रभु श्रीराम और अनुज लक्ष्मण से प्रथम परिचय में उन्होंने अपना नाम हनुमान बताया था।

माता अंजना

स्वर्गाधिप शची इंद्र की रूप-गुण-संपन्ना अप्सराओं में पुंजिक स्थला नाम की एक प्रख्यात अप्सरा थी। वह अत्यंत लावण्यवती तो थी ही, चंचला भी थी। एक बार की बात है कि उसने एक तपस्वी ऋषि का उपहास कर दिया। मर्हिष ऋषि उसे नहीं सह सके। क्रुद्ध होकर उन्होंने शाप दे दिया—वानरी की तरह चंचलता करनेवाली, तू वानरी हो जा। ऋषि का शाप सुनते ही पुंजिक स्थला काँपने लगी। तुरंत ऋषि के चरणों पर गिर पड़ी और हाथ जोड़कर उनसे दया की भीख माँगने लगी। सहज कृपालु ऋषि द्रवित हो गए और बोले, ''मेरा वचन मिथ्या नहीं हो सकता। वानरी तो तुम्हें होना ही पड़ेगा, किंतु तुम इच्छानुसार रूप धारण करने में समर्थ होओगी। तुम जब चाहोगी, तब वानरी और जब चाहोगी, तब मानुषी के वेश में रह सकोगी।''

उस परम रूपवती अप्सरा पुंजिक स्थला ने ऋषि के शाप से कपि-योनि में वानर राज महामनस्वी कुंजर की पुत्री के रूप में जन्म लिया। वह प्रख्यात सुंदरी थी। उसके रूप की समानता करनेवाली धरती पर अन्य कोई स्त्री नहीं थी। उस त्रैलोक्य-विख्यात सुंदरी कुंजर-पुत्री का नाम था अंजना।

लावण्यवती अंजना का विवाह वानरराज केसरी से हुआ। कपिराज केसरी कंचनगिरि (सुमेरु) पर रहते थे। समस्त सुविधाओं से संपन्न इसी सुंदर पर्वत पर अंजना अपने पतिदेव के साथ सुखपूर्वक रहने लगीं। वीरवर केसरी अपनी सुंदरी पत्नी अंजना को अत्यधिक प्यार करते और अंजना सदा अपने प्राणाराध्य पतिदेव में ही अनुरक्त रहती थी।

बचपन

सूरज भगवान् के वरदान से जिस सुमेरु पहाड़ का रंग सुनहरा हो उठा था, उसी पर हनुमानजी के पिता केसरी राज करते थे। उनकी प्यारी रानी अंजना की कोख से वायु देव की मनौती करने पर एक बहुत ही सलोने बेटे का जन्म हुआ। इसी बीच एक दिन इनकी माता अंजना इनके लिए फल लाने जंगल में गईं। इधर माँ के चले जाने और भूख से छटपटाने पर हनुमानजी रोने लगे और उगते हुए लाल रंग के सूरज को फल समझकर उसे लपक पाने के लिए उछल पड़े। अपने बेटे को सूरज की ओर उड़े जाते देखकर वायु देव पाले-जैसे ठंडे होकर उसके पीछे हो लिये। उधर भगवान् सूर्य ने उन्हें अबोध शिशु समझकर अपने तेज से नहीं जलने दिया। जिस दिन हनुमानजी सूरज को उछलकर पकड़ने के लिए चले थे, उसी दिन अमावस का ग्रहण लगनेवाला था। हनुमानजी ने सूर्य के ऊपरी भाग में जब राहु का स्पर्श किया तो वह भयभीत होकर वहाँ से भाग गया। उसने इंद्र के पास जाकर शिकायत की, "देवराज! आपने मुझे अपनी क्षुधा शांत करने के साधन के रूप में सूर्य और चंद्र दिए थे। आज अमावस्या के दिन जब मैं सूर्य को ग्रस्त करने गया, तब देखा कि दूसरा राहु सूर्य को पकड़ने जा रहा है। राहु की बात सुनकर इंद्र घबरा गए और उसे साथ लेकर सूर्य की ओर चल पड़े।

राहु को देखकर हनुमानजी सूर्य को छोड़कर राहु पर झपटे। राहु ने इंद्र को रक्षा के लिए पुकारा तो उन्होंने हनुमानजी पर वज्रायघ से प्रहार किया, जिससे वे एक पर्वत पर गिरे और उनकी बाईं ठुड्डी टूट गई। हनुमान की यह दशा देखकर वायुदेव को क्रोध आया। उन्होंने उसी क्षण अपनी गति रोक दी। इससे संसार का कोई प्राणी साँस न ले सका और सब पीड़ा से तड़पने लगे । तब सारे सुर, असुर, यक्ष, किन्नर आदि ब्रह्माजी की शरण में गए। ब्रह्मा उन सबको लेकर वायुदेव के पास गए। वे मूर्च्छित हनुमान को गोद में लिये उदास बैठे थे। जब ब्रह्माजी ने उन्हें जीवित किया तो वायुदेव ने अपनी गति का संचार करके सभी प्राणियों की पीड़ा दूर की। फिर ब्रह्माजी ने सभी देवताओं से कहा, "यह बच्चा, जो आप लोग देख रहे हैं, वह आगे चलकर आप लोगों का बहुत बड़ा

काम करनेवाला है, इसलिए आप सब लोग मिलकर इसे अच्छे-अच्छे वर दें। तब सबसे पहले इंद्र ने उस बच्चे (हनुमान) के गले में कमलों की माला खुशी से डालते हुए कहा, ''मेरे हाथ का वज्र लगने से इसकी ठोड़ी तड़क गई है, इसलिए आज से इसका नाम 'हनुमान' पड़ जाएगा। दूसरा अनूठा वर मैं इसे यह देता हूँ कि अब से मेरा वज्र भी इसे नहीं चोट पहुँचा पाएगा।''

सूरज ने कहा, ''मैं इसे अपनी तेज का सौवाँ अंश देता हूँ, साथ ही आज से सब शास्त्र सीखने की प्रवृत्ति इसमें आ जाएगी, जो मैं ही इसे सिखाऊँगा, जिससे यह बड़े अच्छे ढंग से बातें करना और बोलना जान जाएगा तथा शास्त्रों के ज्ञान में इसकी बराबरी करने वाला कोई नहीं होगा।''

वरुण ने कहा, ''मेरे पाश और जल से यह बालक सदा सुरक्षित रहेगा।'' शनिदेव ने आशीर्वाद देते हुए कहा, ''इन्हें मेरा कालदंड भी नहीं छू पाएगा और ये सदा ऐसे ही भले-चंगे एवं हट्टे-कट्टे बने रहेंगे।''

यक्षराज कुबेर ने वर देते हुए कहा, ''लड़ाई में कभी इसे थकावट नहीं होगी और मेरी गदा भी लड़ाई में इसको चोट नहीं कर पाएगी।'' तब शिवजी ने भी वर देते हुए कहा, ''मेरे किसी भी अस्त्र से ये नहीं मारे जा सकेंगे तथा मेरी अचल शक्ति इनके साथ रहेगी।''

तभी कारीगरी में सबसे बढ़े-चढ़े विश्वकर्माजी ने यह वर दिया, ''मैंने आजतक जितने भी हथियार बनाए हैं, उनमें से कोई इन्हें चोट नहीं पहुँचा सकेगा और ये बहुत काल तक जिएँगे।'' इस तरह हनुमानजी को वर देकर और वायु देवता से विदा लेकर ब्रह्माजी और सब देवगण जैसे आए थे, वैसे अपने-अपने ठिकानों पर लौट गए। वायु देवता भी बाल हनुमानजी को गोद में लिये अंजना के पास आकर उसे देवताओं के वरदान की बात बताकर चले गए।

महर्षि अगस्त्य का आख्यान

ब्रह्मा, शिव, इंद्र, वरुणादि देवों के वरदान के कारण आंजनेय सर्वशक्तिमान बने, किंतु इनके बालसुलभ उत्पातों के कारण ऋषियों ने इन्हें शाप दिया, जिससे

वे तब तक अपने अमित बल को भूले बैठे थे, जब तक जांबवानजी ने समुद्र लंघन के समय इसका स्मरण न दिलाया।

ऋषियों के शाप के कारण बालक आंजनेय को अपने अमित शारीरिक बल की विस्मृति हो गई, किंतु उन्होंने अपना समग्र समय ज्ञानार्जन एवं बुद्धि-विकास में व्यतीत किया। उन्होंने भास्कर भगवान् से व्याकरण एवं सकल शास्त्रों का ज्ञान प्राप्त किया और विद्या-बुद्धि के क्षेत्र में वे अप्रतिम निकले। सूर्य भगवान् ने गुरु-दक्षिणा के रूप में अपने तनय सुग्रीव की सुरक्षा करने का आदेश दिया।

एक बार महर्षि अगस्त्य ने श्रीराम को रावण एवं बाली के अतुल बल एवं विविध पराक्रमों का वृत्तांत सुनाया। तदुपरांत भगवान् श्रीराम ने यह विचार व्यक्त किया कि यद्यपि रावण एवं बाली-अत्यंत शक्तिशाली थे, तथापि उन दोनों का संयुक्त बल भी वज्रांग हनुमानजी की शक्ति की बराबरी नहीं कर सकता था। लीलावश प्रभु श्रीराम ने जब अगस्त्य मुनि से प्रश्न किया कि अप्रतिम पराक्रमी हनुमानजी के साथ रहने पर भी सुग्रीव को बाली के भय से क्यों भागना पड़ा तथा चिरकाल तक कष्ट क्यों उठाना पड़ा, तब अगस्त्य ऋषि ने इसी क्रम में हनुमानजी के जन्म तथा शिशुकालीन पराक्रमों को सुनाते हुए यह बतलाया कि कैसे अतुलित बलधाम होने के कारण बालकाल में ही वे ऊधम मचाया करते थे, अतः बनवासी ऋषियों ने उन्हें शाप दे दिया था कि तुम्हें अपना बल तब तक विस्मृत रहेगा, जब तक कोई तुम्हारी कीर्ति का स्मरण नहीं कराएगा। फलस्वरूप आंजनेय देवों द्वारा प्रदत्त सभी वरों को विस्मृत कर अपना अमित बल भूल चुके थे, अतः सुग्रीव के संग में उन्होंने शारीरिक बल का आश्रय लेकर उनकी सहायता नहीं की, प्रत्युत बुद्धि-बल से वे सहायता करते रहे। सीतान्वेषण के समय अथाह सागर को देखकर जब सब किंकर्तव्यविमूढ़ हो चले, तब ऋक्षराज जांबवान ने हनुमानजी का उद्‌बोधन किया। इसी उद्‌बोधन से उन्हें अपने विस्मृत बल का स्मरण हुआ और तदनंतर उन्होंने जिस कौशल से असंभाव्य कार्यों का सहज संपादन किया, वह अखिल भुवन में अद्‌भुत है, अद्वितीय है।

मातृ-शिक्षा

बालक पर सर्वाधिक प्रभाव पड़ता है, माता के जीवन एवं उनकी शिक्षा का। आदर्श माताएँ अपने पुत्र को श्रेष्ठ एवं आदर्श बना देती हैं।

हनुमानजी की माता अंजना परम सदाचारिणी एवं सद्‌गुण-संपन्न आदर्श माता थीं। उन्होंने अपने लाल को प्राप्त करने के लिए जितनी तत्परता से कठोर तपश्वरण किया था, उसी तत्परता से वे अपने प्राणीजय का जीवन निर्माण करने के लिए सजग और सावधान रहती थीं। वे हनुमान के वीरतापूर्ण कार्य देखकर मन-ही-मन मुदित होतीं और उन्हें प्रोत्साहन देतीं।

पुजनोपरांत और रात्रि में शयन से पूर्व वे अपने प्राणाधिक प्रिय पुत्र को पुराणों की कथाएँ सुनाया करतीं। वे आदर्श-पुरुषों के चरित्र बार-बार सुनातीं और अपने पुत्र का ध्यान उनकी ओर आकर्षित करती रहतीं। वे महापुरुषों के जो चरित्र सुनातीं, उन्हें पुनः-पुनः अपने लाल से भी पूछतीं और उनका लाल—उसे क्या सीखना था? सर्वज्ञ और सर्वांतर्यामी शिव से गोपनीय क्या है? किंतु लीला में कभी-कभी हनुमानजी अनजान बनकर ठीक उत्तर न देते तो माता उन्हें पुनः सुनाकर कंठस्थ करा देतीं। अवतारों की समस्त कथाएँ हनुमान के जिहवाग्र पर थीं। उन श्रेष्ठ कथाओं को वे अपने समवयस्क कपि-किशोरों को अत्यंत प्रेम और उत्साहपूर्वक सुनाया करते।

माता अंजना जब भगवान् श्रीराम के अवतार की कथा प्रारंभ करतीं, तब बालक हनुमान का सारा ध्यान उक्त कथा में ही केंद्रित हो जाता। निंद्रा उनके समीप फटकने भी नहीं आती थी। माता को झपकी आती तो हनुमानजी उन्हें झकझोरकर कहते, ''माँ! आगे-कह, फिर क्या हुआ?''

माता फिर कहने लगतीं। श्रीराम-कथा के श्रवण से हनुमानजी को तृप्ति ही नहीं होती थी। वे माँ से बार-बार श्रीराम-कथा सुनाने का ही आग्रह करते। माता अंजना उल्लासपूर्वक कथा सुनातीं और हनुमानजी उस कथा के श्रवण से भाव-विभोर हो जाते। उनके नेत्रों में आँसू भर आते, अंग फड़कने लगते। वे सोचते, 'यदि मैं भी वहीं हनुमान होता!'

कथा सुनाते-सुनाते माता अंजना पूछ बैठतीं, ''वेश! तू भी वैसा ही

हनुमान बनेगा!'' ''हाँ माँ! अवश्य वही हनुमान बनूँगा।'' हनुमानजी उत्तर देते, ''पर श्रीराम और रावण कहाँ हैं? यदि रावण ने जननी सीता की ओर दृष्टिपात किया तो मैं उसे पीसकर रख दूँगा।''

माता अंजना कहतीं, ''बेटा! तू भी वही हनुमान हो जा। अब भी लंका में एक रावण राज्य करता है और अयोध्या नरेश दशरथ के पुत्र के रूप में श्रीराम का अवतार भी हो चुका है। तू जल्दी बड़ा हो जा। श्रीराम की सहायता करने के लिए बल और पौरुष की आवश्यकता है। तू यथाशीघ्र बलवान और पराक्रमी हो जा।''

''माँ मुझमें शक्ति की कमी कहाँ है?'' हनुमानजी रात्रि में शय्या से कूद पड़ते और अपना मजदंड दिखाकर माँ के सम्मुख अमित शक्तिशाली होने का प्रमाण देने लगते। माता अंजना अपने प्यारे बालक हनुमानजी को अंक में लेकर हँसने लगतीं और फिर थपकी देने तथा मधुर स्वर से प्रभु-स्तवन सुनाती हुई सुलाने लगतीं।

सहज अनुराग से हनुमानजी बार-बार हनुमान-कथा श्रवण करते, फलतः उनका श्रीराम-स्मरण उत्तरोत्तर गाढ़ होता गया। धीरे-धीरे उनका अधिकांश समय श्रीराम के ध्यान और स्मरण में ही व्यतीत होने लगा। वे कभी अरण्य में, कभी पर्वत की गुफा में, कभी सरिता के तट पर और कभी सघन कुंज में ध्यानस्थ बैठ जाते। उनके नेत्रों से प्रेमाश्रु प्रवाहित होते रहते।

इस प्रकार ध्यान की तन्मयता के कारण इन्हें क्षुधा और तृष्णा का भी ज्ञान नहीं रहता। माता अंजना मध्याह्न और सायंकाल अपने हृदय-खंड हनुमानजी को ढूँढ़ने निकलतीं। वे जानती थीं, मेरा पुत्र कहाँ होगा! वे वन, पर्वत, सरिता, निर्झर एवं अरण्य में घूम-घूमकर हनुमानजी को ढूँढ़कर लातीं, तब कहीं माता के आग्रह से उनके मुँह में ग्रास पहुँचता और यह क्रम प्रतिदिन चलने लगा। हनुमानजी अपने आराध्य के प्रेम में इतने तल्लीन रहने लगे कि उन्हें अपने शरीर की सुध भी कम रहती। उनके मुँह से राम-राम केवल राम-राम का ही जप होता रहता।

सूर्यदेव का सान्निध्य

हनुमान के श्रद्धासिंचित शब्दों से भगवान् सूर्यदेव के भावों को गहराई से बोध हुआ। वे ऐसे श्रद्धावान, जिज्ञासु व समर्पित शिष्य को पाकर प्रसन्न थे, परंतु उन्होंने अपने अंतस के इन भावों को प्रकट नहीं होने दिया। बस, सधे स्वर में उन्होंने कहा, "वत्स हनुमान! तुम योग्य हो, लगनशील एवं कर्मठ हो। तुम जैसा शिष्य मिलना किसी भी आचार्य व गुरु के लिए सौभाग्य की बात है, परंतु पुत्र! मेरी कुछ विवशताएँ हैं कि मैं चाहते हुए भी तुम्हें अपना शिष्य नहीं बना सकता।"

भगवान् मार्तंड के इस कथन को सुनकर हनुमान कुछ बोले नहीं, बस मौन खड़े रहे और इन शांति के क्षणों में उनके सामने विगत के अनेक दृश्य गुजर गए। सबसे पहले बचपन का वह घटनाक्रम, जब उन्होंने समूचे सूर्य को ही आत्मसात् कर लिया था। इसी क्रम में राहु से हुआ टकराव, फिर इंद्र का वज्र प्रहार उन्हें अनायास याद आ गए, फिर पवन का वह अतुलनीय स्नेह, सबकुछ उनके सामने स्पष्ट होता गया।

उन्हें यह भी याद आया कि ब्रह्मदेव ने किस तरह पवन देवता को समझाकर सृष्टि-संचालन में आ पड़ी बाधा को दूर किया था। इसी के साथ फिर तो जैसे देवों के द्वारा वरदान की झड़ी लग गई। सबने उन्हें इतना कुछ दे डाला, जो हजारों हजार वर्ष की तपस्या से भी सुलभ व संभव न होता। वरदान देने के इस क्रम में स्वयं देवाधिदेव महादेव व जगदंबा भी पीछे न रहे। इतना ही नहीं, स्वयं सूर्यदेव ने भी तो उन्हें वरदान प्रदान किया था।

इसके बाद हनुमान की स्मृतियों में वे भी दृश्य भी उभरे जब स्वयं सूर्यदेव ने उन्हें गायत्री मंत्र की दीक्षा देकर यज्ञोपवीत संस्कार संपन्न कराया था। उस समय यह सुनिश्चित हो गया था कि सूयदेव स्वयं उनका विद्याध्ययन संपन्न कराएँगे, परंतु आज स्थिति भिन्न थी। इस भिन्न तथा विषम स्थिति में भी हनुमान को न तो विचलित, न अशांत देखकर भगवान् सूर्यदेव ने उनसे पूछा, "क्या तुम इस संदर्भ में कुछ भी कहना नहीं चाहते?" उत्तर में हनुमान ने

कहा, ''भगवान्! कहने योग्य तो बहुत कुछ है, पर इसके लिए आपकी आज्ञा की आवश्यकता है।''

''आज्ञा है वत्स! तुम अपने मनोभावों को बिना किसी हिचक या झिझक के प्रकट करो।'' यह सुनकर हनुमान बोले कि भगवान् इस संबंध में सबसे पहली बात तो यह है कि आप मेरे आचार्य तो उसी समय हो गए, जब आपने मुझे गायत्री महामंत्र की दीक्षा देकर मेरा उपनयन संस्कार संपन्न कराया। आपकी इस दुर्लभ कृपा के लिए मैं सर्वथा अनुगृहीत व आभारी बना रहूँगा, दूसरी बात मेरी यह है कि यदि कोई पूज्य जन स्वयं कुछ न देना चाहें तो उनसे माँगने या पाने की जबरदस्ती या हठ नहीं करना चाहिए; क्योंकि इससे पूजनीय जनों को विवशता की अनुभूति होती है और मैं आपको किसी भी तरह विवश नहीं देखना चाहता।''

हनुमान का यह प्रीतिकर उत्तर सुनकर भगवान् सूर्य ने उनसे फिर जानना चाहा, ''पुत्र! यदि मुझे विवश नहीं देखना चाहते तो क्या ऐसी स्थिति में किसी अन्य आचार्य का चयन या वरण करोगे?'' इस पर हनुमान ने बड़े त्वरित ढंग से उत्तर दिया, ''इसकी कोई आवश्यकता नहीं होगी भगवन्, आचार्य तो मेरे आप हैं और आप ही बने रहेंगे। रही बात विद्याध्ययन की तो मैं गायत्री मंत्र की साधना करते हुए सभी विद्याओं का अनुसंधान कर लूँगा। आपकी कृपा व आशीष से मैं ऐसा कर सकूँगा, इसका मुझे विश्वास है।'' हनुमान के इस उत्तर ने भगवान् सूर्य को विभोर कर दिया और बोले, ''प्रभु! तुम जो भी कहना चाहते हो, वह सब संकोच त्यागकर कह डालो।''

उनकी इस बात को सुनकर हनुमान बोले, ''भगवन् जिज्ञासा के कारण जानना चाहता हूँ कि आपकी ये विवशताएँ क्या हैं, जो मेरे विद्याध्ययन में बाधा दे रही हैं।'' इस प्रश्न पर भगवान् सूर्य ने कहा, ''वत्स! यह विवशता है मेरा निरंतर कर्मशील रहना। ऐसे में मैं तुम्हें किस तरह व किस समय विद्याध्ययन करा सकता हूँ।'' उत्तर में हनुमान ने कहा, ''हे देव! समस्या का समाधान बड़ा ही आसान है। आप निश्चित होकर अपना कर्त्तव्य पालन करिए, मैं सर्वथा आपके सामने उपस्थित रहूँगा। समयानुसार-सुविधानुसार व अपनी इच्छानुसार आप मुझे ज्ञान का प्रकाश दे सकते हैं।''

हनुमान के सभी उत्तरों ने सूर्य देव को प्रसन्न किया। वे हर्षित स्वर में बोले, ''पुत्र! तुम मुझसे सौभाग्य पाने नहीं, बल्कि सौभाग्य देने आए हो। तुम्हें अपने सान्निध्य में पाकर और तुम्हें विद्याध्ययन कराकर मुझे गहरी प्रसन्नता होगी। तुम हर भाँति सुयोग्य हो। मैं आज ही तुम्हें अपने शिष्य के रूप में स्वीकार करता हूँ।''

भगवान् सूर्यदेव की इस स्वीकृति ने हनुमान को विभोर कर दिया। उन्होंने भाव-विह्वल हो उनके चरण पकड़ लिये। इस पर सूर्यदेव ने उन्हें उठाया और कहने लगे, ''पुत्र! हम आज से ही विद्याध्ययन प्रारंभ करते हैं। मुझे तुम्हारी क्षमताओं का ज्ञान है। इसलिए अध्ययन-अनुशीलन व अनुसंधान की रीति-नीति भी उसी अनुरूप होगी। हनुमान के मनोभावों से सुपरिचित भगवान् सूर्य ने कहा, ''वत्स हनुमान! वत्स हनुमान! इस सृष्टि में ज्ञान अनेक रूपों में व्याप्त है, जिसे कलाओं, विद्याओं तथा ज्ञान अनेक रूप में कहा व समझा जाता है। विद्या के दो रूप हैं, इनमें पहली है, अपरा विद्या और दूसरी, परा विद्या। अपरा विद्या का संबंध जड़ या स्थूल प्रकृति से है, जबकि परा विद्या का संबंध सूक्ष्म या चैतन्य से है। इसके बाद ज्ञान संपदा है। यों तो जो भी जानने योग्य है, उस सबका ज्ञान शब्द के अंतर्गत आ जाता है। फिर भी ज्ञान दरअसल गहन अनुसंधान के क्षेत्र से संबंधित है। मौलिक विचारों की समूची संपदा इसके अंतर्गत है। यह दरअसल चेतना के सूक्ष्म तल से संबंध रखता है।''

ज्ञान के बारे में अनोखी बातें बताकर सूर्यदेव ने हनुमान की ओर देखा। हनुमान की भावमुद्रा से यह लग रहा था कि वे स्वयं को एक समर्पित-अनुगत शिष्य के रूप में ढाल चुके हैं। समर्पण में एक अद्‌भुत सत्य समाया है। शिष्य का गुरु के प्रति समर्पण जिस अनुपात में होता है, गुरु के ज्ञान का संप्रेषण भी उसी अनुपात में हो पाता है, हनुमान में समर्पण व शिष्यत्व का स्तर अतुलनीय था, इसलिए भगवान् सूर्य नारायण के सभी भाव-विचार व ज्ञान संपदा उनमें यथावत् संप्रेषित हो रहे थे। सूर्य भगवान् अपने द्वारा किए जा रहे इस कार्य से संतुष्ट थे।

हनुमान की प्रतिभा, उनकी प्रज्ञा अतुलनीय थी, लेकिन उनके हर कण में श्रद्धा व संवेदना घुली हुई थी। यही वजह थी कि हनुमान सर्वदा सृजनशील

थे। सदा ही उनके चिंतन में सृष्टि कल्याण, लोक-कल्याण की कामना व कल्पना उमगती-उफनती रहती थी। सूर्यदेव का स्तवन करते हुए वे सोच रहे थे कि कुछ ऐसा हो कि उनके जीवन का हर क्षण, उनके सामर्थ्य का हर कण लोकहित में अर्पित हो सके , क्योंकि लोकहित में ही प्रभु श्रीराम की भक्ति है और प्रभु श्रीराम की भक्ति में ही तो लोकहित समाया है। इन दोनों को कभी अलग-अलग नहीं किया जा सकता।

हनुमान के अंतर्भाव, उनके मन के स्पंदन सूर्यदेव की अंतश्चेतना का स्पर्श कर रहे थे। इस सुखद स्पर्श ने सूर्यदेव को भवलीन कर दिया। बड़ी देर बाद उन्हें चेत आया और बोले, "पुत्र! तुम्हारा कल्याण हो। तुम्हारी राम भक्ति उस समाहित लोक-कल्याण की भावना धरा ही नहीं, लोक-लोकांतर में निवास करने वालों के समक्ष अति उच्च व अति उत्तम आदर्श प्रस्तुत करेगी। वे समझ सकेंगे कि जीवन की इससे अधिक सुखद एवं सम्यक परिभाषा नहीं हो सकती।"

भगवान् दिवाकर मन में स्नेहिल भावों को लिये हनुमान से कह रहे थे, "पुत्र! धरती पर आध्यात्मिक साधना संपन्न व्यक्तित्व तो अनेक मिल जाते हैं। इनके होने से धरती का वातावरण कई अर्थों में शुद्ध व प्रकाशवान बनता है, लेकिन इनसे भी कहीं अधिक कारगर उपस्थिति उनकी होती है, जो आध्यात्मिक चेतना संपन्न होने के बावजूद लोक-सेवा को अपने जीवन की परिभाषा बनाते हैं। ऐसा व्यक्तित्व दुर्लभ है।

"लोक-सेवा में प्राय: दो ही तरह के लोग प्रवेश करते हैं। पहले वे, जो लोक-सेवा के माध्यम से लोकप्रतिष्ठा पाना चाहते हैं। दूसरे वे, जो लोक-सेवा के माध्यम से सुविधा, साधन या धन बटोरना चाहते हैं। यही वजह है कि आध्यात्मिक अभिरुचि संपन्न लोग इस क्षेत्र में आने से हिचकिचाते व डरते हैं।" भगवान् दिवाकर की इन बातों को हनुमान सुन रहे थे और गुन भी रहे थे। हनुमान की तल्लीनता भाँपकर सूर्य भगवान् ने कहा, "वत्स! संसार व सांसारिकता की चाहत न होने पर सच्ची लोक-सेवा तभी की जा सकती है, जब संसार के भगवान् का स्वरूप समझा जाए। नर को नारायण के रूप में देखने के भाव जागें। प्रभु के प्रकाश का आह्वान उनके अवतरण को संभव बनाना एक अति कठिन काम है, लेकिन प्रभु के भक्त इसे अपनी भक्ति के

बल पर सुगम, सरल व संभव बनाते हैं। उनकी उपस्थिति से न केवल मनुष्यों व अन्य प्राणियों के जीवन बदलते हैं, बल्कि धरती की चेतना भी बदलती है। तुम महापराक्रमी हो पुत्र! तुम्हें यही करना है। जब तुम इसे सफलतापूर्वक करोगे तो तुम्हें सब महावीर कहकर पुकारेंगे, क्योंकि यह कार्य ऐसा है; जिसे तुम जैसा महावीर ही कर सकता है।''

श्रीराम-भक्ति की साधना वास्तविक अर्थों में लोक-सेवा की सच्ची साधना है। रामधुन मन में ही नहीं, कर्म में भी गूँजनी चाहिए। सूर्य भगवान् अपने प्रखर तेजस्वी शिष्य हनुमान को यही सिखा रहे थे।

इस प्रसंग में भगवान् दिवाकर ने एक बात और भी कही। वे बोले, ''हनुमान! भगवान् की अवतारलीला भी लोक-सेवा का ही पावन रूप होती है, क्योंकि वे अपने अवतार में लोगों को जीवन का सही ढंग, प्राणिमात्र के प्रति संवेदना और सेवा की ही सीख देते हैं। इस सत्य को पुत्र! तुमसे अधिक और कौन जानेगा।'' ऐसा कहते हुए उन्होंने हनुमान की ओर ऐसे देखा, जैसे कि उन्होंने अपने दीक्षांत उपदेश की परिसंपत्ति की हो।

ब्रह्मदेव का संदेश

माता पृथ्वी से अनुमति प्राप्त करने के उपरांत हनुमान अपने गंतव्य की ओर चल पड़े। माता अंजनी महल की छत पर उनकी प्रतीक्षा कर रही थीं। संभवतः सर्वत्र प्रवाहित पवन ने उनके प्राणों में यह संदेश घोल दिया था कि आज उनके लाल-हनुमान आनेवाले हैं। देवी अंजनी महल की छत से उतरकर महल के द्वार तक आईं और आगे बढ़कर हनुमान का हाथ थाम लिया। तभी सूर्यदेव अपनी लालिमा को समेटते हुए अस्त हो गए, जैसे अभी तक इसी दायित्व की पूर्ति के लिए रुके हुए थे। माता और पुत्र को मिलाकर उन्होंने अपना कर्तव्य पूरा कर दिया और प्रस्थान कर गए।

पुत्र को अपने समीप पाकर माता की खुशी आँखों में छलक उठी। होंठों ने तो कुछ नहीं कहा, पर आँखों ने बहुत कुछ कह दिया। शब्द तो किसी

के भी मुखर न हो सके, पर मन अवश्य मुखर हो गया। इसी अवस्था में धीरे-धीरे चलते हुए, अपने कक्ष की ओर जाने लगीं। सेवकों ने यह खबर महाराज केसरी को दे दी, सो वे अपने सारे काम छोड़कर भागे हुए आए। उनके साथ ऋक्षराज जामवंत भी थे। आयु की दृष्टि से जामवंत सभी से बड़े थे, साथ ही उनका अनुभव भी सबसे ज्यादा था। इसलिए वे वानर कुल और ऋक्षकुल, दोनों के लिए सम्मानित थे। वैसे भी जामवंत ब्रह्माजी के मानस पुत्र थे, उनमें स्वभावतः ही ब्रह्मतेज विद्यमान थे, इसलिए भी सभी उनको अतिशय मान देते थे।

सबके द्वारा पूजित, सम्मानित जामवंत को हनुमान के रुद्र स्वरूप का ज्ञान था। वे जानते थे कि महादेव स्वयं अपने एक अंश से हनुमान का रूप धारण किए हुए हैं, इसलिए वे हनुमान को विशेष मान देते थे, कभी-कभी हनुमान के प्रति जामवंत का यह अतिशय उदारपूर्ण व्यवहार अंजनी व केसरी को बड़ा अटपटा लगता, परंतु जामवंत इसे टाल जाते। आज भी उन्होंने हनुमान को प्रणाम किया, परंतु हनुमान ने लोकरीति निभाते हुए उनके चरणों की वंदना की और चरण धूलि ली। केसरी ने हनुमान को गले लगाया, जबकि हनुमान ने उनकी चरण-वंदना की। माता अंजनी पिता-पुत्र के इस सुखद मिलन को देखकर हर्षित थीं। जामवंत भी वहीं पास में खड़े मंद-मंद मुसकरा रहे थे।

हनुमान समस्त प्रातःकालीन कृत्यों के बाद ध्यान के लिए आसन पर बैठे। ध्यान में वे फिर से नए द्वारों, नए गवाक्षों, नई वीथियों से निकलते हुए सूर्यदेव के सम्मुख हुए। सूर्य ने अपने ज्योतिर्मय दिव्य देव रूप में उपस्थित होकर उन्हें आशीष दिया। वे बोले, "वत्स! समस्त देवशक्तियाँ तुम्हारे ही बल, बुद्धि, कौशल व पुरुषार्थ पर आशा टिकाए हुए हैं।" हनुमान ने विनम्र भावों के साथ सूर्यदेव को आश्वस्त किया और अपने नेत्र खोले, देखा जामवंत उनके सम्मुख हाथ जोड़े खड़े हैं। उनकी इस मुद्रा पर हनुमान ने हँसते हुए उन्हें प्रणाम किया और कहा, "काक! आप मुझे आशीष दें।" उनकी इस बात पर जामवंत भाव-विह्वल होकर बोले, "प्रभु! मैं आपको किस तरह और क्या आशीष दूँ। अभी तो मैं बस केवल ब्रह्मदेव का संदेश लेकर आपके समक्ष उपस्थित हूँ।"

जामवंत की बातें सुनकर हनुमान थोड़ी देर के लिए मौन हुए और चिंतन में खो गए। कुछ देर बाद केसरी-नंदन ने कहा, "आप संकोच त्यागकर अपनी बात कहें काका! मैं सुनने के लिए तैयार हूँ।" जामवंत ने अपनी बात बढ़ाते हुए आगे कहा, "हे महा रुद्र! आपने जिस राम-काज के लिए अवतार धारण किया है, उसके प्रथम चरण की शुरुआत का समय आ पहुँचा है। असुर, राक्षस, दैत्य, दानव सभी लंकापति रावण के नेतृत्व में एकजुट हो रहे हैं। बड़ी कुशल योजना का परिचय देते हुए दशानन ने भरत-भूमि पर अपनी चौकियाँ-छावनियाँ स्थापित कर दी हैं। उत्तर में ब्रह्मार्षि विश्वामित्र एवं दक्षिण में ब्रह्मार्षि अगस्त्य के अलावा किसी में तप एवं विद्या का ऐसा अद्‌भुत, अलौककि सामर्थ्य नहीं है, जो रावण पर अंकुश लगाने का सोच सके।"

जामवंत अपने कथन के साक्ष्य भी बता रहे थे। उन्होंने कहा, "दंडकारण्य अब ऋषियों की तपोभूमि नहीं रहा। अब तो वहाँ खर-दूषण-त्रिशरा की सैन्य छावनी बन चुकी है। यही स्थिति मिथिला क्षेत्र की है, वहाँ भी मारीच-सुबाहु व ताड़का अपना आधिपत्य जमाए हैं। अब तो भरत भूमि पर आसुरी आतंक के कई ऐसे ठिकाने स्थापित हो चुक हैं। ऐसा करने के पीछे रावण की महत्त्वाकांक्षा केवल राजनीतिक नहीं है, वह बड़ी योजनाबद्ध रीति से संस्कृति व शास्त्रों को विकृत करने में लगा है।"

जामवंत के कथन की सत्यता के साक्षी इतिहास व भूगोल, दोनों ही थे। जामवंत की इन बातों को सुनकर हनुमान के माथे पर चिंतन की लकीरें तो गहरी हुईं, पर वे चिंतित जरा भी नहीं हुए, बल्कि उन्होंने बड़े धैर्य से ऋक्षपति को आश्वासन देते हुए कहा, "काका! आपका कथन सत्य है। यह सच है कि दशानन के पास शास्त्र-बल है और, तपोबल भी। यहाँ तक कि देवी निकुंभिला के साथ महादेव व ब्रह्मदेव के वरदान भी उसकी रक्षा कर रहे हैं। उसका राजनीतिक कौशल भी अकाध्य व अचूक है। इन सभी बलों से बलवान होते हुए भी उसके पास एक बात की बेहद कमी है।"

हनुमान की इस बात पर जामवंत ने चकित होते हुए पूछा, "कौन सा बल नहीं है दशानन के पास?" इस प्रश्न का उत्तर हनुमान ने मुसकराकर

दिया, ''धर्मबल, काका! इस बल के बिना तो वह बलहीन है। वह तो धर्म का नितांत विरोधी है।''

जामवंत ने अपनी बात जारी रखते हुए कहा, ''रावन ने बड़ी कुशलता व चतुरता से वानर राज बालि को अपने वश में कर लिया है। वह जानता है कि वानरराज बालि अतिशय बलवान हैं, उन्हें युद्ध में हराना संभव नहीं है। सो उसने छल व भेद का सहारा लिया है। वह नए-नए तरीकों से बालि और सुग्रीव के संबंधों में द्वेष की दरार पैदा कर रहा है। यही नहीं, दुंदु राक्षस को भी बड़े यत्न से किष्कंधा के पास स्थापित कर दिया है।

''अभेद्य व्यूह रचना, अपार सैन्यबल, अनंत दैवी शक्तियाँ, विलक्षण प्रतिभा, पारगामी शास्त्र ज्ञान, इसी के साथ अपने युग का महानतम वैज्ञानिक। देवगण भयभीत हैं एवं ब्रह्मदेव चिंतित।'' जामवंत की बात सुनकर हनुमान ने कहा, ''काका! बात चिंता की हो सकती है, पर भय की कदापि नहीं। सृष्टि के आदिकाल से लेकर अब तक के घटनाक्रम साक्षी हैं कि धर्म को अनेक बार संकटों का सामना तो अवश्य करना पड़ा है, पर ऐसा एक बार नहीं हुआ कि धर्म अधर्म से पराजित हो गया हो। पराजय हमेशा अधर्म की ही हुई है और हमेशा आगे भी ऐसा ही कुछ होगा। प्रभु श्रीराम स्वयं सनातन धर्म हैं, वे मर्यादा के शिखर हैं। जहाँ तक बात क्षमताओं की है, तो श्रीराम की क्षमता का स्रोत धर्म है। इसलिए उनकी क्षमताएँ भी अनंत हैं।''

जामवंत फिर बोले, ''ब्रह्मदेव का संदेश यह है कि अधर्म की शक्तियों ने तो रावण के नेतृत्व में स्वयं को संगठित एवं व्यूहबद्ध कर लिया है। अब बारी धर्म की शक्तियों की है। उन्हें भी संगिठत होकर व्यूहबद्ध होना चाहिए।'' हनुमान भी इससे सहमत हुए। उन्होंने कहा, ''काका! मैं ब्रह्मदेव की बात से पूर्णतया सहमत हूँ। धर्म को निश्चित ही संगठित व व्यूहबद्ध होना चाहिए।

''रावण ने यदि अपने नेतृत्व में धर्म की मर्यादाओं की अवमानना ही की है, तो प्रभु राम के नेतृत्व में धर्म की स्थापना तो होनी ही है। निश्चित समय आ पहुँचा है, जब सभी को युग परिवर्तन की इस महाबेला से परिचित कराया जाए। सभी धर्मानुरागियों में अपने कर्त्तव्य व युगधर्म का बोध होना आवश्यक है। प्रभु श्रीराम के अवतार-कार्य में सहयोगी बनने के लिए नेह-

निमंत्रण देने का समय आ गया है। यह देव कार्य है, ऋषि कार्य है, युगधर्म है। आप ब्रह्मदेव को चिंतारहित करिए काका। हम सब मिलकर उनके संदेश, निर्देश व आदेश का अक्षरश: पालन करेंगे।''

हनुमान की चरणबद्ध योजना

हनुमान की बातें सुनकर ऋक्षराज जामवंत की चिंता दूर हो गई। उन्हें हनुमान की प्रतिभा, क्षमता, प्रज्ञा व पराक्रम के यथार्थ का पता था। उनको मालूम था कि दशानन भले ही अपने आपको महादेव का कितना ही महान् भक्त क्यों न कहे, परंतु यह कठोर व कटु सत्य है कि उसने महादेव द्वारा दिए गए वरदानों का दुरुपयोग किया है। उसने उनका अनुशासन व मर्यादाएँ तोड़ी हैं। अपने आचरण से अपने आराध्य को कलंकित किया है। उसका यह कलुषित कर्म दंडनीय अपराध है। उसके इसी घोर कर्म का दंड विधान रचने के लिए महाकाल महेश्वर महादेव ने हनुमान रूप धारण किया है।

बात को आगे बढ़ाते हुए हनुमान ने कहा, ''काका! ब्रह्मदेव धर्म को, धर्म की पक्षधर शक्तियों को संगठित होते हुए देखना चाहते हैं, यह सर्वदा उचित है, पर उसके लिए धर्म की चेतना का परिष्कार आवश्यक है। वर्तमान का धर्म तो रूढ़ियों, कुरीतियों एवं मूढ़ताओं से आच्छादित है। आज की सबसे बड़ी जरूरत है कि धर्म इस कलष-कालिमावाले आच्छादन से मुक्त हो। इसी के साथ यथार्थ व परिष्कृत धार्मिक चेतना को परिभाषित करनेवाले सुविचार जरूरी हैं। तब फिर आवश्यक है इसकी युगानुकूल व्याख्या व इसका प्रचार। ऐसा होने पर युगधर्म का युगबोध होगा। इस युगबोध को जो समझेंगे, वे संगठित भी हो सकेंगे। संगठन जीवंत व गतिशील बना रहे, इसके लिए आवश्यक एवं समुचित क्रियाकलाप भी अपनाने होंगे।

हनुमान की इस विचार श्रृंखला में चरणबद्ध योजना थी। धर्म शक्तियों को संगठित करने के लिए ऋक्षपति जामवंत को यह योजना बहुत भाई, पर अब प्रश्न यह कि इन बातों के क्रियान्वयन का स्वरूप क्या हो व शुभारंभ कहा

से हो? जामवंत के इस प्रश्न का सहजता से उत्तर देते हुए हनुमान ने कहा, ''अच्छा हो हम उसके लिए महर्षि मतंग से मिलें। वे ही समुचित मार्गदर्शन देने में समर्थ हैं।'' यह कहकर जामवंत ने अपनी सहमति जताई।

दूसरे दिन जब वानरराज केसरी तथा ऋक्षराज जांबवान हनुमान को धीर-गंभीर देखकर चुप रहे तो हनुमान ने बोलना शुरू किया, ''पिताजी, काका! लंकापति दशानन ने बड़ी योजना के साथ अपने साम्राज्य का विस्तार किया है। उसने एक साथ अनेक आयामों में न केवल कार्य किया है, बल्कि उच्च कोटि की सफलताएँ भी हासिल की हैं।'' आयामों के बारे में पूछने पर हनुमान ने कहा, ''आमजन की धारणा है कि रावण बलशाली है। उसके बल का कोई मुकाबला नहीं है, लेकिन वह धारणा दशानन के सच का एक अंश प्रकट करती है। दशानन बलवान से कहीं पहले महातपस्वी है। उसके पास शरीर बल से कहीं अधिक संचित तपबल है। उसे ब्रह्मदेव एवं महादेव से अति दुर्लभ वरदान मिले हैं। हालाँकि तपस्वी होना भी दशानन का आंशिक सच है। इस सच का एक पहलू यह भी है कि वह महान् विद्वान् है। उसने वैदिक संहिताओं, भिन्न-भिन्न शास्त्रों, दर्शनों की सर्वथा नवीन मौलिक व्याख्या प्रस्तुत की है।

''समस्त आर्ष ग्रंथों के नवीन, मौलिक एवं मनोनुकूल भाष्य के साथ अपने-अपने दर्शन का प्रवर्तन किया है। इतिहास को भी उसने अपने उद्‍देश्य के अनुरूप पुनः सृजित किया है।'' हनुमान जब ये बातें कह रहे थे, तब केसरी और जामवंत उनकी बातों को संपूर्ण एकाग्रता के साथ सुन रहे थे। हनुमान की कही हुई प्रत्येक बात में उन्हें सच्चाई नजर आ रही थी। हनुमान कह रहे थे, ''विचारों का सृजन एवं प्रणयन दशानन रावण की बुद्धिमत्ता एवं विद्वत्त का नैमाण है, परंतु उसके व्यक्तित्व को यहीं तक सीमित नहीं किया जा सकता। उसने बड़े ही असाधारण ढंग से राक्षस, असुर, दानव एवं दैत्य प्रजातियों को संगठित किया है। उसके इस संगठन-संरचना की अपनी एक विशिष्ट संस्कृत है, जिसे उसने रक्षसंस्कृत का नाम दिया है। अपने इस संगठन को उसने एक महामंत्र दिया है, वयं रक्षामः। वयं रक्षामः संपूर्ण संरक्षण का आश्वासन है, दशानन की ओर से संगठन के समस्त सदस्यों को। वयं रक्षामः का शाब्दिक अर्थ है—हम रक्षा करेंगे। हम रक्षा करेंगे की यदि व्याख्या की जाए तो इसमें

संगठन के सभी सदस्यों की सभी आवश्यकताओं की पूर्ति का आश्वासन है। उन सभी के योगक्षेम का भरोसा है। यह कथन इस बात का द्योतक है कि उनके अंदर रावण के व्यक्तित्व, उसके विचारों में आस्था है। दशानन उनके लिए केवल सेनापति या राजा नहीं है, बल्कि वह उनके लिए गुरु एवं भगवान् है। भावनाओं के अटूट बंधन से बँधा हुआ यह संगठन इसलिए अति सुदृढ है।

"दशानन ने अपनी वैज्ञानिक प्रतिभा के बलबूते असाधारण आयुधों का अन्वेषण किया है। इन अतिविशिष्ट मारक आयुधों से सुसज्जित है उसकी सेना, जिसका नेतृत्व वह स्वयं करता है। वह केवल सिंहासन पर बैठकर राज्य करनेवाला राजा नहीं है, बल्कि वह रणभूमि में स्वयं उपस्थित होकर अपनी समर्थ सेना का नेतृत्व करता है, इसलिए दशानन के लिए कोई भी नीति निर्धारित करने से पहले उसके व्यक्तित्व के दस गुणों को जान लेना अति आवश्यक है। (1) असाधारण बलशाली होना, (2) महान् तपस्वी होना, (3) कुशल संगठनकर्ता होना, (4) राजनीति एवं कूटनीति में कुशल होना, (5) महान् अर्थशास्त्री होना, (6) अपने युग का मौलिक दार्शनिक होना, (7) इतिहास व पुरातत्त्व का ज्ञान होना, (8) कुशल वैज्ञानिक होना, (9) शास्त्रज्ञान व अनुभव ज्ञान होना, (10) महान् योद्धा एवं कुशल सेनापति होना। इन दस विशेषताओं ने विश्रवा पुत्र रावण को दशानन बनाया है। यदि उसके व्यूह से उबरना और सभी को उबारना है तो उसकी इन विशेषताओं एवं विशेषज्ञताओं को ध्यान में रखकर योजनाएँ बनानी होंगी।" हनुमान की ये बातें सुनकर वानरराज केसरी एवं ऋक्षपति जामवंत चिंतन में डूब गए।

हनुमान ने ऋक्षपति को संबोधित करके कहा, "काका! मैंने दशानन की सभी विशेषताएँ इसलिए नहीं गिनाईं कि आप सब चिंतित हों। मैं तो बस, रावण की सशक्त व्यूह रचना का भेद आपको देना चाहता था, ताकि हम इस महाव्यूह को बेधनेबाली नीति व योजना तैयार कर सकें।" "हे पुत्र! तुम ठीक कहते हो। हमें महर्षि मतंग के पास चलना चाहिए।" जामवंत, वानरराज केसरी और महर्षि सूषेण ने लगभग एक साथ कहा।

महर्षि मतंग भगवान् महादेव के अनन्य भक्त थे। उनकी भक्ति, तप-साधना, शास्त्रज्ञान व अनुभव ज्ञान सभी के लिए प्रेरक व मार्गदर्शक थे। इन सभी

से ज्यादा कहीं बढ़कर था उनका व्यवहार—अतिशालीन, शिष्ट व वात्सल्यपूर्ण। महारानी अंजनी के लिए तो वे पिता से बढ़कर थे। वानरराज केसरी भी उन्हें पिता और अभिभावक मानते थे। इसलिए महर्षि के यहाँ चलने की बात सभी को भायी। देवी अंजनी तो इस समाचार को सुनकर फूली नहीं समाईं। वानरराज केसरी अंजनी की प्रसन्नता से प्रसन्न हुए।

आज प्रातःकाल शीघ्र ही प्रस्थान करना था। सभी ने नित्यकर्मों से निवृत्त होकर ब्रह्मबेला में प्रस्थान किया। यात्रा पर्वतीय थी, परंतु सुखद थी। तभी महर्षि मतंग के आश्रम की ओर जानेवाली पगडंडी पर एक साँवली सी वनकन्या कुछ अन्य स्त्रियों के साथ आती दिखाई दी। इन सबके पीछे आश्रम के कुछ ब्रह्मचारी, तपस्वी व साधक थे। इन सबने पास आकर कहा, "ऋषि श्रेष्ठ मतंग ने आप सबको लाने के लिए हमें भेजा है।" उस साँवली वनकन्या ने देवी अंजली के चरणों में सिर रखकर प्रणाम किया। सभी को उनका यह शिष्टचार अतिप्रिय लगा।

इतने में बड़े धीरे से हनुमान उस वनकन्या के साथ हो लिये। उन्होंने उसका हाथ पकड़ा और बोले, "आप धन्य हैं देवी! भक्ति मार्ग पर चल पड़ने और इस हेतु अपना समस्त जीवन अर्पित करने का साहस विरले ही कर पाते हैं।" हनुमान के मुख से अपनी प्रशंसा सुनकर वह वनकन्या थोड़ा सकुचाई और बोली, "प्रभु! मेरा जीवन तो बस गुरुदेव महर्षि मतंग की कृपा पर आश्रित है, सब उन्हीं शिष्य वत्सल गुरुदेव का अनुदान है।" कुछ पल मौन रहने के बाद वह बोली, "प्रभु! आपके बारे में मुझे गुरुदेव ने बता रखा है। बड़े भाग्य मेरे, जो मैं आपके दर्शन पा सकी। गुरुदेव ने बताया है कि जिस तरह श्री नारायण को सर्वाधिक प्रिय भगवान् शिव हैं, ठीक उसी तरह प्रभु राम को सवार्धिक प्रिय रुद्रावतार हनुमान हैं। और फिर ऐसा हो भी क्यों न? भगवान् श्री नारायण ही तो प्रभु राम के रूप में अवतिरत हुए हैं और देवाधिदेव महादेव ने ही तो श्रीराम कारज के लिए हनुमान के रूप में अवतार लिया है।"

तभी महर्षि मतंग सामने से आते हुए दिखाई दिए। महर्षि ने मुसकराते हुए सब का हाल-चाल पूछा। केसरी व अंजनी के प्रणाम करने पर उन्होंने उनके सिर पर हाथ रखकर आशीर्वाद दिया। तत्पश्चात् देवी अंजनी के सिर पर

हाथ रखकर पूछा, "कैसी हो पुत्री?" अंजनी बोलीं, "आपके स्नेह, आशीष की छाँह में मेरा सर्वत्र एवं सर्वस्व मंगल है।" अंजनी की इस बात पर महर्षि ने प्रसन्न नेत्रों से उनकी ओर देखा, फिर बोले, "पुत्री! हनुमान कहाँ है?" अंजनी इस प्रश्न का कोई जवाब दे पातीं, इससे पहले हनुमान ने उत्तर दिया, "यहाँ पर आपके श्रीचरणों में।" विशिष्ट महर्षि ने हनुमान को उठाकर अपनी छाती से लगाया और बोले, "तुम्हारा स्मरण तो मेरा जीवन है, भला तुम्हें कैसे भुला सकता हूँ।"

महर्षि ने अपने इन सभी विशिष्ट अतिथियों व अभ्यातों के आतिथ्य का भार अपने पास खड़े ब्रह्मचारियों के दल को सौंपा, जिसे उन्होंने सहर्ष स्वीकार किया। सबके जाने के बाद महर्षि ने वनकन्या को अपने पास बुलाया और बोले, "इन सबसे मैं संध्याकाल में महादेव मंदिर के पास आम्रकुंज में मिलूँगा। तुम वहाँ पर सारी व्यवस्था कर देना।" महर्षि के इस कथन पर "जो आज्ञा गुरुदेव!" कहकर वनकन्या ने हामी भरी और वहाँ से चली गई।

मंदिर और आस-पास का वातावरण निश्चित ही अद्‌भुत एवं आश्चर्यजनक था। महादेव सचमुच ही वहाँ विराज रहे थे, ऐसा स्पष्ट एहसास वहाँ पहुँचने पर स्वत: हो जाता था। देवी अंजनी को इस स्थान से विशेष लगाव था। जब उनका विवाह नहीं हुआ था, तब वे अपने पिता कुंजजी के साथ यहाँ आया करती थीं। जितनी बार वे यहाँ पर आतीं, उतनी बार इस स्थान के प्रति उनका आकर्षण और भी बढ़ जाता था। महादेव मंदिर परिसर में जाने की अपनी पुत्री की यह बेचैनी-विह्वलता महाराज कुंज को भी समझ में आ गई थी। इसलिए एक दिन उन्होंने अंजनी से कहा, "पुत्री! यदि तुम बीच-बीच में कुछ समय के लिए महर्षि मतंग के आश्रम में रहना चाहो, तो रह सकती हो।"

बस, तभी से अंजनी यहाँ पर बीच-बीच में आतीं और महादेव की आराधना करतीं। महर्षि मतंग से भी उनका तभी से पिता-पुत्री का सहज नाता जुड़ गया था। एक दिन जब कुंजजी ने महर्षि से पूछा, "पुत्री अंजनी का इस स्थान से इतना लगाव क्यों है? तो उन्होंने कहा, "वह प्रकृति से प्रेरित एवं नियति द्वारा निर्धारित है। अभी मैं इतना ही कह सकता हूँ कि आनेवाले समय

में पुत्री अंजनी महादेव की कृपा की विशेष पात्र होंगी और उनके विशिष्ट अंश को धारण करेंगी।''

संध्याकाल में महादेव के मंदिर के पास आम्रकुंज में महर्षि मतंग की मुलाकात अपने इन सभी विशिष्ट अतिथियों से हुई। वे कहने लगे, ''हमें आप सभी के आगमन का उद्देश्य पता है। दशानन रावण का आतंक हम सभी की चिंता का विषय है। अपनी आसुरी, वैज्ञानिक शक्तियों एवं तप से मिले हुए वरदानों से वह कहीं अधिक निर्भीक हो गया है।'' इतना कहकर जब महर्षि चुप हुए तो वानरराज केसरी ने कहा, ''रावण की लंका में अकेला रावण ही बलशाली व वरदानी नहीं है। सुना गया है कि उसका पुत्र मेघनाद भी महापराक्रमी व वरदानी योद्धा है। उसकी तपस्या भी अतुलनीय है। यही नहीं, उसके समान और भी वहाँ अनेक हाँ,। हाँ, संगठित शक्ति व राक्षस संस्कृति का केंद्र है—लंका।'' ऋक्षपति जामवंत के इस कथन के उत्तर में महर्षि बोले, ''यह सब सही है, परंतु हम सब मिलकर, संगठित होकर सुनियोजित ढंग से व्यूहबद्ध होकर रावण का सामना करने में सक्षम हैं।'' महर्षि की बात को ध्यान से सुन रहे हनुमान ने कहा, ''केवल सामना करने में नहीं, उसे पराजित करने में भी, क्योंकि हमारे पास धर्म है। हमारे नायक धर्म के, मर्यादा के मूर्तिमान स्वरूप भगवान् श्री नारायण के अवतार प्रभु श्रीराम स्वयं होंगे।''इस पर महर्षि बोले, ''अब हमें भगवान् श्रीनारायण एवं सदाशिव का स्मरण कर अपनी योजना पर विचार करना चाहिए।''

महर्षि हनुमान का आशय समझ गए और बोले, ''वत्स, हनुमान के चिंतन की दिशा सम्यक है। रावण एक व्यक्ति नहीं, बल्कि जीवन व चिंतन की एक शैली है। एक संस्कृति है, जो जीवन के व्यापक स्वरूप के लिए शुभ व उचित नहीं है। इसके लिए रावण का मरण या विनाश पर्याप्त नहीं है। इसके लिए उसकी विचारधारा के विषाणुओं का विनाश आवश्यक है। जन-चेतना को जाग्रत् करने, उसे नवसृजन व नवीन संघर्ष के लिए तैयार करना होगा।'' महर्षि ने आगे कहा, ''इस योजना के कई चरण होंगे और सभी को अलग-अलग नहीं, बल्कि एक साथ पूरा-पूरा करना होगा, ताकि जब मर्यादा पुरुषोत्तम राम का

कार्य प्रारंभ हो, तब तक संपूर्ण पृष्ठभूमि तैयार हो चुकी हो।''

''यह ठीक रहेगा।'' हनुमान ने कहा।

सबकी सहमति पाकर हनुमान ने कहना प्रारंभ किया, ''हमें बल व विचारशीलता को एक साथ विकसित करना होगा। यह प्रक्रिया वनप्रजातियों, जनजातियों, ग्रामीजनों व नगरवासियों में एक साथ प्रारंभ करनी होगी। बल विकसित करने के लिए शारीरिक व्यायाम, शस्त्र-शिक्षा, युद्धकला में निपुणता का प्रशिक्षण देना होगा। विचारशीलता की प्रक्रिया में हमें विकृत हो रही आस्थाओं व मान्यताओं को फिर से सँवारना होगा। वैदिक विचारधारा व जीवन-मूल्यों से जन-जन को जोड़ना होगा। यह द्विस्तरीय प्रक्रिया चलेगी भी दो स्तरों पर। इसका पहला स्तर सामान्य जनों के लिए होगा, दूसरा विशिष्ट जनों के लिए।

''सामान्य जनों में वनवासी, जनजाति के लोग होंगे और विशिष्ट जनों में विचारशील एवं मनस्वी। इस समूची प्रक्रिया में यह सत्य सभी को सदा ध्यान में रखना होगा कि मर्यादा पुरुषोत्तम श्रीराम और स्वर्णपुरी लंका के अधिपति रावण के बीच लड़ा जानेवाला यह महासंग्राम किसी एक विशेष युद्धभूमि तक सीमित नहीं रहेगा। यह संग्राम घर-घर और जन-जन के मन में लड़ा जाएगा। यह विकट संघर्ष देहबल, मनोबल एवं आत्मबल, तीनों ही बलों पर स्वयं को व्यापक बनाएगा। हमें अपने अभियान में इसे इतना व्यापक बनाना है कि स्वर्णपुरी लंका भी इससे अछूती न रहे। जहाँ तक संभव हो, वहाँ तक श्रेष्ठ जीवन मूल्यों एवं आर्य आदर्शों का प्रकाश पहुँचे। अपनी इन बातों को कहते-कहते हनुमान ने महर्षि मतंग की ओर देखा, उनकी इस दृष्टि को देखकर-पहचानकर महर्षि ने स्वीकृति में सिर हिलाया।

अपने पुत्र हनुमान की बातों को देवी अंजनी पूर्ण मनोयोग से सुन रही थी। साथ ही उनकी दृष्टि महर्षि मतंग के मुख की ओर भी थी। उन्होंने देखा कि हनुमान के प्रति महर्षि के मुख पर सराहना व स्वीकारोक्ति के भाव थे। वानरराज केसरी, ऋक्षराज जामवंत एवं महामंत्री वसुषेण, ये तीनों भी हनुमान की विचारशीलता, दूरदृष्टि, चिंतन की व्यापकता व समग्रता को देखकर हर्षित थे। कुछ पलों के बाद महर्षि ने कहा, ''वत्स हनुमान का कथन सामयिक

एवं समयोचित है। यह सच है कि दशानन रावण मात्र एक व्यक्ति नहीं, एक विचारधारा है, जीवन-शैली है। भले ही यह कितनी विकृत हो, परंतु वर्तमान समय में इसका पर्याप्त प्रसार हो चुका है और होता जा रहा है। युग की इस विकृति को, आस्था के इस संकट को रोकने के लिए हमें भी उसी अनुरूप व्यूह-रचना करनी होगी।

"इसके पहले क्रम में हमें अपने समय के महान् तपस्वियों, महर्षियों को इस अभियान में साथ लेना होगा। वर्तमान की आवश्यकता उन्हें व्यूहबद्ध करने की है। इससे सामर्थ्य का सम्मिलन भी होगा और कार्य का उचित विभाजन व दायित्व निर्धारण भी हो जाएगा। मेरे विचार से हमें जिन महर्षियों से अपने कार्य हेतु सबसे पहले संपर्क करना होगा। वे हैं ब्रह्मर्षि वसिष्ठ, ब्रह्मर्षि विश्वामित्र, तीर्थराज प्रयाग में गुरुकुल संचालन कर रहे ऋषि भरद्वाज, तप के महापुंज ऋषि वाल्मीकि और ऋषि अत्रि तथा उनकी पत्नी अनसूया, परमहंस अवस्था को प्राप्त शरभंग, गुरुभक्त सुतीक्ष्ण तथा महातेजस्वी तथा देवाधिदेव महादेव के महान् भक्त व शिष्य महर्षि अगस्त्य।

महर्षि द्वारा कही जा रही सभी बातों को सब ध्यान से सुन रहे थे। जिज्ञासा प्रकट करते हुए महामंत्री वसुषेण ने पूछा, "हे ऋषि श्रेष्ठ! आर्यावर्त की धरती तो ऋषि भूमि है। यहाँ पर स्थान-स्थान पर अनेक ऋषिगण तप-साधना कर रहे हैं। इनमें से प्राय: सभी महाज्ञानी हैं, फिर भी इन्हीं महर्षियों का नाम क्यों लिया?" इस पर महर्षि ने कहा, "यों तो वत्स वसुषेण की जिज्ञासा का सही-सटीक उत्तर नियति में गर्भ के हैं, फिर भी मेरी अनुभूत कहती है कि इन सभी पुण्य आत्माओं की मर्यादा पुरुषोत्तम श्रीराम की अवतार लीला में सहभागिता है। ये सब नियत क्रम में उनसे मिलेंगे और उनका किसी-न-किसी प्रकार से सहयोग करेंगे।" महर्षि मतंग की आध्यात्मिक शक्तियों से सभी परिचित थे। उनकी यह बात सुनकर सबको उनके कथन के गंभीर आशय का परिचय हुआ।

अब सवाल यह है कि कार्य संभव कैसे होगा, इसे करेगा कौन और इसका प्रारंभ कहाँ से करना चाहिए? इन सारे प्रश्नों को एक साथ स्वयं महर्षि ने उठाया। कुछ पल बाद महर्षि ने स्वयं कहा, "इस कार्य को संभव करेंगे

हमारी पुत्री अंजनी के लाल हनुमान।'' उनके इस कथन से सहमत तो सभी थे, फिर भी अंजनी ने अपनी चिंता जताई। वह बोली, ''इस को करना तो हनुमान का सौभाग्य होगा।'' फिर भी मेरी चिंता है कि कहीं चपलतावश हनुमान से ऋषिगण क्रोधित न हो जाएँ। अंजनी की इस चिंता पर मतंग ऋषिगण बोले, ''अब हमारा हनुमान बड़ा हो गया है। उसने आत्मनियंत्रण सीख लिया है। इसके बारे में तुम्हें विचार करते हुए यह नहीं भूलना चाहिए कि हमारा हनुमान भगवान् सूर्य का श्रेष्ठतम शिष्य है।

''आगे की कार्य-योजना यह है कि इस कार्य को वत्स हनुमान अयोध्या से प्रारंभ करेंगे। वहाँ उन्हें प्रभु श्रीराम के दर्शन होंगे और ब्रह्मर्षि वसिष्ठ के साथ विचार-विमर्श का सौभाग्य भी प्राप्त होगा।'' मतंग के इस कथन ने हनुमापन को तो आह्लादित कर दिया। उनके रोम-रोम से श्रीराम नाम का मंद-मधुर गुंजार होने लगा।

योजना के अन्य कार्य के संबंध में महर्षि ने कहा, ''इस सत्य को हम सभी ध्यान में रखें कि कार्य तो अवतार का है, हम सब तो उनके सहयोगी हैं। अभी तो हमें केवल उनकी अवतारलीला की पृष्ठभूमि तैयार करनी है। इस पृष्ठभूमि की तैयारी में विचारबल, भावबल, देहबल सभी चाहिए। इसमें शास्त्रबल की आवश्यकता है तो शस्त्रबल की भी। इसे सही मायने में जन-अभियान का रूप देना है। दशानन रावण ने सर्वत्र भय को व्यापक बनाया है। हमें अभय को व्यापक बनाना होगा। इस अभय के प्रतीक होंगे प्रभु श्रीराम, जननायक श्रीराम, जन-मन के अधिनायक श्रीराम, जनअभियान के केंद्र श्रीराम।'' शबरी की जिज्ञासा पर महर्षि ने कहा, ''हमारे इस अभियान का केंद्रीय तत्त्व कुछ ऐसा होना चाहिए, जिसमें विचार क्रांति का आह्वान हो, तमस के निवारण की असीमित ऊर्जा हो, विजय का संकल्प हो, जन-जन के लिए स्पष्ट संदेश हो, जो जनसाधारण के साथ महर्षियों को भी स्वीकार हो।''

महर्षि मतंग की इस बात पर ज्ञानियों में अग्रणी हनुमान ने कहा, ''भगवान्! प्रभु श्रीराम सूर्यवंश में उत्पन्न हैं। इस महत् योजना में भगवान् सूर्य की भागीदारी भी है। क्यों न हम इसका केंद्रीय तत्त्व सूर्य भगवान् को बनाएँ। क्या स्वरूप होगा इस सूर्य-साधना का।'' इसके उत्तर में महर्षि ने

कहा, ''गायत्री महामंत्र।'' साथ ही इसकी व्याख्या करते हुए कहा, ''गायत्री महामंत्र के चौबीस अक्षरों में विचार क्रांति का स्पष्ट आह्वान है। इसकी साधना में तमस के निवारण की असीमित ऊर्जा है। यह महामंत्र स्वयं में तमस पर प्रकाश की विजय व सुनिश्चित संकल्प है। जन-जन के लिए इसमें प्रकाश-पथ पर अग्रसर होने का स्पष्ट संदेश है। भगवान् सूर्य सभी के उपास्य हैं। मेरे विचार में, निश्चत ही गायत्री मंत्र जन सामान्य को स्वीकार्य होगा और महर्षियों को भी। हनुमान की बात से मैं पूरी तरह से सहमत हूँ। मेरे विचार से आप सभी की भी सहमति होगी।''

महादेव का आगमन

ऋक्षपति जामवंत सबसे पहले मुखर हुए, ''वत्स हनुमान ने जो कहा, उससे महर्षि सहमत हैं। महर्षि की सहमति में हम सभी की सहमति है।'' उन्होंने आगे कहा, ''यदि सभी सहमत हैं तो फिर विचारणीय बिंदु यह है कि इस योजना का क्रिर्यान्वयन व शुभारंभ किस तरह से हो।''

इतना कहकर एक-दूसरे की ओर देखने लगे। उन्होंने एक पल में ही कह दिया कि महर्षि ही समाधान के स्रोत हैं। इस बारे में सबकी स्वीकृति, एकमति, सहमति व सम्मति को स्वीकारते हुए कहा, ''आप सबके भावों को स्वीकारते हुए मेरा विचार है कि इस योजना का प्रारंभ हम भगवान् महेश्वर के आशीर्वाद से करें। इसके लिए हमें उनकी प्रार्थना, उनका आह्वान करना चाहिए। मेरी श्रद्धा व आस्था कहती है कि प्रभु हम सबकी समवेत पुकार अवश्य सुनेंगे।''

ऋषि मतंग के इस कथन ने सबको पुलकित कर दिया। देवी अंजनी, वानरराज केसरी, ऋक्षपति जामवंत समेत सभी हर्षित हो उठे। अंजनी तो अपने हर्ष के अतिरेक में बोल उठीं, ''प्रभु के दर्शनों का सौभाग्य मिलेगा।'' वानरराज केसरी सहित सभी के नेत्र प्रसन्नतापूर्वक छलक उठे। हनुमान के हृदय में आंतरिक अनुराग का ज्वार उमड़ आया। इसे देखकर महर्षि ने कहा,

"तब हम सबको भूतभावन महेश्वर का आह्वान करना चाहिए।" यह कहकर महर्षि मतंग ने सस्वर अश्रुपुरित नेत्रों से गद्‌गद वाणी से महादेव की स्तुति प्रारंभ की। अन्य सब भी उनका साथ दे रहे थे।

महर्षि मतंग भाव विह्वल हो स्तुति कर रहे थे। उनके साथ अन्य सभी के स्वर भी मिले हुए थे। देवी अंजनी के नयन भर रहे थे, गला रुँधा हुआ था। वानरराज केसरी की स्थिति भी कुछ ऐसी ही थी। अंजनी को तो अपने वे दिन याद आ गए, जब वे पुत्र प्राप्ति के लिए महादेव की अराधना कर रही थीं। तब एक दिन अवढ़रदानी आशुतोष भोलेनाथ प्रकट हुए थे। तप, भक्ति से अहर्निश भीगी रहती थीं वह। इन क्षणों में वही एहसास फिर से प्रगाढ़ हो रहा था।

तभी वहाँ पर अचानक सुगंधि, प्रकाश, प्रसन्नता, शांति का जैसे समुद्र सा उमड़ आया। बरबस सभी के नयन खुल गए। सुखद आश्चर्य सघन हो उठा। स्वयं प्रभु महेश्वर साकार खड़े थे। उनके मुख पर कोटि-कोटि सूर्य की आभा थी। मस्तक पर चंद्रमा अमृत वर्षण कर रहा था। नेत्रों से कृपा व करुणा, प्रकाश धाराओं के रूप में बह रही थी।

महर्षि के भक्तिपूर्ण नमन को स्वीकारते हुए महादेव ने उनके मस्तक पर हाथ रखते हुए कहा, "मतंग। तुम मुझे अतिशय प्रिय हो। यहाँ उपस्थित सभी मेरी कृपा के पात्र हैं। मैं तुम पर प्रसन्न हूँ। निस्संकोच अपना मंतव्य कहो।"

त्रिभुवनपति त्रिपुरारी महादेव की साक्षात् उपस्थिति ने सभी को विस्मय जड़ित कर दिया। देवी अंजनी को अपनी तपस्या की पूर्णता के क्षण स्मरण हो आए। उन्हीं पावन क्षणों में तो इन्हीं देवेश्वर महादेव ने उन्हें पुत्र-प्राप्ति का अमोघ वरदान दिया था, साथ ही यह आश्वासन दिया था कि मैं स्वयं अपने ग्यारहवें अंश से तुम्हारा पुत्र बनूँगा। तभी तो हनुमान रुद्रांश व शंकर सुवन कहे गए। वानरराज केसरी को पिता होने का एवं सौभाग्यवती अंजनी को माता होने का अहोभाग्य प्राप्त हुआ।

अवढ़रदानी आशुतोष ने सुमधुर व स्पष्ट वाणी में कहा, "अपना मंतव्य कहो ऋषि मतंग।" अपने आराध्य की वाणी सुनकर भाव-विह्वल मतंग कहने लगे, " प्रभु आप तो सर्वज्ञ हैं, अंतर्यामी हैं। नारायण की पावन लीला में हम

सब भी कुछ योगदान दे सकें, यही विचार है हम सबका। स्वयं को आपका भक्त कहनेवाला दशानन किस तरह से जनजीवन को आतंकित करते हुए स्थूल व सूक्ष्म प्रकृति को असंतुलित कर रहा है, यह सत्य तो आप हम सबसे अधिक जानते हैं। अपनी सोच-समझ के अनुसार हम सबने श्रीराम काज की पृष्ठभूमि का निर्माण करनेवाली योजना बनाई है। उसके क्रियान्वयन हेतु आपका मार्गदर्शन, संरक्षण व आशीष चाहिए प्रभु।''

इतना कहते हुए ऋषि मतंग ने संपूर्ण योजना को संक्षेप में कह सुनाया। तब उनके कथन को आगे बढ़ाया स्वयं महादेव ने, ''यह सोच सर्वथा सम्यक् व समुचित है। निर्णय केवल अब यह करना है कि इसका प्रारंभ कहाँ से करें?'' इतना कहकर भोलेनाथ मुसकराते हुए मारुति की ओर देखा। उनकी इस दृष्टि में एक प्रश्न व एक समाधान निहित था, जिसे स्वयं हनुमान को पूरा करना था।

ज्ञानियों में अग्रगण्य हनुमान भोलेनाथ का आशय समझ गए। उन्होंने विनम्रता से कहा, ''हे भगवन्! यदि प्रश्न यह है कि इस कार्य योजना का आरंभ कहाँ से हो? तो उसका एकमात्र उत्तर यही हो सकता है कि श्रीराम-कार्य का आरंभ प्रभु श्रीराम के सान्निध्य से ही होना चाहिए, अर्थात् सबसे पहले हमें ब्रह्मर्षि वसिष्ठ से मिलना चाहिए।'' हनुमान के इस उत्तर से सभी संतुष्ट थे। भोलेनाथ ने अगला सवाल पूछ लिया, ''अब यह भी बता दो हनुमान कि यह कार्य किसे करना चाहिए?''

इस प्रश्न के उत्तर में हनुमान अल्प समय तक मौन रहे, फिर उन्होंने अपनी माता देवी अंजनी की ओर देखा। अंजनी अपने पुत्र का आशय समझकर बोलीं, ''हे प्रभु! यह निर्धारण तो आप स्वयं ही करेंगे। आपका निर्धारण, निश्चय एवं निर्णय हम सबके लिए आपका मंगलकारी वरदान होगा।'' अंजनी का यह कथन सुनकर महादेव ने मधुर मुसकान से कहा, ''तो फिर ठीक है। श्रीराम-काज का प्रारंभ श्रीराम के सान्निध्य में श्रीराम के परम भक्त हनुमान के द्वारा हो।'' महादेव के इन वचनों को सुनकर सभी के मुख पर सुखकारी पुलकन उभर आई, ''बस अंजनी के चेहरे पर असमंजस की रेखाएँ थीं। अंजनी के इस असमंजस को अंतर्यामी भगवान् शिव ने समझते हुए कहा,

''हनुमान के अयोध्या जाने पर चिंता की कोई बात नहीं है। वैसे भी हनुमान के साथ मैं स्वयं भी अयोध्या जाऊँगा।'' नारायण की नरलीला में श्रीराम की पावन लीला मुझे अतिशय प्रिय है। इसलिए मैं स्वयं यह अवसर खोना-गँवाना नहीं चाहता। ''देवाधिदेव महादेव जब स्वयं हनुमान के साथ होंगे तो फिर चिंता कैसी?'' वानरराज केसरी एवं देवी अंजनी ने प्राय: एक साथ कहा।

''तुम्हारा विश्वास पूर्णतया विजयी होगा अंजनी।'' महादेव ने अंजनी को आश्वासन दिया। उन्होंने महर्षि मतंग को देखा और कहा, ''मतंग! तुम स्वयं सभी को ब्रह्मर्षि वसिष्ठ का परिचय प्रदान करो।'' महादेव की इस वाणी को सुनकर मतंग ने कहा, ''आपका आदेश मेरे लिए अहोभाग्य है प्रभु!'' यह कहकर वे वहाँ उपस्थित सभी की ओर उन्मुख होकर बोले, ''वसिष्ठ का अर्थ है—सबसे प्रकाशवान, सबसे उत्कृष्ट, सबमें श्रेष्ठ और महिमावंत। वे ब्रह्मा के मानस पुत्र हैं। स्वभाव से बीतराग, परमज्ञानी एवं महान् भक्त ब्रह्मर्षि वसिष्ठ को स्वयं ब्रह्मदेव ने सूर्यवंश का कुलपुरोहित नियुक्त किया है। ब्रह्मा, विष्णु व स्वयं प्रभु महादेव ने सम्मिलित रूप से उन्हें सप्तर्षि मंडल में स्थान दिया है।''

हर और हनुमान की लीला

उन भुवनभास्कर का पावन कुल और उसमें उत्पन्न मर्यादा पुरुषोत्तम प्रभु श्रीराम! उन्हीं श्रीराम के दीक्षागुरु, शिक्षागुरु थे ब्रह्मर्षि वसिष्ठ। अपने चिंतन की इन कड़ियों को जोड़ते हुए बड़े आनंद का अनुभव किया हनुमान ने। वे सोचने लगे कि कैसा सुंदर सुयोग होगा जीवन में, जब सूर्यकुल के सूर्य श्रीराम एवं उनके कुलगुरु ब्रह्मदेवत्ताओं में श्रेष्ठ महातपस्वी वसिष्ठ के दर्शन एक साथ होंगे।

हनुमान के अंत:करण में प्रवाहित हो रही भक्ति की अवरिल धारा ने महादेव के अत:करण को सिंचित कर दिया। वे बोले, ''वत्स हनुमान, अब तुम्हें मेरे साथ अयोध्या चलना है। तुम अपने माता-पिता से अनुमति ले लो।'' भगवान् शिव की इस बात को सुनकर देवी अंजनी एवं वानरराज केसरी ने अपने

दोनों हाथ जोड़कर सिर नवाते हुए कहा, ''हे प्रभु! आपका आदेश हनुमान के लिए, हम सबके लिए परम अनुमति है।'' भगवान् भोलेनाथ ने हनुमान की ओर देखा। उनका संकेत समझकर हनुमान ने माता-पिता के साथ महर्षि मतंग, ऋषपति जामवंत के चरम स्पर्श कर विदा ली। महामंत्री वसुषेण सहित अन्य वसिष्ठ जनों को उन्होंने प्रणाम किया व महादेव के समीप आकर खड़े हो गए। महर्षि मतंग सहित सभी महादेव के सम्मुख प्रणाम की मुद्रा में खड़े हो गए। भगवान् सदाशिव ने भी उन्हें मुसकराकर आशीर्वाद दिया, फिर एकबारगी हनुमान के साथ अंतर्धान हो गए।

ब्रह्मर्षि वसिष्ठ के आश्रम के द्वार पर पहुँचकर भगवान् शिव ने हनुमान को अर्थपूर्ण दृष्टि से देखा। हनुमान तत्काल उस आशय को समझ गए। बस, फिर क्या था, हनुमान का रूप व आकार साधारण कपि का हो गया। महादेव भी सामान्य मदारी के रूप में आ गए। सामान्य मदारी के रूप में होते हुए भी महादेव का तेजस उनके नेत्रों, मुख व शरीर से बिखर रहा था। इसी तरह सामान्य कपि होते हुए भी हनुमान के शरीर का रोम स्वर्णिम था।

आश्रम के द्वार पर खड़े होकर स्वर्णिम कपि ने अपनी कलाबाजी दिखाई और मदारी ने डमरू बजाया। उस डमरू के स्वरों को ऋषि वसिष्ठ ने पहचान लिया। वे समझ गए यह डमरू और उसके स्वर केवल महादेव के ही हो सकते हैं, लेकिन देवाधिदेव यहाँ पर स्वयं भला कैसे उपस्थित हो सकते हैं? पर तत्काल उनके मन में स्वयं ही उत्तर उभरा,जब स्वयं श्री हरि यहाँ राम रूप में उपस्थित हैं, तब भला हर के होने में संदेह क्यों? ध्यान कक्ष से निकलकर वे लगभग भागते हुए गए। देवी अरुंधती ने उनकी ओर कदम बढ़ाए और थोड़ी देर में वे उनसे कुछ दूरी पर पहुँच गईं। ऐसे में उन्होंने ब्रह्मर्षि से पूछा, ''कुछ विशेष है, क्या स्वामी।'' उत्तर में वसिष्ठ ने शीघ्रता से कहा, ''लगता है हमारे भाग्य जागने वाले हैं।''

आश्रम के द्वार पर कुछ विशेष दृश्य न था । बस, एक मदारी अपने बंदर को लिये खड़ा हुआ मुसकरा रहा था। ब्रह्मर्षि वसिष्ठ ने हाथ जोड़ लिये। उनकी आँखों से आँसू झरने लगे। इतना ही नहीं उस धूल भरे मार्ग पर ब्रह्मर्षि वसिष्ठ दंडवत् प्रणाम की मुद्रा में लेट गए। इस दृश्य ने अरुंधती को चकित व

आश्चर्यचकित किया। वे अवाक् व हतप्रभ हो गईं। मदारी ने ब्रह्मर्षि को कहा, ''उठो वसिष्ठ ! तुम्हारा नित्य कल्याण हो।'' उनके ये शब्द सुनकर वसिष्ठ उठकर खड़े हुए, परंतु वैसे ही हाथ जोड़े रहे। उनके स्वर में उनकी भावनाएँ स्वरित हो रही थीं। वे कह रहे थे, ''हे प्रभु! आप इस तरह मुझ अकिंचन के द्वार पर अचानक पधारेंगे मुझे कभी भी आशा नहीं थी।'' वसिष्ठ के इस कथन पर वह मंदारी हँस दिया और उसके साथ कपि ने किलकारी भरी। अरुंधती को अब भी कुछ समझ में नहीं आ रहा था। वे बस, चकित हो सब-कुछ देख-सुन रही थीं।

अरुंधती चकित थीं और ब्रह्मर्षि वसिष्ठ भाव-विभोर। अरुंधती की स्थिति देखकर ऋषि ने कहा, ''देवी! इन्हें पहचानो, मदारी वेश में और कोई नहीं, स्वयं भगवान् सदाशिव हैं। इनके साथ जो कपि है, वह कोई और नहीं, इन्हीं महारुद्र के एकादश अंश देवी अंजनी एवं वानरराज केसरी के पुत्र हनुमान हैं। अपनी बाल्यावस्था में ही इन्होंने खेल-खेल में सूर्य देव को उदरस्थ कर लिया था।'' देवी अरुंधती यह सब कथा अपने पति ऋषि वसिष्ठ से सुन चुकी थीं।

उन्हें याद आने लगा वह दृश्य, जब असमय पूर्ण सूर्य ग्रहण का अनुभव हुआ। ऋषि वसिष्ठ ने ही उन्हें इसका भेद बताया था। यह भी बताया था कि कैसे देव राज इंद्र के वज्र से केसरी-किशोर की ठुड्डी टूटी और उनका नाम हनुमान पड़ा। फिर उन्हें सभी देवताओं से वरदान में अलौकिक एवं दिव्य शक्तियाँ प्राप्त हुईं। ब्रह्मदेव का आशीर्वाद, महादेव का प्रेम, देवी पार्वती का वात्सल्य एवं भगवान् नारायण व महालक्ष्मी का शाश्वत स्नेह मिला। इन सभी स्मृतियों के स्मरण अपने सम्मुख खड़े अलौकिक मदारी एवं उनके अलौकिक कपि को देख वे भी विह्वल हो गईं। उन्होंने वहीं भूमिष्ठ होकर उस अलौकिक मदारी को प्रणाम किया। कपि ने किलकारी का स्वर निकालते हुए उन्हें एवं ब्रह्मर्षि वसिष्ठ को प्रणाम किया।

जब ब्रह्मर्षि वसिष्ठ एवं देवी अरुंधती को समझ में नहीं आया कि इन ग्यारहवें रुद्र हनुमान को क्या आशीष दें, तब मदारी वेश में खड़े भगवान् सदाशिव ने कहा, ''इन्हें रामभक्ति का आशीष दें, रामकाज में सर्वदा सफल होने का अशीष दें।'' यह सुनकर देवी अरुंधती एवं ब्रह्मर्षि वसिष्ठ एक स्वर में कहा, ''हनुमान श्रीराम तुम्हें जितने प्रिय हैं, उनसे भी कहीं अधिक तुम श्रीराम के

प्रिय बनो। सफलता तो हमेशा तुम्हारी अनुगामिनी रहेगी वत्स! संकट कैसे भी क्यों न हों, तुम्हारे नाम-स्मरण से ही भाग जाएँगे।''

महर्षि एवं अरुंधती ने भगवान् भोलेनाथ के संकेत को समझते हुए आश्रम के आध्यात्मिक उद्यान का चयन किया। इस उद्यान के एक छोर पर भगवान् नारायण का मंदिर था, दूसरे छोर पर दिव्य शिवालय था। पास में ही एक पुष्कर था, जिसमें कमल खिले हुए थे। सभी जानते थे कि यह आध्यात्मिक उद्यान महर्षि वसिष्ठ एवं देवी अरुंधती की साधना स्थली थी। महर्षि एवं देवी अरुंधती उन्हें लेकर वटवृक्ष के समीप गए। वहाँ उन्होंने इन दोनों के लिए आसन दिया, साथ ही महादेव का पाद्यार्घ्य आदि देकर पूजन संपन्न किया। उनकी समर्पित भावनाओं से संतुष्ट होकर भोलेनाथ ने कहा, ''मैं तुम दोनों से अतिशय प्रसन्न हूँ। अब तुम दोनों ही यहाँ पास में बैठो और उसे सुनो, जिस हेतु हम यहाँ आए हैं।''

मदारी वेश में बैठे भोलेनाथ ने वह सब सुनाया, जिसकी योजना महर्षि मतंग के आश्रम में बनी थी तथा जिसका दायित्व हनुमान ने सँभाला था। इसी उद्‌देश्य से सबसे पहले तुम दोनों के पास आना हुआ है। ये सारी बातें सुनकर वसिष्ठ-अरुंधती ने लगभग एक साथ कहा, '' हम दोनों कृतार्थ व कृतकृत्य हैं! बस, आप मुझे आदेश करें।'' इस पर महादेव ने कहा, ''नारायण के इस राम अवतार में तुम्हें महत्त्वपूर्ण भूमिका का निर्वाह करना है। इसका प्रारंभ श्रीराम एवं अनुजों की शिक्षा से हो चुका है। इसके बाद नारायण व लक्ष्मी का मिलन होगा। लक्ष्मी इस समय मिथिला में सीता के रूप में उपस्थित हैं। यह कार्य तुम्हारे सहयोग एवं ऋषि विश्वामित्र के प्रभाव से संपन्न होगा। इसके बाद कई विचित्र घटनाएँ घटित होंगी, जिसमें श्रीराम का वनगमन होगा। वे मानव रूप में समस्त मर्यादा का पालन करेंगे। सर्वज्ञ व समर्थ होते हुए भी उन्हें सामान्य मनुष्य की तरह व्यवहार करना पड़ेगा। उनकी लीला में बाधा बनेगा—महाराज दशरथ का पुत्र मोह। भरत-शत्रुघ्न एवं माताओं का अतिराम प्रेम। इसे तुम दोनों को देखना है। तुम दोनों को मिलकर इन बाधाओं का निवारण करना है।''

कुमार लक्ष्मण ने बात परिहास में कही थी, पर इसे सुनकर श्रीराम के मुख पर भावनाएँ गहरी हो गईं। भगवान् नारायण एवं भगवान् सदाशिव सचमुच

पुरातन एवं सनातन संबंधी तो हैं। नारायण जहाँ भी, जिस भी अवतार में, अपने जिस किसी रूप में रहते हैं, वहाँ पर महादेव किसी-न-किसी रूप में पहुँच ही जाते हैं। महर्षि वसिष्ठ ने कहा, "यदि रामचंद्र चाहें तो मदारी और उसके कपि को दरबार में ले चलें। सभी का थोड़ा मनोरंजन भी हो जाएगा।" "अवश्य क्यों नहीं।" कुमार लक्ष्मण ने उत्साहित होते हुए कहा और श्रीराम की ओर देखा। लक्ष्मण की बात सुनकर श्रीराम ने हामी भरी। श्रीराम की इस स्वीकारोक्ति को देखकर महाराज दशरथ ने प्रसन्नतापूर्वक अनुमति दे दी। इसी के साथ राजदरबार की ओर चल पड़े। थोड़े ही समय में सभी राजसभा में पहुँच गए। मंत्रिपरिषद् के सदस्यों एवं सभासदों की इस दृश्य को देखकर भारी अचरज हुआ।

महामंत्री सुमंत ने आगे बढ़कर महाराज दशरथ के साथ ब्रह्मर्षि वसिष्ठ का स्वागत किया। मंत्रिपरिषद् के सभी सदस्यों एवं सभासदों ने अपने स्थान पर खड़े होकर उनका अभिनंदन किया। सभी अपने-अपने आसन पर बैठ गए। दास-दासियों के माध्यम से यह समाचार राजमहल में भी पहुँच गया था कि कुलगुरु वसिष्ठ एक अलौकिक मदारी व स्वर्णिम कपि के साथ आए हैं। इस समाचार ने महारानियों में भी उत्सुकता जगा दी थी। इसलिए महारानी कौशल्या, सुमित्रा व कैकेयी के साथ राजसभा में महाराज के आसन के पीछे बने विशेष स्थान पर आ विराजीं।

जब सभी अपने-अपने स्थान पर बैठ गए, तब महर्षि ने मदारी से कहा, "अब आप अपने कपि की कला प्रदर्शित कर सकते हैं।" यह सुनकर मदारी के होंठों पर हलकी सी मुसकान छलकी, फिर भी उन्होंने अपने हाथों में थामा डमरू ऊपर उठाया और करने लगे डमरू निनाद। इस डमरू वादन की सबसे बड़ी विचित्रता यह थी कि इस डमरू-ध्वनि में बीच-बीच में स्वत: ही 'ॐ नमो नारायणाय' सुनाई देने लगता था, साथ ही डमरू के स्वर 'श्रीरामचन्द्राय नम:, श्रीरामचन्द्राय नम:" का उच्चारण करने लगते थे। मदारी के डमरू वादन के साथ उनके स्वर्णिम कपि ने महाराज दशरथ, गुरु वसिष्ठ के साथ, भाइयों के साथ श्रीराम के चरणों में दंडवत् प्रणाम किया। इतना ही नहीं इस अद्भुत कपि ने पीछे की दीर्घा में पहुँचकर महारानियों के चरणों में प्रणाम किया।

सभी को अचरज तो तब हुआ, जब स्वर्णिम कपि ने श्रीराम की माता कौशल्या के चरणों में प्रणाम करने के साथ उनकी गोद में अपना सिर रख दिया और उनका हाथ अपने मस्तक पर रख लिया। इस दृश्य को देखकर सभी महारानियाँ हँस पड़ीं। महारानी कैकेयी तो परिहास में कहने लगीं, ''कौशल्या जीजी को एक और पुत्र मिल गया। श्रीराम की माता कौशल्या ने भी देवी कैकेयी के परिहास को सच करते हुए इस कपि को पुत्र की भाँति प्यार किया। इतना सब करके वह कपि पुनः राजसभा में उपस्थित हो गया तथा सभी सभासदों को प्रणाम किया। फिर मदारी के संकेत से प्रारंभ किए अपने करतब।

मदारी डमरू से, आँखों से और हाथों से संकेत कर रहा था और उसका कपि अपनी कला का प्रदर्शन कर रहा था। कपि की कला में चपलता थी, परिहास था। इसी के साथ इसमें भी उच्चकोटि की विनम्रता, शिष्टता व समझदारी। इसे देखकर सभी चमत्कृत थे, आश्चर्यचकित थे। जिस समय अयोध्या की राज्यसभा में यह प्रदर्शन हो रहा था, उस समय सृष्टि सृजेता ब्रह्मा के साथ देवों का समुदाय भी आ जुटा था।

प्रदर्शन के अंतिम चरण में मदारी ने कहा, ''हमें आज का सौभाग्य ब्रह्मर्षि वसिष्ठ की कृपा से प्राप्त हुआ है, इसलिए प्रदर्शन का यह भाग परम योगी, महान् ज्ञानी कुलगुरु वसिष्ठ को समर्पित है।'' इतना कहकर मदारी ने डमरू बजाया। इस डमरू ध्वनि के साथ कपि ने योग के भिन्न-भिन्न आसन, विभिन्न प्रकार के प्राणायाम एवं विभिन्न योगमुद्राओं का प्रदर्शन सधे हुए योगी की भाँति प्रारंभ किया। इसके बाद ध्यान के विविध प्रयोग व प्रकार प्रदर्शित किए। इन प्रयोगों ने सबके मन को शांत, स्थिर व नीरव कर दिया। वहाँ की हवाओं में आध्यात्मिक सुगंध प्रवाहित होने लगी।

उनके सामने बैठे मदारी वेश में सदाशिव ने कहा, ''ऋषि वसिष्ठ! अब तुम्हें कर्तव्य कर्म में संलग्न होना है।'' ''अवश्य प्रभु।'' वसिष्ठ ने श्रद्धा से सिर झुकाते हुए कहा। इसके साथ देवी अरुंधती ने भी माथा झुकाया। फिर वे महादेव के अटपटे वेश को देखने लगीं। उन्हें इस तरह चकित भाव से देखते हुए देखकर ब्रह्मर्षि वसिष्ठ बोले, ''देवी प्रभु का वेश इनकी वास्तविकता है।

सचमुच ही वे इस जगत् को नचाने वाले मदारी हैं। समूचा संसार इन्हीं के इशारों पर नाचता है।''

देवी अरुंधती का मन श्रद्धा से विभोर था। ऋषि वसिष्ठ ने उनसे कहा, ''देवी! अब हम यहाँ से महाराज दशरथ के दरबार में जाएँगे। आखिर श्रीराम और हनुमान का मिलन भी तो होना है।'' ''प्रथम मिलन'' देवी अरुंधती ने ये दो शब्द जोड़कर ब्रह्मर्षि के कथन को हलकी सी मुसकान के साथ संशोधित किया; जबकि मिलन शब्द के दो बार उच्चारण से हनुमान के मन में भक्ति का तीव्र-उद्रेक हुआ। इस अनुभूति के स्पर्श से पुलकित होकर भगवान् सदाशिव ने कहा, ''भक्त एवं भगवान् के मिलन से अधिक पवित्र, श्रेष्ठ, सुखकारी सौंदर्यपूर्ण एवं दर्शनीय कोई अन्य घटना नहीं हो सकती।''

''अवश्य प्रभु!'' कहते हुए देवी अरुंधती ने महादेव के इस कथन के साथ अपनी हामी भरी और इन सभी को विदा देने के लिए तैयार हुईं। इन क्षणों में वे सोचने लगीं—'काश! भगवान् महादेव एवं हनुमान के उनके वास्तविक रूप में दर्शन हो पाते।' अपने मन के इस भाव को उन्होंने मन में ही रहने दिया। सोचा, कहीं इस भाव को व्यक्त करने में भगवान् महादेव की लीला में बाधा न पड़े। वैसे भी सच्चा भक्त वही है एवं सच्ची भक्ति वही है; जो भगवान् की इच्छा के अनुरूप स्वयं को गढ़े, न कि अपने आराध्य भगवान् को, अपने भगवान् को अपनी इच्छा के अनुरूप परिवर्तित करने की चेष्टा करे।

अंतर्यामी महादेव को अरुंधती के इन भावपूर्ण विचारों ने छू लिया। वे बोले, ''तुमने भक्त व भक्ति की एकदम सच्ची, समुचित, सम्यक् व सटीक परिभाषा सोची है, लेकिन इससे जुड़ा एक सत्य और भी है। और वह यह कि भगवान् को अपने सच्चे भक्त-अतिशय प्रिय होते हैं। अपने भक्त से अधिक, उसकी भक्ति से अधिक उनके लिए कुछ भी नहीं।'' ऐसा कहते हुए महादेव अपने स्वाभाविक रूप में प्रकट हो गए। त्रिनेत्रधारी, त्रिशूलपाणि, शशांकशेखर, डमरूधर गंगा को धारण किए हुए जगदीश्वर सदाशिव का साक्षात्कार वसिष्ठ-अरुंधती के लिए परम सौभाग्य था। इसी के साथ ग्यारहवें रुद्र हनुमान भी अपने स्वाभाविक रूप में उनके सम्मुख प्रकट हो गए। उदयकालीन सूर्य की भाँति प्रकाशित हो रहे थे हनुमान। हर और हनुमान को इस तरह एक साथ देखकर

भाव-विह्वल हो उठे वसिष्ठ-अरुंधती।

वसिष्ठ-अरुंधती की भक्ति को पूर्णता प्रदान करने के बाद महादेव एवं हनुमान पहले की ही तरह मदारी एवं कपि के रूप में आ गए। अरुंधती ने उन्हें कृतज्ञता व कृतार्थता के साथ विदा किया। आश्रम से निकलते समय देखनेवालों को बड़ा अटपटा लग रहा था, ब्रह्मर्षि वसिष्ठ एक मदारी और कपि के साथ राजमार्ग पर, पर कोई कुछ नहीं बोला, क्योंकि सभी को मालूम था कि महर्षि के सभी कार्य उद्देश्यपूर्ण व औचित्यनिष्ठ होते हैं।

राजमार्ग पर आते हुए ऋषि वसिष्ठ को देखकर प्रहरी ने सम्राट् दशरथ को सूचना दी। महर्षि के साथ आज एक मदारी व उसका कपि भी है, यह भी बताया। राजसभा में महाराज के साथ उनके चारों पुत्र—श्रीराम, भरत, लक्ष्मण एवं शत्रुघ्न भी थे। वे जान गए कि मदारी के वेश में स्वयं महादेव आज अयोध्या को धन्य करने के लिए पधारे हैं। उन्हें यह भी एहसास हो गया कि उनके साथ आया हुआ कपि और कोई नहीं, स्वयं उनके परम भक्त हनुमान हैं। उन्होंने मर्यादा का पालन करते हुए अपनी भावनाओं को नियंत्रित रखा। बस अपने पिता महाराज दशरथ से केवल इतना कहा, ''पिताश्री! यदि आप अनुमति दें तो मैं भी आपके साथ गुरु वसिष्ठ के स्वागत के लिए द्वार तक चलूँ।'' श्रीराम को यह पता था कि उनके पिता प्राय: ऋषि को लेने के लिए द्वार तक जाते हैं। महाराज दशरथ भी अपने ज्येष्ठ पुत्र के शील व विनय से सुपरिचित थे। उन्होंने प्रसन्नतापूर्वक आज्ञा दे दी।

श्रीराम के साथ उनके अनुजों ने भी अनुगमन किया। जब तक श्रीराम अपने भ्राताओं एवं पिता के साथ द्वार पर पहुँचे, तब तक ऋषि वसिष्ठ भी अपने साथ चल रहे मदारी एवं कपि के साथ सभाभवन के मुख्य द्वार पर आ चुके थे। अब श्रीराम व हनुमान आमने-सामने थे। हनुमान को देखकर श्रीराम के नयन छलक उठे, हनुमान भी अपने आराध्य को देखकर विह्वल हो उठे। इसी विह्वलता में उन्होंने भागकर श्रीराम के पाँव पर अपना माथा टिका दिया। एक अनजान कपि के ऐसे व्यवहार ने पुत्रों सहित महाराज दशरथ को चकित कर दिया। श्रीराम ने भी झुककर कपि को उठाया और उसके सिर पर हाथ फेरने लगे।

भक्त व भगवान् का अद्‌भुत मिलन देखकर ऋषि वसिष्ठ, भावविभोर हो गए। उनके साथ मदारी वेश में खड़े महादेव तो जैसे समाधिस्थ हो गए। उनके अंतर्लीन मन को अपनी ओर आकर्षित करते हुए दशरथ ने कहा, "मदारी! तुम्हारा कपि तो बहुत ही शिष्ट मालूम पड़ता है।" इस पर मदारी ने कहा, "इसमें एक नहीं अनेक विशेषताएँ हैं, राजन! इसकी अनगिनत विशेषताओं में से एक विशेषता इसकी स्वामीभक्ति भी है।" "विचित्र! आश्चर्यपूर्ण!" महाराज दशरथ ने चकित होते हुए कहा। तभी ऋषि वसिष्ठ ने महाराज से कहा, "नृपश्रेष्ठ! अपने कपि से कहीं अधिक गुण मदारी में है। ये तो समस्त कलाओं के भंडार हैं। ये स्वयं नटराज हैं।" तब श्रीराम ने कहा, "गुरुदेव का कथन सर्वथा सत्य है। मुझे भी कुछ ऐसा ही प्रतीत हो रहा है, पिताजी।" कुमार लक्ष्मण ने कहा, "आज्ञा हो तो कहूँ।" "अवश्य कहो वत्स!" महाराज ने कहा। "मुझे प्रतीत हो रहा है कि यह मदारी और उनका यह कपि भइया राम के पुरातन व सनातन संबंधी हैं।"

मदारी और स्वर्णिम कपि के रूप में महादेव एवं हनुमान की लीलाएँ देखकर ब्रह्मर्षि वसिष्ठ स्वयं को कृतार्थ अनुभव कर रहे थे। वे सोच रहे थे नारायण व सदाशिव की अभिन्नता व एकात्मकता के विषय में। शिव व विष्णु, विष्णु व शिव सर्वथा एकात्म हैं, अद्वैत हैं। उनकी इस लीला को देखकर श्रीराम भी इन्हें मुग्ध होकर अहो भाव से देख रहे थे। वे सोच रहे थे कि कितने भक्तवत्सल हैं भोलेनाथ। मुझ पर कृपा करने, कृतार्थ करने अयोध्या तक आ पहुँचे। मर्यादाओं के बंधन ऐसे हैं कि मैं इनका सही से स्वागत, आवभगत भी नहीं कर पा रहा।

ब्रह्मर्षि वसिष्ठ, मर्यादा पुरुषोत्तम श्रीराम, मदारी वेश में महादेव एवं स्वर्णिम कपि का रूप धारण किए हनुमान, सभी के नयन एक साथ भीग गए। ऐसा लगा, जैसे कि सबकी एक साथ भाव समाधि लग गई हो।

इसे देखकर सबसे पहले महाराज दशरथ ने हर्ष से उत्साहित होकर कहा, "आश्चर्यपूर्ण, अद्‌भुत व अश्रुत!" चक्रवर्ती नरेश के इन शब्दों को सुनकर पूरी सभा भी प्रसन्नता व प्रशंसा की एक साथ अभिव्यक्ति करने लगी। सभी की प्रसन्नता को देखकर महाराज ने श्रीराम की ओर देखा और पूछा, "पुत्र! तुम्हें

कैसा लगा, इनका यह खेल?'' इस पर श्रीराम ने कहा, ''पिताश्री! मैं आनंदित होने के साथ भावविभोर हूँ। वैसे मैं एक सत्य कह सकता हूँ कि इन मदारी का अपने कपि के साथ आना अयोध्यावासियों का सौभाग्य है। इनके किसी कार्य की समीक्षा कर सकना मेरे लिए संभव ही नहीं।'' इस प्रसन्नता को अनुभव करके चक्रवर्ती नरेश दशरथ ने कहा, ''मदारी! तुमने अपने कपि के साथ मेरे पुत्रों व संपूर्ण सभा को आनंदित कर दिया है। मैं तुम्हें पुरस्कृत करना चाहता हूँ। तुम जो भी चाहो, माँग लो।'' दशरथ के इस कथन पर ब्रह्मर्षि वसिष्ठ व श्रीराम ने एक-दूसरे की ओर देखा। आकाश में उपस्थित ब्रह्माजी, देवराज इंद्र, देवगणों के साथ सोचने लगे कि संपूर्ण सृष्टि को निरंतर देते रहनेवाले अवढ़रदानी आशुतोष को भला कोई क्या दे सकता है? देवों की सोच, ब्रह्मर्षि वसिष्ठ व श्रीराम का असमंजस समझते हुए मदारी ने अपना डमरू बजाते हुए कहा, ''महाराज! जिनके पुत्र श्रीराम हों, वे किसी को कुछ भी देने में समर्थ हैं। हम ठहरे मदारी, मेरी आवश्यकता है ही कितनी? मैं और मेरा कपि, दोनों के लिए अरण्य, पर्वत सभी कुछ स्वतः ही दे देते हैं। सभी को पोषित करनेवाली प्रकृति ने मेरे पोषण का दायित्व ले रखा है, फिर कुछ माँगने के लिए बचा ही क्या है।''

ब्रह्मर्षि वसिष्ठ एवं श्रीराम मर्यादावश कुछ भी नहीं बोल पा रहे थे। अंतर्यामी आशुतोष ने सभी के अंतर्भावों को पढ़ लिया। वे पढ़कर मुसकराए और बोले, ''महाराज! आप समर्थ हैं। आप यदि देना चाहते हैं तो कुछ ऐसा दीजिए, जो आपकी गरिमा के अनुकूल हो।''

''अवश्य मदारी! तुम बस माँगो!'' ''आपका आभार प्रकट करते हुए मैं ब्रह्मर्षि वसिष्ठ एवं ज्येष्ठ कुमार श्रीराम के सत्संग का आकांक्षी हूँ। यदि एक दिवस भी ब्रह्मर्षि एवं ज्येष्ठ कुमार के साथ रह सका तो मैं स्वयं को धन्य समझूँगा।'' मदारी ने कहा। महादेव के इस कथन पर ब्रह्मर्षि वसिष्ठ व श्रीराम एक साथ सोचने लगे—हे भोलेनाथ! आप सचमुच अवढ़रदानी हैं। आपने माँगकर भी दे डाला।

इस पर महाराज दशरथ ने महर्षि वसिष्ठ की ओर देखते हुए हाथ जोड़कर अपना सिर नवाया। यह देखकर ब्रह्मर्षि वसिष्ठ बोले, ''राजन! मुझे मदारी का प्रस्ताव सर्वथा स्वीकार है। मैं और वत्स राम इन मदारी के

साथ एक दिवस अवश्य व्यतीत करेंगे। इन्हें अयोध्या का शुभदर्शन कराएँगे। ये हमारे साथ सरयूतट पर भ्रमण करेंगे। राजउद्यान में वास करेंगे।'' इसके बाद महाराज ने श्रीराम की ओर देखा और कहा, '' पुत्र! तुम गुरुदेव के साथ रहकर इन मदारी और उनके कपि की इच्छा पूर्ण करो, इनका सान्निध्य निश्चित ही कल्याणकारी होगा।''

श्रीराम तो स्वयं ही महादेव के सान्निध्य के लिए उत्सुक थे, पिता की अनुमति ने उनकी आकांक्षा पूर्ण कर दी।

हनुमान को अपने आराध्य से प्रथम मिलन की खुशी उनकी भावनाओं को तरंगित करने लगी। महामंत्री सुमंत, उन्हें तो सारी व्यवस्था करनी थी। वार्त्ता के इन क्षणों में उन्हें महाराज की ओर से संकेत मिल चुके थे कि गुरुदेव की इच्छानुसार सत्संग के स्थान की व्यवस्था करनी है। उनकी इस उत्सुकता को परखकर ऋषि वसिष्ठ ने उनसे कहा, ''वत्स सुमंत! हम सभी सरयू के पार निकट वन में जाएँगे। सरयू को पार करने के लिए निषादराज के पुत्र गुह को बुला लो।'' गुह का नाम सुनकर श्रीराम को अपने इस प्रिय सखा का स्नेह स्मरण हो आया। गुह उनकी अनेक वन यात्रा में गया था। वह निषादपति का ज्येष्ठ पुत्र होने के साथ ही अति साहसी, वीर, धीर व पराक्रमी था। विनम्रता उसका सर्वोच्च गुण था। महामंत्री सुमंत के बुलाने पर वह शीघ्र ही सरयू तट पर अपनी नाव लेकर उपस्थित हो गया।

जैसे ही निषादकुमार गुह ने इन सबको देखा, उसने भागकर ऋषि वसिष्ठ को भूमिष्ठ हो प्रणाम किया। श्रीराम को भी उसने इसी तरह प्रणाम करने की चेष्टा की, पर श्रीराम ने तो उसे अपनी छाती से लगा लिया। हाँ! महामंत्री सुमंत को अवश्य उसने चरण वंदन कर अभिवादन किया। महामंत्री ने उसे आशीष देते हुए आदेश दिया, ''वत्स! तुम्हें गुरुदेव व वत्स रामभद्र को इन मदारी व उनके कपि के साथ सरयू पार के वन में ले जाना है। शेष आदेश तुम्हें गुरुदेव स्वयं देंगे।''

कुछ देर में नौका सरयू के उस पार पहुँच गई। इस स्थान से थोड़ी दूर बस अरण्य प्रारंभ होता था। गुह ने श्रीराम, महर्षि वसिष्ठ तथा उनके साथ आए हुए मदारी व उनके कपि को उतारा। नौका से उतरकर श्रीराम ने निषादकुमार

को कहा, ''सखा! तुम्हें यहीं रुककर प्रतीक्षा करनी होगी। इधर महर्षि वसिष्ठ सबको साथ लेकर वन की ओर चल पड़े। इतनी देर में महर्षि वसिष्ठ कुमार श्रीराम के साथ वन में काफी अंदर पहुँच गए थे। वन में इस स्थान पर, वृक्षों का घना झुरमुट था। उसमें बेलें लिपटी थीं, पास में ही एक सरोवर था, जिसमें कमल खिले हुए थे। वहाँ पहुँचकर मदारी वेशधारी महादेव ने मुसकराते हुए कहा, ''महर्षि! आप इसी स्थान पर हमें अपना सत्संग प्रदान करेंगे अथवा किंचित और आगे बढ़ेंगे।'' उनके इस कथन पर ऋषि वसिष्ठ ने कहा, ''भगवन्! समूची सृष्टि आपकी लीला भूमि है। आप जैसा भी आदेश करेंगे, स्वीकार्य होगा। हाँ, मेरा एक अनुरोध है। आप और हनुमान अपने स्वाभाविक रूप में आकर हममें कृर्ताथ करें।'' इस अनुरोध को अपनी मुसकराहट के साथ स्वीकृति दी भोलेनाथ ने। थोड़ी ही देर में उनकी 'कपूर्र गौर' छवि साकार हो उठी। हनुमान ने भी स्वर्ण शैलाभ देह रूप धर लिया। उनके इस तरह प्रकट होने से शुभ व स्वर्णिम प्रकाश के मिलने की अलौकिक प्रभा ने वन क्षेत्र को आलौकिक प्रकाश से परिपूर्ण कर दिया।

अपने इस स्वरूप में हनुमान ने श्रीराम व ऋषि वसिष्ठ को प्रणाम किया। श्रीराम ने तो उन्हें खींचकर अपने हृदय से लगा लिया। यह अलौकिक मिलन था—भक्त व भगवान् का। दोनों की आँखों से अश्रु बह रहे थे। देर तक ऐसी स्थिति बनी रही। इस दृश्य के साक्षी बने भगवान् सदाशिव एवं ऋषि वसिष्ठ। श्रीराम व हनुमान के मिलन के बाद वसिष्ठ ने एक बार फिर से गौरी पति को प्रणिपात किया। हालाँकि जब श्रीराम ने उन्हें प्रणिपात करने की चेष्टा की तो भगवान् सदाशिव ने उन्हें अपने हृदय से लगा लिया और धीरे से कहा, ''हे नारायण! आपका यह श्रीराम रूप सदा-सर्वदा मेरे हृदय में निवास करता है।'' इस पर श्रीराम ने उसी स्वर में कहा, ''हे पार्वतीनाथ! आप तो सदा ही मेरी भावनाओं के आराध्य व मेरे इष्ट हैं।'' श्रीराम व सदाशिव का यह मिलन व उनका संवाद इतना स्पष्ट और इतना अस्पष्ट था, जिसे संपूर्णतया केवल वे ही दोनों समझ सके। हनुमान, ऋषि वसिष्ठ को यह देखकर असीम आनंद अवश्य हुआ।

इस बीच ब्रह्मर्षि वसिष्ठ के मुख से लंकापति रावण व उसके छोटे भाई

कुंभकर्ण के अतीत की कथा (जय-विजय) सुनकर हनुमान मौन रहे। उनके इस मौन में विचारमंथन के साथ भक्तिरस घुला था। वे सोच रहे थे, 'कितने करुणापूर्ण व भक्तवत्सल हैं भगवान्? वे अपने भक्त को कभी भी किसी अवस्था में नहीं भूलते। अपने भक्त के उद्धार के लिए वे कैसी भी लीला रचा लेते हैं। मर्यादा पुरुषोत्तम श्रीराम के स्वरूप में उन्होंने रावण व कुंभकर्ण के उद्धार की लीला रची है।' हनुमान के मन में जब ये विचार-तरंगें अठखेलियाँ कर रही थीं, तब श्रीराम उन्हें देख रहे थे। वट की छाँह में बैठे भगवान् सदाशिव भक्त व भगवान् की इस अनन्य प्रगाढ़ता को देखकर मुसकरा रहे थे।

वार्त्ता का आरंभ स्वयं देवाधिदेव महादेव ने किया। वे श्रीराम को संबोधित कर कहने लगे, "हे नारायण! आप तो जानते हैं कि आपका यह श्रीराम रूप मुझे अतिशय प्रिय है। मैं निरंतर इसी का ध्यान और श्रीराम नाम का जप करता रहता हूँ। बीतते समय के साथ आपकी लीला के घटनाक्रमों का आरंभ होगा। इसमें आपके सहयोगी बनेंगे हनुमान। अच्छा हो कि हनुमान कुछ दिनों तक आपके साथ रहें।"

प्रभु श्रीराम का पावन सान्निध्य मिलेगा। यह सुनकर हनुमान को अमृतपान से भी अधिक सुखद अनुभूति हुई। 'सचमुच ही भोलेनाथ अवढ़रदानी हैं। बिन माँगे ही सबकुछ दे डाला।' हनुमान की इस मनोदशा के साथ स्वर जोड़े श्रीराम ने। वे बोले, "हे पार्वतीनाथ! मैं कहीं भी, किसी भी रूप में रहूँ, आप सदा ही मेरे आराध्य हैं। आपका आदेश सर्वथा शिरोधार्य है। हनुमान अवश्य मेरे पास ही रहेंगे। इनके सान्निध्य में रहने से मुझे लगेगा कि मैं आपके सान्निध्य में हूँ।" उनके भावों को समझते हुए सदाशिव बोले, "हे श्रीराम! आपकी इस लीला में भक्तों का उद्धार है, लोक का कल्याण है, अनगिनत साधकों की साधना की संपूर्णता है। इसी के साथ समस्त जन-जन के जीवन का उत्थान है। आपकी लीलाएँ पुराने युग में घटनाक्रमों की समाप्ति करके नए युग का शुभारंभ करेंगी। आप मुझ पर कपावंत बने रहेंगे तो ऐसा अवश्य संभव होगा।" श्रीराम के स्वरों में विनम्रता के साथ स्वीकारोक्ति थी। हाँ इस संवाद-प्रक्रिया में बहुत कुछ ऐसा भी था कि जो केवल हर और हरि के बीच घटित हुआ। इसे केवल वे ही दोनों कह सके और वे ही दोनों सुन सके। अब तो विदा होने

का समय आ गया था। अब तक वे वृक्ष की छाया में बैठे भगवान् शिव उठ खड़े हुए। सभी ने उन्हें प्रणिपात किया। हाँ, जब श्रीराम उन्हें प्रणिपात करने लगे तो उन्होंने उन्हें उठाकर अपने हृदय से लगा लिया। हरि व हर की यह एकात्मकता देखकर महर्षि वसिष्ठ व हनुमान भावविभोर हो गए। अद्‌भुत था उनका वह प्रेमपूर्ण मिलन। इसी बीच भगवान् सदाशिव अंतर्धान हो गए। उन्हें अदृश्य होता हुआ देखकर श्रीराम ने ऋषि वसिष्ठ से कहा, "गुरुदेव! भगवान् शिव की साकार उपस्थिति ने इस वन को तीर्थ बना दिया है।"

"अवश्य वत्स!" इतना कहकर ऋषि वसिष्ठ ने वहाँ की रज को अपने मस्तक पर लगाया और चलने के लिए तैयार हो गए। श्रीराम व हनुमान ने भी उनका अनुगमन किया। हाँ, इतनी देर में हनुमान अपना स्वर्ण शैलाभ स्वरूप छोड़कर समाान्य स्वर्णिम कपि के रूप में आ चुके थे। धीमे कदमों से चलते हुए वे तीनों वन की सीमा पारकर सरयू तट पर आ पहुँचे। यहाँ पर निषादकुमार गुह उनकी प्रतीक्षा कर रहे थे। प्रसन्न मुख गुह को इसका आश्चर्य था कि वापसी पर वे विचित्र-विलक्षण मदारी साथ क्यों नहीं? इस आश्चर्य से कहीं अधिक आश्चर्य इस बात का था कि उन मदारी महोदय ने अपने कपि को इस तरह क्यों छोड़ दिया। उन्हें ज्ञान था कि मदारी, सपेरे, खेल दिखानेवाले नट अपने कपि, सर्प आदि का कभी त्याग नहीं करते, क्योंकि वही तो उनकी आजीविका का आधार होते हैं। मन में इन बातों के उठने पर भी उसने इसे प्रकट नहीं किया और नाव में सबों को बैठाकर अयोध्या की ओर चला पड़ा। तब गुह को संबोधित करते हुए ऋषि वसिष्ठ ने कहा, "मदारी अपना यह कपि वत्स रामचंद्र को उपहारस्वरूप दे गए हैं। देखो उनका यह कपि भी अपने रामचंद्र से किस तरह घुल-मिल गया है।

स्वर्णिम कपि के रूप में हनुमान श्रीराम के साथ थे और वह ब्रह्मर्षि वसिष्ठ के चरणों की वंदना कर रहे थे। इस दृश्य को भरत, लक्ष्मण एवं शत्रुघ्न विस्मयपूर्ण हो देखते रहे। इस घटनाक्रम में इससे कहीं अधिक विस्मय की बात यह थी कि अब अलौकिक मदारी वहाँ उपस्थित नहीं था। महर्षि वसिष्ठ अपने शिष्यों के मन की उथल-पुथल को पहचान गए। उन्होंने बड़ी ही सहजता से भरत की ओर देखते हुए कहा, "वत्स भरत! मदारी ने जाते समय अपना कपि

श्रीराम को प्रेम व उपहारस्वरूप दिया है। तुम सब देखो यह कपि भी वत्स राम के साथ कितनी जल्दी घुल-मिल गया है।''

राह में उन्हें जो भी मिलता, उन्हें अभिवादन करने के साथ आश्चर्यचकित होता। सभी के आश्चर्य का कारण था वह स्वर्णिम कपि, जिसकी कला का प्रदर्शन प्रायः सब राजदरबार में देख चुके थे। श्रीराम अपने साथ स्वर्णिम कपि लेकर लौटे हैं, यह चर्चा शीघ्र ही पूरे अयोध्या नगर में फैल गई। सभी राजभवन के द्वार तक आ गए, जहाँ महाराज स्वयं सबकी प्रतीक्षा कर रहे थे। श्रीराम अपने अनुजों सहित उनका चरणवंदन करते, उससे पहले महाराज दशरथ ने ब्रह्मर्षि वसिष्ठ की चरणधूलि अपने माथे व मुकुट पर धारणा की। इसके बाद ही श्रीराम अपने अनुज के साथ पिता को प्रणिपात कर सके। महल में महारानियाँ अपने पुत्रों की प्रतीक्षा कर रही थीं। महारानी कौशल्या, सुमित्रा व कैकेयी ने देखा कि श्रीराम, भाई भरत, लक्ष्मण व शत्रुघ्न के साथ उस स्वर्णिम कपि को भी अपने साथ लाए हैं। श्रीराम की माता कौशल्या को देखकर हनुमान अपने को रोक न सके, झटपट जाकर सबसे पहले देवी कौशल्या को और बाद में सुमित्रा व कैकेयी को प्रणाम किया।

हनुमान को इस तरह कौशल्या को प्रणिपात करते हुए देवरानी कैकेयी ने परिहास करते हुए कहा, ''जीजी को एक बेटा और मिल गया, वानर बेटा।'' इस पर कौशल्या ने कहा, ''मुझे तो ऐसी ही अनुभूति हो रही है। इतना ही नहीं, जब भी मैं इसे देखती हूँ, मुझे शिवालय में शिव के समीप बैठने की अनुभूति होती है। इसलिए मैं इसका नामकरण करती हूँ रुद्रांश।'' उनके मुख से यह नाम निकलते ही सबने इसे दोहराया, ''रूद्रांश''। हनुमान तो हैं ही महारुद्र के अंश। रुदांश के नाम को दोहराते हुए श्रीराम ने माता की ओर देखते हुए कहा, ''माता अब से रुदांश मेरे साथ मेरे ही कक्ष में रह सकेंगे, यदि आपकी अनुमति हो।'' इस पर कौशल्या ने कहा, ''अवश्य पुत्र! कक्ष और भवन, सभी कुछ तुम्हारा है, तुम जहाँ चाहो, वहाँ ये रह सकेंगे। सचमुच ही ये मुझे तुम्हारी तरह प्रिय लगने लगे हैं।''

हनुमान को यह अपना नया, किंतु सर्वथा सत्य परिचय मिला। उन्हें इस बात की अतिशय प्रसन्नता थी कि जिनका स्मरण वे सदा से करते रहे, जिनके

नाम का पावन जप वे हमेशा करते रहे, उन्हीं श्रीराम के साथ वे हैं। उन्हीं के भवन में, उन्हीं के कक्ष में, उनके ही सान्निध्य में निवास करने का सौभाग्य प्राप्त हुआ है।

श्रीराम का सामीप्य, श्रीराम का सान्निध्य तो जीव के लिए, जीवन के लिए सालोक्य व सामीप्य मुक्ति है। जिसे श्रीराम मिलें, जिसे श्रीराम स्वीकार करें, उसके सभी भवबंधन तो सहज ही समाप्त हो जाते हैं। ज्ञानियों में अग्रणी हनुमान, सूर्यदेव के परम प्रिय शिष्य हनुमान, अंजनी के लाल हनुमान, केसरी के पुत्र हनुमान, रुद्र के एकादशस्वरूप हनुमान इन क्षणों में बड़े ही आत्मलीन होकर यह आत्मचिंतन कर रहे थे।

हनुमान को अयोध्या आए हुए पर्याप्त समय हो गया था। आगे क्या करना है, इसकी रूपरेखा तो संपूर्णतया ऋषि मतंग के आश्रम में पहले ही तय हो चुकी थी। स्वयं महादेव ने इसे अनुमोदित भी किया था, पर अभी तो वे श्रीराम के पास थे, इन क्षणों में उनके लिए श्रीराम का आदेश ही सर्वोपरि था। अंतर्यामी श्रीराम दस सत्य से सुपरिचित थे। इसलिए उन्होंने अंत: संवाद के सूत्र को सुव्यवस्थित कर कहना प्रारंभ किया, ‘‘काल, कर्म व स्थान, इन तीनों का अद्भुत संयोग है, कर्म का परिपाक काल के गर्भ में होता है। परिपक्व कर्म के अनुसार स्वयं काल उसके भोग के लिए स्थान का चयन करता है। प्रत्येक जीव के जीवन का जन्म या प्रारंभ भी इसी विधान से होता है। जन्म के बाद कर्मों की शृंखला, संस्कारों का उदय, काल के क्रम में होता है और फिर उसके अनुसार स्थान में परिवर्तन भी होता है।’’

श्रीराम के वचनों में जीवन तत्त्व का प्रबोध था। जीवन के गूढ़ सत्य को वे कह रहे थे। हनुमान को अपने लिए यह-सत्य समझ में आ गया था कि उनके स्थान परिवर्तन के क्षण आ पहुँचे हैं। इसके लिए वे पहले से तैयार थे, क्योंकि रामकाज ही तो उनके जीवन का ध्येय था। इसी की पूर्ति उन्हें करनी थी। हाँ, हनुमान को तो बस, अपने लिए नए आदेश की प्रतीक्षा थी। जब वे अपने विचारों की इन वीयि से गुजर रहे थे, तभी श्रीराम ने उनसे कहा, ‘‘प्रिय हनुमान! अब मैं तुम्हें ब्रह्मर्षि विश्वामित्र के बारे में बताऊँगा। ब्रह्मर्षि विश्वामित्र परम तेजस्वी एवं गायत्री महामंत्र के द्रष्टा ऋषि हैं। कुछ दिनों के

पश्चात् तुम्हें उनके पास पहुँचना है।''

महर्षि विश्वामित्र का नाम हनुमान ने ऋर्षि मतंग के मुख से सुना था। स्वयं भगवान् सूर्यदेव ने उन्हें बताया था कि ऋर्षि विश्वामित्र ने अपनी संवेदना और साधना से गायत्री महाशक्ति का धरती पर अवतरण संभव किया। हनुमान को विश्वास हो गया कि अवश्य इस कथा-वर्त्ता व चर्चा में ब्रह्मर्षि विश्वामित्र के वार्त्ता के अनछुए पहलू जानने को मिलेंगे, अनजाने प्रसंगों से उनकी पहचान होंगी। उन्होंने बस इतना कहा, ''आपसे ऋर्षि विश्वामित्र की कथा सुनना मेरा सौभाग्य है।'' इधर भरत, लक्ष्मण व शत्रुघ्न को पता चला कि उनके ज्येष्ठ भ्राता श्रीराम ब्रह्मर्षि विश्वामित्र के बारे में बतानेवाले हैं तो उनके मत में भी सुनने की चाहत अंकुरित होने लगी। लक्ष्मण ने श्रीराम से न केवल अपने मन की इच्छा बता दी, बल्कि अनुमति भी प्राप्त कर ली। अब बात बस इतनी थी कि इस चर्चा का स्थान क्या होगा। इस प्रश्न के उत्तर के रूप में सुझाव शत्रुघ्न ने दिया कि हम लोगों का प्रिय उद्यान ही सबसे उपयुक्त स्थान होगा। इसके लिए समय की बात श्रीराम ने स्वयं कही कि दैनिक कार्यों से निवृत्त होने के बाद हम सब इस पावन चर्चा को कहेंगे, सुनेंगे। भरत के कहने पर श्रीराम ने अपने प्रिय सखा निषादकुमार गुह ने भी इस चर्चा में सम्मलित होने की सहमति दे दी।

इस उद्यान में श्रीराम ने बड़े जतन से पंचवटी रोपित की थी। पीपल, वट, आम, गूलर व बेल के पेड़ उन्होंने स्वयं रोपित किए थे। वे कहते थे कि ये पाँच वृक्ष देवों के प्रतीक हैं। वट भगवान् शिव का स्वरूप है तो पीपल साकार विष्णु रूप है, आम में भगवती जगन्माता की छाया है, तो गूलर गणेश रूप है; जबकि बेल में सूर्य का प्रकाश है। इन पाँच वृक्षों में उन्होंने वट, यानी कि बरगद को केंद्र में रोपित किया था। बाकी सब वृक्ष चारों कोने में थे। अब ये सभी काफी बड़े हो गए थे। श्रीराम जब भी यहाँ आते थे, तब वे वट की छाँव में बैठते थे। बरगद तले बैठकर वे कहते कि इसकी छाँह में बैठकर मुझे लगता है मानो मैं देवाधिदेव महादेव की छाँह में आसीन हूँ। आज भी वे यहीं बैठे थे। उनके पास उनके सखा-भ्राता व हनुमान बैठे थे।

इसके बाद उन्होंने सभी को देखते हुए कहा, ''महर्षि विश्वामित्र की

कथा मानव के चरम पुरुषार्थ की कथा है। यह कथा कहती है कि परिस्थितियों का विरोध, विपरीतताएँ, व्यक्तिक्रम व विसंगतियाँ कैसी भी क्यों न हों, पर प्रचंड पुरुषार्थ, अवचिल संकल्प सर्वदा अजेय रहता है। गुरु से, पिताश्री से, महामंत्री काका से मैंने उनकी कथा सुनी है। वही अब तुम सब को सुनाता हूँ।

ब्रह्मर्षि विश्वामित्र के जन्म की कथा

श्रीराम की कथा कहने की शैली रोचक, प्रेरक व रोमांचक थी। वे कह रहे थे, ''ब्रह्मर्षि विश्वामित्र के जन्म की कथा बड़ी रोचक है। राजा गाधि लंबे समय तक संतानविहीन रहे, बाद में उन्हें सत्यवती नामक कन्या की प्राप्ति हुई। महर्षि च्यवन के पुत्र भृगुवंशी ऋषि ऋचीक ने जब गाधि से सत्यवती की याचना की, तब महाराज गाधि ने उनकी परीक्षा लेने के उद्देश्य से उनसे कहा कि यदि तुम एक सहसा श्वेत कर्णवाले व एक सहसा श्याम कर्णवाले अश्व लाकर मुझे दोगे तो मैं अपनी कन्या सत्यवती का विवाह तुमसे कर दूँगा।

परीक्षा कठिन थी, लेकिन तपस्वी ऋचीक ने अपने तप से वरुण देव को प्रसन्न किया और उनकी कृपा से महाराज गाधि को अश्व देकर सत्यवती से विवाह कर लिया। सुखी वैवाहिक जीवन के कुछ काल के बाद ऋचीक ने अपनी पत्नी सत्यवती से कहा, ''हे देवि! यदि तुम्हारी कोई इच्छा हो तो कहो! मैं उसे अवश्य पूर्ण करूँगा।'' सत्यवती जानती थीं कि उनके पति परम तपस्वी व मंत्रद्रष्टा ऋषि हैं, वे उनकी प्रत्येक कामना को पूर्ण करने में समर्थ हैं। अपने इसी ज्ञान व विश्वास के बल पर उन्होंने कहा, ''हे देव! यदि आप प्रसन्न हैं तो कुछ ऐसा करें, जिससे मेरी माता व मुझे, दोनों को एक-एक पुत्र की प्राप्ति हो।'' इस पर ऋषि ऋचीक उन्हें 'एवमस्तु' कहते हुए अपने तप बल से एक-एक मंत्रपूत चुरु का निर्माण किया और सत्यवती से कहा, ''तुम और तुम्हारी महानुस्नान के पश्चात् एक-एक चरु को प्रसाद रूप में ग्रहण करें। इसके बाद तुम्हारी माता पीपल का और तुम गूलर वृक्ष का आलिंग्न करना।''

सत्यवती की माता ने सोचा कि तपस्वी ऋचीक ने अपनी पत्नी को कुछ

अधिक श्रेष्ठ विधि बताई होगी। इसलिए उन्होंने अपनी पुत्री पर दबाव डालकर विधि का क्रम बदलवा दिया। जो सत्यवती को करना था, वह उन्होंने स्वयं किया और जो उन्हें करना था, वह अपनी पुत्री सत्यवती से करवाया। यथा समय दोनों गर्भवती हुईं। अपनी पत्नी के गर्भ लक्षणों को देखकर मंत्रद्रष्टा ऋचीक ने सत्य जान लिया, फिर भी उन्होंने अपनी पत्नी से जानना चाहा कि यह कैसे हुआ? सत्यवती ने माता द्वारा करवाया गया फेर-बदल उन्हें बता दिया। यह सुनकर ऋषि ऋचीक ने कहा यह तो व्यतिक्रम हो गया। अब तुम्हारी माता को ब्राह्मण संस्कारोंवाला पुत्र होगा, जबकि तुम क्षत्रिय संस्कारोंवाले पुत्र की माता बनोगी। पति के मुख से यह सुनकर सत्यवती विस्मय से जड़ हो गई। इस आशंका से सत्यवती ने अपने पति ऋषि श्रेष्ठ ऋचीक से प्रार्थना की, "भगवान्! कुछ ऐसा करें, जिससे मेरा पौत्र भले ही क्षत्रिय हो जाए, पर पुत्र ब्राह्मण हो।" मंत्रवेत्ता ऋचीक ने उन्हें आश्वासन देते हुए कहा, "वे इसके लिए प्रयास करेंगे।" यथा समय सत्यवती के गर्भ से जमदग्नि ने जन्म लिया। जबकि सत्यवती की माता की कोख से विश्वरथ ने जन्म लिया। यही विश्वरथ बाद में विश्वामित्र कहलाए, जबकि जमदग्नि के पुत्र के रूप में क्षत्रिय व्यक्तित्ववाले भार्गव परशुराम ने जन्म लिया।

विश्वरथ राजा बनने के बाद सेना लेकर विजय अभियान के लिए निकले। अपने इस अभियान को पूरा करते हुए वह रास्त में अपने गुरुदेव वसिष्ठ के आश्रम में रुके। आश्रम में आए हुए राजा का स्वागत-सत्कार ऋषि वसिष्ठ ने राजोचित्त रीति से किया! कामधेनु नंदिनी की सहायता से राजा विश्वरथ को उनके सैनिकों सहित भाँति-भाँति के पदार्थों से संतुष्ट किया। ऐसे दुर्लभ आतिथ्य ने विश्वरथ को चकित कर दिया। नंदिनी गौ की महिमा को जानकर विश्वरथ ने वसिष्ठ से कहा, "हे ऋषि! यह गौ आप मुझे दे दें।" इस पर गुरुदेव वसिष्ठ ने कहा, "हे राजन! इस गौ की सहायता से ही मेरे यज्ञ-याग अतिथि सेवा आदि सभी कार्य संपन्न होते हैं, इसलिए मैं इसे न दे सकूँगा।" यह सुनकर राजा विश्वरथ ने रोष में आकर सैनिकों को बलपूर्वक नंदिनी को ले चलने के लिए कहा। इस पर कामधेनु ने अपने प्रभाव से लाखों सैनिक पैदा किए। इन सैनिकों के सामने विश्वरथ की सेना टिक न सकी। अपनी इस

ग्लानि और द्वेष के मनोभाव के साथ उन्होंने कठिन तप करके भगवान् शिव को प्रसन्न कर सभी दिव्यास्त्र प्राप्त किए और तब उन सभी दिव्यास्त्रों के साथ ब्रह्मर्षि वसिष्ठ पर आक्रमण किया, लेकिन गुरुदेव वसिष्ठ के ब्रह्मदंड और उनके ब्रह्मतेज के सामने राजा विश्वरथ की एक न चली। इस स्थिति ने उन्हें चकित कर दिया और उनके मुख से बरबस निकल पड़ा, ''धिक्कार है क्षत्रिय बल को, ब्रह्मबल ही सच्चा बल है। एक ऋषि के ब्रह्मदंड ने मेरे सभी दिव्यास्त्रों को निस्तेज और पराजित कर दिया।

इसी के साथ आरंभ हुई राजा विश्वरथ के व्यक्तित्व के रूपांतरण की यात्रा। उनका राजा से ऋषि बनने का मार्ग, इसी घटना ने प्रशस्त किया। हालाँकि यह मार्ग सरल नहीं था। सबसे पहले उनकी राह में काम ने रोड़ा अटकाया। देवराज इंद्र द्वारा भेजी गई अप्सरा मेनका ने उनके तप में विघ्न डाला। सुध आने पर उन्हें बड़ा पछतावा हुआ, तब वे फिर से तप हेतु अरण्य में चले गए। वहाँ पहुँचकर वे फिर से तप में लग गए। काम के बाद क्रोध ने उनके तप में विघ्न डाला। एक बार-उन्होंने यज्ञ में भाग लेने के लिए सभी ऋषियों को बुलाया। यज्ञ में भाग लेने के लिए सभी ऋषि-महर्षि आए, किंतु महर्षि वसिष्ठ के सौ पुत्र इस यज्ञ में नहीं आए। इसको उन्होंने अपनी अवहेलना समझा और क्रोध के वशीभूत होकर उन्होंने महर्षि वसिष्ठ के सभी सौ पुत्रों को शाप देकर भस्म कर दिया। अपने सौ पुत्रों की मृत्यु के बाद भी ऋषि वसिष्ठ को उन पर क्रोध नहीं आया, वे शांत रहे। उन्हें शांत देखकर उन्हें अपनी भूल का एहसास हुआ। वे सोचने लगे, 'यह तो तप में बड़ा विघ्न उपस्थित हो गया। तपस्वी को क्रोध नहीं करना चाहिए।' इस चिंतन के साथ वे पुनः तप में लीन हो गए। बहुत दिन के बाद उन्हें तप करते हुए काम व क्रोध की व्यर्थता का अनुभव हुआ।

वे सोचने लगे कि मैंने ऋषि वसिष्ठ का कितना अनिष्ट—उन पर आक्रमण किया, उनके सौ पुत्रों को मार दिया, तब भी वे शांत रहे, इसलिए वे ब्रह्मर्षि हैं। अब मैं अपने समस्त दोषों को निष्कासित करूँगा। ऐसा सोचकर, वे फिर से तप में प्रवृत्त हो गए। उनके घोर तप ने ब्रह्माजी को प्रसन्न कर दिया। जब उन्होंने वरदान माँगने को कहा, तो वे बोले, ''मुझे ब्रह्मर्षि वसिष्ठ क्षमा प्रदान करके ब्रह्मर्षि होने का आशीर्वाद दें।''

स्वभावत: या क्षमाशील ऋषि वसिष्ठ तो पहले ही उन्हें क्षमा प्रदान कर चुके थे। उन्हें पता चल चुका था कि अब राजा विश्वरथ काम-क्रोध के दोष से मुक्त हो गए हैं। उन्होंने बड़े आदर से राजा विश्वरथ को गले लगाते हुए कहा, ''राजन! अब आप ब्रह्मर्षि हो गए हैं। तप ने, आत्मचिंतन ने, विश्व के प्रति करुणा भाव ने आपको सभी दोषों से मुक्त किर दिया है। अब आप विश्वरथ से विश्वामित्र हो चुके हैं। ब्रह्मर्षि विश्वामित्र के रूप में आपने स्वयं को रूपांतरित कर दिया है। आप संपूर्ण रूप से ब्रह्मतेज के अधिकारी हो गए हैं।''

राजा विश्वरथ से ऋषि विश्वामित्र बनने की कथा रोचक थी, प्रेरक थी। हनुमान शांत भाव से इसका श्रवण करने के साथ इसका गहन मनन व निदिध्यासन भी कर रहे थे। शांत, मौन और समाधिस्थ हनुमान की चेतना जब बहिर्मुखी हुई तो वे सोचले लगे, 'पुरुषार्थ, सच्ची लगन, उद्यम और तप की गरिमा के रूप में ब्रह्मर्षि विश्वामित्र के समान शायद ही कोई हो। उन्होंने अपनी तपस्या के बल पर क्षत्रियत्व से ब्रह्मत्व प्राप्त किया। राजा से ऋषि और ऋषि से ब्रह्मर्षि बने। वे देवताओं के लिए पूज्य बन गए और उन्होंने सप्तर्षियों में अन्यतम स्थान प्राप्त किया।' हनुमान की इन विचार तरंगों ने श्रीराम की चेतना को बड़ी सहजता से स्पर्श किया और उन्होंने धीरे से उनकी ओर देखा।

ऋषि विश्वामित्र के इस कथा-प्रसंग के संपन्न होते-होते शाम हो चली। श्रीराम ने आँखें उठाकर आकाश की ओर देखा, फिर हनुमान को भाव-भरे नेत्रों से देखा। उनकी यह दृष्टि हनुमान से बहुत कुछ कह रही थी। योगसिद्ध, ज्ञानिनामग्रगण्य हनुमान श्रीराम की इस दृष्टि का आशय समझ चुके थे। दृष्टि-संकेत ने हनुमान को यह समझा-बता दिया था कि दृश्य-परिवर्तन का समय आ गया है। प्रभु श्रीराम की लीला अब शीघ्र ही अगले आयाम में प्रवेश करनेवाली है। निश्चित ही इस लीला के अगले सूत्र ब्रह्मर्षि विश्वामित्र से जुड़नेवाले हैं। इसके लिए पृष्ठभूमि तैयार करनी है।

माता कौशल्या ने देखा कि रुद्रांश आज कुछ अधिक ही शांत है, पर वे कुछ बोली नहीं। भोजन करने के बाद हनुमान ने सभी माताओं को उनके चरणों में मस्तक रखकर प्रणाम किया। चलते-चलते वहाँ पर महाराज दशरथ स्वयं भी आ गए थे। हनुमान ने उन्हें भी चरणवंदन किया। श्रीराम के भ्राताओं व सखाओं

को भी उन्होंने सिर नवाया। स्वयं हनुमान भी भावुक थे। उनके प्रभु श्रीराम इस दृश्य को निहार रहे थे। उन्हें पता था कि दृश्य-परिवर्तन का समय आ पहुँचा है। भोजन के पश्चात् सभी अपने-अपने कक्ष में विश्राम हेतु चले गए।

सबके चले जाने के बाद श्रीराम और हनुमान ने एक-दूसरे की ओर देखा। हनुमान व श्रीराम दोनों की आँखें भीगी हुई थीं। भक्त और भगवान् दोनों भावविभोर थे। भावनाओं का वेग शांत होने पर श्रीराम बोले, ''हनुमान! अब तुम्हें ब्रह्मर्षि विश्वामित्र से मिलने के लिए प्रस्थान करना होगा। ऋषि विश्वामित्र, आजकल मिथिला क्षेत्र में निवास करते हैं। सिद्धाश्रम उनकी तप:स्थली है।''

हनुमान शांत होकर श्रीराम के वचनों को सुन रहे थे। इससे पहले भी उन्होंने मिथिला क्षेत्र के विषय में सुन रखा था। ऋषि मतंग कई बार महाराज जनक की चर्चा भी कर चुके थे। ऋषि-महर्षियों की इन चर्चा-वार्त्ताओं में उन्होंने जाना था कि राजर्षि जनक राजा होते हुए भी ऋषि समान हैं। वे एक साथ ज्ञान व योग के शिखर पर आरूढ़ हैं। परमज्ञानी अष्टावक्र व परम योगी याज्ञवल्क्य की सहज कृपा व सहज सान्निध्य उन्हें प्राप्त है। यह सत्य, यह तत्त्व उन्हें ज्ञात था। जो ज्ञात था, उसके एहसास से उनके मन में राजर्षि जनक के प्रति श्रद्धा-भाव व आदर-भाव था।

श्रीराम उनसे कह रहे थे, ''मिथिला क्षेत्र स्वयं में कई विशिष्टताएँ समेटे है। इन विशिष्टताओं में एक विशिष्टता ऐसी भी है जिसकी चर्चा कम लोग करते हैं। जबकि यही विशिष्टता दशानन रावण के बल, सामर्थ्य व उसके द्वारा प्रायोजित आतंक का समर्थ उत्तर है।'' श्रीराम के इस कथन से हनुमान को यह समझ में आ गया था कि श्रीराम मिथिला क्षेत्र के बारे में कोई गंभीर रहस्य उजागर करनेवाले हैं और सचमुच में श्रीराम ने यह रहस्य उजागर करते हुए कहा, ''मिथिला, शक्ति साधना का विशिष्ट क्षेत्र है। भगवती आदि शक्ति की इस संपूर्ण क्षेत्र पर अद्‌भुत कृपा है। महान् तत्त्ववेत्ता राजर्षि जनक इस संपूर्ण क्षेत्र के अधिपति हैं; यह तथ्य सर्वविदित है। उन्हें 'विदेह' कहा जाता है, यह सत्य भी सभी जानते हैं।''

इतना कहकर श्रीराम ने हनुमान की ओर देखा और बोले, ''परंतु उन्हें

विदेह क्यों कहा जाता है; इस सत्य को कम लोग जानते हैं। उन्हें विदेह कहे जाने का पहला संबंध उनके ब्रह्मज्ञान से है, दूसरा संबंध उनकी तंत्र-साधना से है। ब्रह्मज्ञान ने उन्हें जीवनमुक्त व देहातीत अवस्था प्रदान की है, इस भाव के वे विदेह कहलाते हैं। इसके साथ ही तंत्र-साधना ने इनकी देह को विशिष्ट बना दिया है, इसी विशिष्टता के कारण वे विदेह कहलाते हैं। विदेह जनक जगदंबा आदिशक्ति के ऐश्वर्य-प्रदाता स्वरूप महालक्ष्मी के उपासक हैं।

"शक्ति-साधना और शक्ति-साधकों के इसी प्रसिद्ध मिथिला क्षेत्र में ब्रह्मर्षि विश्वामित्र ने अपने सिद्धाश्रम की स्थापना की है। ब्रह्मर्षि विश्वामित्र के साथ सभी शक्तिसाधकों ने मिलकर भगवती आदिशक्ति की प्रसन्नता के लिए तप किया और उनसे प्रार्थना की कि वे स्वयं मिथिला क्षेत्र में अवतीर्ण हों। जगदंबा ने प्रसन्न होकर उन्हें वरदान दिया कि वे अवश्य मिथिला भूमि में अवतरित होंगी। उनके इस कार्य में समस्या यह थी कि उनके तेज को कौन सहन करेगा? कोई भी नारी, चाहे वह कितनी भी श्रेष्ठ क्यों न हो, उनका तेज नहीं सहन कर सकती थी। इस वजह से उन्होंने स्वयं धरती को अपनी माँ होने का गौरव दिया।

"राजर्षि जनक सहित मिथिला के सभी शक्ति साधकों की साधना का सुफल बनकर आज वे आदिशक्ति, राजकुमारी सीता के रूप में मिथिला के राजभवन में उपस्थित हैं। उनकी कलाएँ व शक्तियाँ भी वहाँ विविध रूपों में प्रकट हो चुकी हैं। अब समय आ गया है कि शक्ति व सनातन की लीलाओं का विस्तार हो। यह कार्य महाशक्ति के परम उपासक ब्रह्मर्षि विश्वामित्र के द्वारा संपन्न होना है, इसमें तुम्हारी भूमिका महत्त्वपूर्ण है। तुम्हारी इस भूमिका के आरंभ होने का समय अब आ चुका है।"

भगवान् श्रीराम ने अपने प्रिय भक्त श्रीहनुमान को भक्ति की अमूलय धरोहर सौंपकर विदा किया। राजभवन के मुख्य कक्ष में महाराज दशरथ, महारानी कौशल्या, सुमित्रा और कैकेयी साथ विद्यमान थे। श्रीराम ने उन्हें भूमिष्ठ हो प्रणाम किया। उसी समय वहाँ भरत, लक्ष्मण एवं शत्रुघ्न भी आ पहुँचे। उन्होंने भी माताओं सहित पिता को प्रणाम किया। आज रुद्रांश नहीं है, सबसे पहले माता कौशल्या का ध्यान इस ओर गया। सदा-सर्वदा श्रीराम के

साथ रहनेवाला वह स्वर्णिम कपि आज नहीं है। महाराज और महारानियों ने अपनी यह जिज्ञासा गुरुदेव वसिष्ठ के सम्मुख भी रखी। सर्वज्ञ ब्रह्मर्षि सही रहस्यों से परिचित होते हुए भी शांत बने रहे। बहुत पूछने पर उन्होंने महेश्वर महादेव का स्मरण करते हुए कहा, ''चिंतित न हों महाराज! आप तीनों महारानियाँ भी परेशान न हों। अयोध्या अद्‌भुत पुरी है। आप सब बस इतना समझ लें कि वह कपि दैवी प्रयोजन के लिए यहाँ आया था और दैवी प्रयोजन के लिए यहाँ से चला गया।''

महर्षि वसिष्ठ ने जो कहा, वह संपूर्ण सत्य था, परंतु इसका अर्थ संपूर्णता में कोई भी नहीं समझ पाया। बस, अयोध्या में रुद्रांश के रूप में हनुमान के गुणों की चर्चा होती रही, जबकि हनुमान मिथिला क्षेत्र में पहुँच चुके थे। शक्ति साधना के इस विशिष्ट क्षेत्र की धरती को उन्होंने नमन किया। यहाँ पर ऋषि गौतम के पुत्र शतानंद, महर्षि याज्ञवल्क्य , परमज्ञानी ऋषि अष्टावक्र एवं ब्रह्मर्षि विश्वामित्र अपने-अपने आश्रम-परिसर में तपस्वी, साधकों, ऋषिगणों के साथ रहते थे।

इन सभी महा तपस्वीजनों की उपस्थिति के बावजूद ताड़का की उपस्थिति, मारीच, सुबाहु के उपद्रव इस संपूर्ण क्षेत्र को आतंकित व अशांत करते रहते थे। यहाँ के क्षेत्रवासी इस संपूर्ण क्षेत्र को ताड़का वन के नाम से जानते थे। हनुमान इन कथाओं से कुछ तो परिचित थे और कुछ उन्होंने यहाँ आकर जान लिया। वे सोचने लगे, 'कैसी है आदिशक्ति की अद्‌भुत लीला। जिस क्षेत्र में वे स्वयं सशरीर उपस्थित हैं, वहाँ भी इतने उपद्रव-इतना आतंक।'

यह सोचते-सोचते फिर उसने सोचा, 'उनके सभी कार्य रहस्य और उद्‌देश्य से परिपूर्ण होते हैं। कौन जाने किसके उद्धार के निमित्त उन्होंने क्या लीला रची हैं।' इस विचार ने उन्हें स्थिर किया और उन्होंने दूर से ब्रह्मर्षि के सिद्धाश्रम को देखा। अलौकिकता, रहस्यमयता और युग के प्रयोजनों से परिपूर्ण था यह दिव्य क्षेत्र। ब्रह्मर्षि विश्वामित्र अपने सहयोगी, सहचरों के साथ किन्हीं विलक्षण अनुसंधान प्रयोगों में लीन थे। तभी महर्षि को अपनी अंत:चेतना में हनुमान का संकेत प्राप्त हुआ। इस संकेत को समझकर वे अपने साधना कक्ष में

चले गए, जहाँ उन्होंने अनुभव किया कि हनुमान उनके सिद्धाश्रम में आने की प्रतीक्षा कर रहे हैं।

महाज्ञानी ब्रह्मर्षि विश्वामित्र ने ध्यान में हनुमान के दिव्यस्वरूप को जान लिया। मर्यादा पुरुषोत्तम श्रीराम का संदेश लेकर आ रहे रामदूत हनुमान।

हनुमान के इस स्वरूप का अनुभव करके ब्रह्मर्षि विश्वामित्र हर्षित हो गए। उन्होंने ध्यान में ही उनका आह्वान किया, ''हे महावीर, महापराक्रमी अंजनी नंदन! मैं गाधितनय विश्वामित्र इस मिथिला क्षेत्र में आपका स्वागत करता हूँ। आप सिद्धाश्रम पधारें, यहाँ मैं आपके आगमन के लिए प्रतीक्षारत हूँ। हे मंगलमूर्ति! आपके आगमन से यहाँ सभी के कार्य सहज सिद्ध हो जाएँगे।''

हनुमान दिव्यद्रष्टा थे, रहस्यदर्शी थे। उन्हें शीघ्र ही इस सत्य का बोध हो गया कि शक्ति-उपासक ब्रह्मर्षि विश्वामित्र ने सिद्धाश्रम के रूप में एक महान् शक्तिकेंद्र की स्थापना की है। हनुमान की इस विचारण ने महर्षि के अंतर्मन को स्पर्श किया और वे प्रकट में बोले, ''तुम उचित सोचते हो हनुमान। इस आश्रम में हम सभी मिल-जुलकर रावण द्वारा उत्पन्न किए गए प्रश्नों के उत्तर ढूँढ़ रहे हैं, परंतु हमारा यह प्रयास असुरों से अधिक छिपा नहीं रह गया है। इसलिए असुर यहाँ जब-तक आक्रमण करते हैं। इस आक्रमण में वे अपनी अमोध आसुरी विद्याओं व अस्त्रों का प्रयोग करते हैं। इसके पीछे उनके क्या, कितने और कैसे उद्देश्य हैं, इसका अनुमान लगा सकना कठिन है, परंतु इनमें सबसे निहित एक केंद्रीय कारण यह अवश्य हो सकता है कि संभवतया वे हमारे कार्यों व सामर्थ्य का आकलन करना चाहते हों।'' उन्होंने आगे कहा, ''हम उनके किसी आक्रमण का कोई प्रत्युत्तर नहीं देते। बस, शांत होकर उनके विनाशकारी आक्रमण को सहन करते हैं, इस सहनशीलता का एक निहित उद्देश्य यह भी है कि वे हमारे द्वारा किए जा रहे कार्यों का सही-सही आकलन और अनुमान न लगा सकें।''

इस पर हनुमान ने उनकी ओर आश्वस्तिपूर्ण दृष्टि से देखा और बोले, ''हे ब्रह्मर्षि! आप तो स्वयं अंतर्यामी और अंतर्ज्ञानी हैं। आप से हमारा आगमन और आगमन के उद्देश्य छिपे नहीं होंगे। आपकी अंतश्चेतना में सत्य सहज ही अनावृत्त हो जाता है।'' इस पर विश्वामित्र कहने लगे, ''तुम ठीक कहते हो

हनुमान। भगवान् महाकाल ने युग-परिवर्तन का जो संकल्प लिया है, हम सब उसी योजना की कड़ियाँ हैं। सूत्रधार तो महेश्वर स्वयं हैं। हम सभी तो उनके द्वारा रचाई गई इस योजना में अपनी-अपनी भूमिका का निर्वाह कर रहे हैं।''

हनुमान महर्षि के कथन का आशय समझ रहे थे। उन्हें यह भी समझ में आ चुका था कि संभवतः भगवान् सदाशिव ने उन्हें भविष्य की योजना का संकेत दे दिया है। इस संकेत से महर्षि संभवतः यह भी समझ चुके होंगे कि अयोध्या नरेश महाराज दशरथ के भवन व राज्य में स्वयं नारायण नर लीला कर रहे हैं। इस लीला के अगले चरण या अगले आयाम के उद्घाटन का दायित्व स्वयं महर्षि का है। अब तो इसका समय भी आ चुका है।

हनुमान के इन विचारों के स्पर्श ने महर्षि को सजग व सचेष्ट किया और बोले, ''नारायण के नरावतार का संकेत हमें मिल चुका है। यह संकेत हमें तभी सुस्पष्ट हो गया था, जब स्वयं नारायणी धरती के उदर से प्रकट हुईं। हम तो तभी से तुम्हारी प्रतीक्षा कर रहे थे। हर पल-हर क्षण हमें सिर्फ तुम्हारे आगमन की प्रतीक्षा थी। आज भगवान् सदाशिव हम पर कृपालु हुए हैं, जो उनके साक्षात स्वरूप एकादश रुद्र हमारे सम्मुख हैं। केसरी व अंजनी के पुत्र के रूप में तुम हमारे आशीर्वाद के अधिकारी हो, परंतु रुद्रावतार के रूप में तो स्वयं हमारे आराध्य ही हो।'' यह कहते हुए महर्षि के नेत्र छलक उठे।

हनुमान का भावपूर्ण स्वागत करते हुए ब्रह्मर्षि ने अपनी भावनाओं का संवरण किया। प्रत्यक्ष व प्रकट रूप में उन दोनों का यह प्रथम मिलन हो रहा था। आज महर्षि से मिलकर हनुमान को ऐसा लगा कि अब तक जो कुछ प्रत्यक्ष था, सब-का-सब सघन रूप से साकार होकर सामने है। महर्षि को भी हनुमान से मिलकर कुछ इसी तरह की अनुभूति हो रही थी। आश्चर्य और परिहास की बात तो यह थी कि महर्षिगण और उनके आश्रमवासी केसरी-नंदन की जितनी चर्चा करते थे, उससे कहीं अधिक चर्चा तो असुरों-राक्षसों व निशाचरों के समुदाय में होती रहती थी।

केसरी-नंदन हनुमान! यह नाम ही असुरता के लिए आतंक का परिचय बन चुका था। बाल्यकाल में सूर्यदेव को निगलने की घटना हो अथवा बाद में उन्हीं सूर्यदेव के द्वारा विद्या प्राप्ति का प्रसंग हो, पवन-पुत्र हनुमान की लीलाओं

को सभी जानते थे। आज उन्हीं हनुमान को अपने सम्मुख पाकर महर्षि हर्षित थे।

इन दोनों महानुभूतियों के परस्पर मिलन के महत्त्वपूर्ण उद्‍देश्य थे। इसी कारण हनुमान ने यहाँ आते ही अपने वास्तविक स्वरूप को छिपा लिया था। वे पुनः उसी स्वर्णिम कपिवाले रूप में आ गए थे। उनके बैठ जाने पर महर्षि ने कहा, ''हनुमान! मुझे ज्ञात हुआ है कि तुम्हारे यहाँ आगमन के कुछ निश्चित निहितार्थ हैं। इसमें से कुछ के बारे में संभवतया मुझे पूर्वानुमान है और कुछ के बारे में तुम स्वयं ही कह सकोगे।''

''अवश्य महर्षि!'' हनुमान ने विनम्र स्वर में अपनी बात आरंभ की, ''हम सभी एक ही उद्‍देश्य के लिए अपने-अपने प्रयास कर रहे हैं। अब समय आ गया है कि वे सभी प्रयास एक सूत्र में पिरो दिए जाएँ और आप जानते हैं कि वह संपूर्ण सूत्र स्वयं मर्यादा पुरुषोत्तम श्रीराम हैं। मैं उन्हीं का संदेश लेकर आपके सम्मुख उपस्थित हुआ हूँ। प्रभु श्रीराम ने आपसे विनम्र प्रार्थना करते हुए कहा है कि महर्षि अतुलनीय शक्तिसाधक हैं। महर्षि के आशीर्वाद से अवश्य ही मुझे शक्ति का वरदान मिलेगा। इस वरदान को पाने के पश्चात मेरी अभिलाषा है कि दशानन रावण के विरुद्ध होने वाले महासंग्राम का आरंभ शक्ति-साधना के महाकेंद्र मिथिला में हो। यहीं से अधर्म के विरुद्ध धर्म की प्रथम रणभेरी बजे। यहीं से अधर्म के नाश के लिए प्रथम शंखनाद हो और वह सब आपके सान्निध्य में हो।''

हनुमान के कथन का मर्म समझकर, महर्षि मुसकराकर बोले, ''हनुमान! सचमुच तुममें रामदूत होने की योग्यता है। तुमने स्पष्ट व अस्पष्ट रूप से ही श्रीराम के शब्दों को नहीं, उनके मन को मुझ तक पहुँचा दिया।'' फिर गंभीर होकर बोले, ''भला नारायण के मन की बात को महारुद्र के अतिरिक्त कौन समझ व समझा सकता है। वैसे भी शक्ति का वरदान तो स्वयं शक्ति ही दे सकती है, मैं इस योग्य कहाँ? मैं तो स्वयं हर क्षण उनके अनुग्रह का आकांक्षी हूँ।

''मैं ही नहीं, समस्त देवगण-ॠषिपगण चाहते हैं कि पुरुष व प्रकृति का, ईश्वर व शक्ति का मिलन हो। जो उनकी चिरसंगिनी हैं, वे उनके वाम भाग में विराजित हों। ऐसा होने पर ही उनकी मानवलीला का यथार्थ आरंभ हो सकेगा। इसके लिए पृष्ठभूमि का निर्माण आरंभ हो गया है। यहाँ पर घेरा

डाले हुए ताड़का तथा मारीच-सुबाहु के उपद्रव अत्यंत बढ़ चुके हैं। संभवतया भगवती आदिशक्ति उन्हें अब दंडित करना चाहती हैं। तभी तो तुम यह पावन संदेश लेकर उपस्थित हुए हो। पुरुष व प्रकृति के मिलन का आयोजन मेरे हाथों होगा, यह मेरा अहोभाग्य!''

महर्षि की संगति, सान्निध्य और उनके सत्संग में हनुमान स्व्यं को गौरवान्वित अनुभव कर रहे थे। फिर भी अभी कुछ हुआ था! इस तत्त्व को समझते हुए महर्षि विश्वामित्र बोले, ''वत्स! यह मिथिला भूमि है। यह मायामयी की माया, तत्त्वमयी की तत्त्वदृष्टि, उन महाईश्वरी की कृपा यहाँ के कण-कण में बिखरी हुई है। इन दिनों यहाँ सबकुछ विशेष है, आखिर वे स्वयं शरीर धारण करके जनक भवन में जनक-नंदिनी के रूप में मानव लीला कर रही हैं।'' महर्षि के स्वर हनुमान के मन में चुंबकीय आकर्षण उत्पन्न कर रहे थे।

आखिरकार हनुमान ने पूछा ही लिया, ''ब्रह्मर्षि! आपको तो उनके दर्शनों का सौभाग्य मिलता रहता होगा?'' इस जिज्ञासा के उत्तर में ऋषि विश्वामित्र ने गहरी साँस लेते हुए कहा, ''मानव जीवन, विधाता का अनुपम वरदान है। इससे श्रेष्ठ सौभाग्य और कुछ भी नहीं है। यह अनेकानेक संभावनाओं को साकार करने का साधन है। प्रत्यक्ष में तो उनकी झलक ही मिल पाती है यदा-कदा, हाँ, परोक्ष में तो उनका प्रतिक्षण सान्निध्य है। उन्होंने तो मेरे इस जीवन की डोर थाम रखी है। प्रत्यक्ष की घटनाओं का आरंभ तो अब होना है, तुम्हारे आगमन के साथ अब अनेक नए आयाम खुलने हैं।''

थोड़ी देर बाद महर्षि ने हनुमान की ओर देखा और बोले, ''पुत्र! इस संपूर्ण क्षेत्र में तप करनेवाले सभी ऋषि-महर्षियों को मैंने तुम्हारे आगमन की सूचना दे दी है। उन सभी से यह भी निवेदन कर दिया है कि वे यथाशीघ्र सुरभि क्षेत्र में एकत्र हो जाएँ, ताकि सभी के साथ विचारणा-मंत्रणा हो सके।'' महर्षि के इस कथन पर हनुमान ने जिज्ञासापूर्ण नेत्रों से उनकी ओर देखते हुए पूछा, ''इस सुरभि क्षेत्र की क्या विशेषता है महर्षि?''

उत्तर में विश्वामित्र ने गंभीर भाव से कहा, ''वत्स! वैसे तो यह संपूर्ण क्षेत्र एक वन प्रांत है, परंतु वन का यह हिस्सा मायावी राक्षसों से पूर्णतया सुरक्षित है। यह वन प्रांत उनकी दृष्टि में रहते हुए भी उनकी दृष्टि से ओझल है। यहाँ पर

कुछ ऐसी वनस्पतियाँ, वनौषधियाँ और सुगंधित-सुरभित पुष्पोंवाले पादप लगे हैं, जिनकी सुरभि से निशाचर दूर रहते हैं। प्रकट में यहाँ कोई ऋषि-महर्षि रहता भी नहीं है। अपने सार रूप में प्राकृतिक व आध्यात्मिक व अलौकिकता का विचित्र समन्वय, सम्मिश्रण, सम्मिलन और संग्रह है यह सुरभि क्षेत्र।'' रजोगुण, तमोगुण का यहाँ पर प्रवेश निषिद्ध है। जिसमें भी रजोगुण व तमोगुण का लेशमात्र भी है, वह यहाँ प्रवेश नहीं पा सकता। इसीलिए यहाँ पर प्रवेश पाने के लिए परिष्कृत सूक्ष्म शरीर होना चाहिए। इसलिए न तो निशाचर, न ही देवगण, बस, केवल चेतना के शिखर पर पहुँचे महर्षि ही यहाँ उपस्थित थे। उनकी चेतना से निकलनेवाला प्रकाश ही इस संपूर्ण क्षेत्र को प्रकाशित कर रहा था।

ब्रह्मर्षि विश्वामित्र जब वहाँ पहुँचे तो उनके साथ सिद्धाश्रम के कुछ तपस्वियों के अतिरिक्त अंजनी-नंदन हनुमान भी थे। वहाँ यद्यपि किसी को किसी की औपचारिक परिचय की आवश्यकता नहीं थी, फिर भी विश्वामित्र ने उन सभी को हनुमान का परिचय दिया। अंजनी के पुत्र हनुमान, केसरी कुमार हनुमान के रूप में उनका लौकिक परिचय हुआ। पवन के द्वारा पोषित हनुमान, महारुद्र के अंश हनुमान के रूप में उनका दैविक परिचय था। सूर्य के शिष्य हनुमान, समस्त दैवीय वरदानों एवं विभूतियों से सिद्ध हनुमान, परा-अपरा विद्याओं में पारंगत हनुमान, महायोगी और महाज्ञानी हनुमान के रूप में महर्षि ने सभी को इनका आध्यात्मिक परिचय दिया। इसी के साथ उन्होंने यह भी बताया कि हनुमान का भविष्यत् स्वरूप श्रीराम-भक्त के रूप में होगा। यह कहते हुए महर्षि ने कहा, ''भगवान् महाकाल ने युग-प्रत्यावर्तन की जिस योजना को आरंभ किया है, हनुमान उसका केंद्रीय तत्त्व हैं। वे श्रीराम से सर्वथा अभिन्न हैं। श्रीराम उनमें हैं और वे स्वयं श्रीराम में।''

ऋषि विश्वामित्र ने उन सबको बताया कि देवाधिदेव महादेव ने उन्हें पहले से ही संकेत व संदेश दिया था कि मिथिला क्षेत्र के ऋषियों की तपस्या को भगवती महालक्ष्मी एवं श्रीनारायण सफल करेंगे। उनका मिलन यहाँ पर इसी भूमि में होगा। दशानन रावण के मायावी, व्यूह को श्रीराम यहाँ प्रथम चुनौती देंगे। प्रकट में होने वाला भगवान् श्रीराम व माता सीता का मिलन, वस्तुतः प्रकट व अप्रकट में अभिमानी रावण को महा चुनौती होगी। महेश्वर

ने यह संकेत पहले ही दे दिया था। अब तो हनुमान इस संकेत को पुष्ट करने और श्रीराम का संदेश देने श्रीरामदूत बनकर आए हैं।

महर्षि विश्वामित्र के इस कथन के साथ हनुमान ने सभी महर्षियों को शीश नवाते हुए कहा, ''दशरथनंदन श्रीराम ने प्रणाम करते हुए आप सबके आशीर्वाद की याचना की है।'' हनुमान के इस कथन के उत्तर में महर्षियों ने कहा, ''श्रीनारायण और महादेव हम सभी के आराध्य व संरक्षक हैं। ऐसी विनम्रता उन्हीं को शोभा देती है। हनुमान का सान्निध्य हमें आज मिल रहा है और निकट भविष्य में श्रीराम का सान्निध्य पाकर हम सभी निश्चित रूप से धन्य होंगे।''

इन बातों को सुन रहे महर्षियों में महर्षि अष्टावक्र एवं योगसिद्ध महर्षि याज्ञवल्क्य भी थे। इन बातों ने उन्हें प्रसन्न किया। वे सोचने लगे कि सचमुच हनुमान ज्ञानियों में अग्रणी हैं। हालाँकि उन्होंने कुछ कहा नहीं, वे तो बस, हनुमान की कार्य-योजना को जानना और सुनना चाहते थे, उनकी इस मानसिक तरंगों का स्पर्श पाते हुए हनुमान ने कहा, ''अब वह घड़ी आ पहुँची है, जब भगवान महाकाल के लीला सहचरों को असुरों से संघर्ष करना है। यह संघर्ष अति कठिन होगा। इसके कई चरण होंगे।''

इसे स्पष्ट करते हुए हनुमान बोले, ''इनमें से पहले चरण में आप सब महर्षियों की महत्त्वूपर्ण भूमिका है। अक्षरों ने अपने तप एवं अपनी विद्याओं से धरती की कक्षा के ऊपर अँधेरे की स्थापना की है। महर्षियों को अपने तप एवं अमोघ विद्याओं से इस अँधेरे को तोड़ना होगा। यह कार्य कठिन है। अँधेरे को तोड़ने के लिए, प्रकाश के अवतरण के लिए हमें सामान्य जनों को भी सजग व सचेष्ट करना होगा। वे अपनी जीवनशैली, जीवन की रीति-नीति को ऐसा बनाएँ कि वे जीवन की ओर उन्मुख हों।''

यह कहते हुए हनुमान ने महर्षियों की ओर देखते हुए कहा, ''अपने द्वारा, अपने शिष्यों के द्वारा यह कार्य आप सबको ही करना है। आपके द्वारा किए गए ये दोनों कार्य, उस कार्य को प्रबल वेग एवं प्रबल सामर्थ्य प्रदान करेंगे, जिसे प्रभु श्रीराम संपन्न करेंगे। यह योजना का अंतिम चरण होगा।''

बालब्रह्मचारी, महायोगी, रुद्रावतार, दैवी विभूतियों एवं वरदानों से

संपन्न, श्रीरामभक्त हनुमान में वे सभी तत्त्व थे, वह समग्र सत्य था, जो उनके शब्दों व उनकी योजना को अमोघ व अचूक बना रहा था। इन्हें सुनने के बाद ऋषि समुदाय आश्वस्त हुआ। आश्वस्तिपूर्ण स्वर में, प्रसन्न मन से महर्षि अष्टावक्र ने कहा, ''हनुमान के विचार स्तुत्य हैं व कार्य योजना प्रशंसनीय। महादेव के अनुमोदन के बाद इसमें स्वत: ही शिव संकल्प भी जुड़ गया है। स्वयं महादेव के हनुमान ने साथ अयोध्या में पहुँचकर इसका शुभ आरंभ भी कर दिया है। अब तो इसका अगला चरण आरंभ होना है।''

महर्षि अष्टावक्र जब इतना कह चुके, तब महायोगी याज्ञवल्क्य ने इसके अगले चरण में नारायण एवं महालक्ष्मी का मिलन होना है, कहते हुए अपने विचारों को गतिशील किया और बोले, ''यह सत्य तो हम सभी जानते हैं कि माता महालक्ष्मी, सीता के रूप में राजा जनक के भवन में लीला कर रही हैं और नारायण, महाराज दशरथ के भवन में विराजमान हैं। उन्होंने तो हनुमान के द्वारा अपना संकेत व संदेश भेज दिया है।''

''संकेत व संदेश तो देवी सीता भी दे चुकी हैं। उनकी लीला तो आरंभ हो चुकी है।'' ब्रह्मर्षि विश्वामित्र ने महायोगी याज्ञवल्क्य के कथन के सूत्र को आगे थामते हुए बात आगे बढ़ाई! उन्होंने कहा, ''अभी कुछ ही दिनों पहले सूचना मिली थी कि जिस महावेदी पर महादेव का धनुष 'पिनाक' रखा है, देवी सीता उसे स्वच्छ कर रही थीं। इसे ठीक से स्वच्छ करने के लिए उन्होंने शिव धनुष पिनाक को पर्याप्त समय तक अपने बाएँ हाथ में थामे रखा और दाएँ हाथ से वे सफाई करती रहीं। जिस शिव धनुष को एक साथ अनेक योद्धा मिलकर भी नहीं उठा सकते, उसे देर तक अपने बाएँ हाथ से उठाए रखना आश्चर्यजनक था और अद्‍भुत भी। शीघ्र यह समाचार महाराज जनक तक भी पहुँच गया। इसे सुनकर वे भी चकित व आश्चर्य-जड़ित रह गए।''

इतना कहकर ब्रह्मर्षि विश्वामित्र ने महर्षियों की ओर देखा और मुसकराते हुए कहा, ''आप सब तो जानते ही हैं कि शिव धनुष पर प्रत्यंचा चढ़ाना सर्वसामान्य के लिए संभव नहीं है। इस पर प्रत्यंचा या तो स्वयं महादेव एवं देवी पार्वती चढ़ा सकती हैं अथवा फिर स्वयं नारायण व देवी महालक्ष्मी। अब महादेव एवं देवी पार्वती ने पिनाक को जनक के पास रखा ही इसीलिए

है, ताकि भगवान् श्रीराम एवं देवी सीता का मिलन हो सके, इसलिए स्वयं तो वे पिनाक पर प्रत्यंचा चढ़ाएँगे नहीं, देवी सीता ने तो स्वयं ही श्रीराम के आह्वान के लिए यह लीला रचाई है, इसलिए पिनाक पर प्रत्यंचा श्रीराम को ही चढ़ानी है। न तो शिवसंकल्प मिथ्या हो सकता है और न ही देवी सीता का आह्वान व्यर्थ जाएगा। कारण जगत् में लीला रची जा चुकी है। बस, उसे कार्य जगत् में प्रत्यक्ष होना है।''

तब ऋषि अष्टावक्र ने कहा, ''हे ब्रह्मर्षि! इस देरी को अब आप ही शीघ्रता में परिवर्तित करेंगे। संभवतः नियति ने आपको ही निमित्त बनाने के लिए अपना वह संपूर्ण विधान रचा है।'' ब्रह्मर्षि विश्वामित्र भी इस सत्य से परिचित थे। उन्होंने हनुमान की ओर देखा। उनकी दृष्टि में शायद मार्गदर्शन की अपेक्षा थी। संभवतः वे हनुमान से अयोध्या की तात्कालिक परिस्थितियों एवं वर्तमान स्थिति के बारे में जानना चाहते थे।

हनुमान ने महर्षि विश्वामित्र के संकेत को समझकर कहा, ''हे ब्रह्मर्षि! आपके लिए अयोध्या जाने हेतु सबसे उपयुक्त समय यही है। सिद्धाश्रम के आस-पास असुरी आतंक की सघनता बढ़ रही है। ताड़का, मारीच व सुबाहु के क्रूर कर्मों से समूची मिथिला, उत्पीड़ित व प्रताड़ित हो रही है। इससे समस्त ऋषिगणों सहित मिथिला क्षेत्र को मुक्ति मिलनी ही चाहिए। प्रभु श्रीराम यदि अपने अनुज लक्ष्मण सहित यहाँ पधारें तो यह दुष्कर कार्य सुगमतापूर्वक संपन्न हो सकता है। आप भी उन्हें अपने अमोध अस्त्रों का दानकर अपने पूर्व के तप का समुचित सदुपयोग कर सकते हैं।

इसी के साथ जुड़ा एक सच और भी है। इस समय अयोध्या में महाराज दशरथ के कुलगुरु ब्रह्मर्षि वशिष्ठ महादेव की प्रेरणा से योगा वसिष्ठ की रचना कर रहे हैं। वैराग्य, विवेक तथा ज्ञान व योग की विधियों के निरूपण में यह ग्रंथ अद्‌भुत है। वे इसे प्रभु राम को राजा दशरथ की राज सभा में सुनाएँगे। दशरथजी को प्रभु श्रीराम प्राणों से अधिक प्रिय हैं। इस स्वीकारोक्ति के साथ जुड़ी है उनकी आसक्ति व उनका मोह। अविद्या से उपजी यह परिस्थिति प्रभु श्रीराम की अवतार लीला में बाधा बन रही है। इस बाधा को दूर करने के लिए ही स्वयं प्रभु श्रीराम ने योग वसिष्ठ महारामायण की कथा-श्रवण की लीला

रची है, ताकि उनके पिता महाराज दशरथ का मोह छिन्न हो और घटनाक्रम आगे बढ़ सके।

वहाँ उपस्थित महर्षियों का समुदाय इस महादायित्व के निर्वहन की अपेक्षा महर्षि विश्वामित्र से ही कर रहा था। हनुमान ने तो संपूर्ण विवरण ही प्रस्तुत कर दिया। सभी बातें सुनकर ऋषि विश्वामित्र ने हामी भर दी। अब उन्हें भी प्रसन्नता, उत्सुकता व अभीप्सा हो रही थी कि कब वे श्रीराम से मिलें?

हनुमान के मन में कुछ नया अंकुरित हो रहा था। बार-बार उनके मन में जग-माता के रूप में देवी सीता की छवि प्रकट हो रही थी। वे उनकी एक झलक पाने के लिए उल्लसित हो रहे थे। तब ऋषि अष्टावक्र एवं ऋषि याज्ञवल्क्य ने कहा, ''हनुमान तुम्हारी भावना सत्य है। मिथिला शक्ति-साधना का केंद्र है। यहाँ आकर इस भूमि की अधीश्वरी के दर्शन करना सर्वथा उपयुक्त है। उनके दर्शन-प्रणाम से तुम्हारे सभी मनोरथ सफल एवं संपूर्ण होंगे।''

ऋषियों के कथन को सुनकर हनुमान की अभीप्सा और भी तीव्र हो उठी, लेकिन समस्या विधि एवं संयोग की थी कि वह कैसे घटित हो। अयोध्या में तो इसे स्वयं महादेव ने सुगम कर दिया था। ऋषि वसिष्ठ इसमें सहयोगी बने थे। हनुमान के जिज्ञासु भाव को समझकर महर्षि विश्वामित्र कहने लगे, ''अहंकार ही रोग है। इसी से कर्तापन आता है। अहं स्वयं में भ्रांति की कोख से अपनी भ्रांति है।''

सबकुछ सुन रहे-समझ रहे हनुमान बोल उठे, ''हाँ महर्षि! सबकुछ उन्हीं आदिशक्ति या मूल प्रकृति की लीला है।'' ''तो हनुमान यह जान लो कि जनक-भवन में सीता बनकर कौन बैठी हैं?'' हनुमान बोले, ''निश्चित ही महर्षि! आदिशक्ति स्वयं वहाँ पर विद्यमान हैं।'' सुनकर महर्षि विश्वामित्र मुसकराते हुए बोले, ''जब वे स्वयं उपस्थित हैं और तुम्हें उन्हीं से मिलने के लिए जाना है, तब चिंता किस बात की। वे सारे सुयोग-संयोग घटित कर लेंगी, तुम्हें और मुझे और हम सबको उनके कार्य का निमित्तमात्र बनना है। हम सभी अपने अहंकार को उनके श्रीचरणों में विसर्जित कर देंगे, उतना ही हमारे माध्यम से वे अधिक श्रेष्ठ ढंग से कार्य कर सकेंगी।''

महर्षि विश्वामित्र और हनुमान वहाँ से सिद्धाश्रम के लिए प्रस्थान कर

गए। अब सभी को अपने-अपने कर्तव्यों को क्रियान्वित करना था। स्वयं ऋषि विश्वामित्र को अयोध्या के राजभवन के लिए प्रस्थान करना था। हनुमान को भी अभी माता जानकी से मिलने की प्रतीक्षा थी। इस मातृ मिलन के पश्चात् उन्हें भी आगे बढ़ना था। आखिर रामकाज ही तो उनका ध्येय था। इसके बिना भला उनको कहाँ अपने विश्राम की सुधि थी।

तत्त्वदर्शी ब्रह्मर्षि जानते थे कि श्रीराम से विलग होना न तो महाराज दशरथ को प्रिय लगेगा और न उनकी महारानियों को। श्रीराम अयोध्यावासियों के प्राणों में बसते थे। उनसे श्रीराम माँगने का अर्थ हैं; उनसे उनके प्राण माँगना।

श्रीराम के लीला-विस्तार के लिए इस कठोर कार्य की अनिवार्यता थी। ब्रह्मर्षि विश्वामित्र ने अपने कार्य की योजना को आरंभ करने से पहले श्रीराम का स्मरण किया। मन-ही-मन उन्होंने अपने अंतर्भावों में राम-नाम की मिठास घोली और अयोध्या चलने के लिए स्वयं को तत्पर किया। हनुमान ने भी भगवती सीता से मिलने के लिए उनसे प्रार्थना की। उन्होंने अपने मन व प्राणों को एकाग्र करके धरानंदिनी को पुकारा और संकेत की प्रतीक्षा करने लगे।

सिद्धाश्रम में हनुमान को प्रतीक्षा थी संकेत की। भक्त की पुकार में जब भावनाएँ घुली होती हैं तो वे आराध्य तक पहुँचे बिना नहीं रहतीं। संतान जब माँ को पुकारती है तो माता का अंतःकरण उसके स्पर्श को अवश्य अनुभव करता है। हनुमान पुकार रहे थे, उनकी इस पुकार में प्राण घुले थे, इसे कुछ यों ही कह सकते हैं कि उनके प्राणों में पुकार घुली थी। इस पुकार में भक्ति की रसमयता थी, भावों की मिठास थी, मिलन की पुलक थी। जनकनंदिनी सीता इस समय गौरी पूजन के लिए पुष्पवाटिका में थीं। पुष्पवाटिका राजर्षि जनक का राजोद्यान था। अद्भुत शोभा, अतुल, अनुपम सुषमा थी इसकी। फलदार वृक्षों, सुंगधित पुष्पवाले पादपों से पूरित था यह उद्यान। इसमें निर्मल जल का सरोवर था, जिसमें विविध रंग के कमल पुष्प थे। इस सरोवर से थोड़ी दूर पर गौरी-शंकर मंदिर था, जिसमें माता गौरी की सुंदर, भव्य एवं मनमोहक प्रतिमा थी। इस प्रतिमा के हाव-भाव, भंगिमा कुछ ऐसी थी, जैसे कि वे कुछ कहनेवाली हों या फिर कुछ कह रही हों। जनकनंदिनी को यहाँ आकर बहुत अच्छा लगता था। गौरी-पूजन करना, माता गौरी के पास बैठना बहुत सुखकर

और प्रिय था। गौरी मंदिर के ठीक सामने शिव मंदिर था। महादेव और माता पार्वती का सविधि पूजन उनका नित्य नियम था।

आज उन्हें स्वयं किसी की प्रतीक्षा थी। उनके अंतर्भावों में बार-बार हनुमान की पुकार गूँज रही थी। उनके अंतर्मन में हनुमान के स्वर निरंतर संवेदित हो रहे थे। माता किसी रूप में हों, किसी स्थान में हों, अपनी संतान के स्वर सुन ही लेती हैं। हनुमान के स्वर कुछ इसी तरह सीता का स्पर्श कर रहे थे। अचानक उनके प्राणों में हनुमान की पुकार का उत्तर गूँज उठा, ''आ जाओ पुत्र! मुझे भी तुम्हारी प्रतीक्षा है।'' माता के प्राणों से उठे इन स्वरों की अनुभूति हनुमान ने अपने प्राणों में की। उनकी चेतना में माता-सीता के संवेदन स्वरित हुए।

उर्मिला आदि छोटी बहनें, उनकी सखियों के साथ पुष्प अर्पण करने के लिए थोड़ी दूर चली गई थीं। मंदिर में नियमित पूजा व सेवा करनेवाले विप्र अभी वहाँ पर नहीं थे। अभी वहाँ संपूर्ण एकांत था।

एकांत के इन पलों में देवी सीता ने अपने पाँवों के पास कुछ अनुभव किया। उनके कानों में भी 'माँ' शब्द की मिठास घुली। उन्होंने देखा एक नन्हे स्वर्णकपि के रूप में हनुमान उनके चरणों के पास हैं। उन्होंने स्नेह भरे स्वर में कहा, ''उठो पुत्र!'' यह सुनते ही हनुमान उनके पाँव के पास खड़े हो गए। वे स्वयं भी मंदिर की सीढ़ियों पर बैठ गईं। हनुमान बोले, ''हे माता! आप तो कारण और कार्य दोनों की जननी हैं। मैं तो बस प्रभु श्रीराम के संकेत से उनकी लीला की पृष्ठभूमि तैयार कर रहा हूँ। जिस महाकार्य के लिए भगवान् श्रीनारायण अयोध्या में और आप महालक्ष्मी मिथिला में अवतीर्ण हुए हैं, उसका शुभारंभ होने को है। बस, मैं तो आपके आशीष की याचना और आपके निर्देश की प्रार्थना के लिए आपके सम्मुख उपस्थित हूँ।''

हनुमान की ये बातें सुनकर सीताजी हलके से स्मित के साथ बोलीं, ''पुत्र! सारा कार्य तो पूर्वनिर्धारित एवं पूर्व नियोजित है। यह सब जैसा, जिस विधि से होना है, वैसा ही संपन्न होगा। सबकुछ समय के अनुसार व समय के अनुरूप होगा। समय के चक्र के साथ घटनाएँ घटित होंगी। घटनाओं के इस प्रवर्तन में नए-नए पात्र प्रकट होंगे। सभी की अपनी-अपनी भूमिका है,

जिसे वे सब संपन्न करेंगे। नियति और नियंता मिलकर अपना कार्य संपन्न करेंगे। इसमें चिंता की नहीं, निश्चिंतता की आवश्यकता है।'' इतना कहकर माता सीता ने उनकी ओर स्नेहपूर्ण स्निग्ध दृष्टि से देखा और बोलीं, ''पुत्र! तुम भक्त हो, ज्ञानी हो, साथ ही तुम महायोगी हो। त्रिकाल का सत्य तुम्हारे सम्मुख है। सत्यद्रष्टा तो बस, सत्य की अनुभूति को अभिव्यक्त करता है। अपने व्यक्तित्व को जितना प्रभु-अर्पित करोगे, उतनी ही प्रभु-चेतना तुम्हारे माध्यम से कार्य करती चलेगी।''

हनुमान भगवती सीता की बातें धीरज व भक्ति से सुन रहे थे। उन्हें अपने कर्तव्य का स्मरण भी हो रहा था। माता की बातें सुनकर उनके नेत्र छलक उठे, भरे कंठ से उन्होंने कहा, ''हे माता! आशीष दें कि अहं से मुक्त रह सकूँ। प्रभु के चरणों में, आपके श्रीचरणों में मेरी अविचल भक्ति बनी रहे।'' उत्तर में भगवती सीता ने अपना दायाँ हाथ ऊपर उठाते हुए कहा, ''ऐसा ही होगा पुत्र।'' इतना कहकर वे थोड़ी देर रुकीं और बोलीं, ''पुत्र हनुमान। मानव शरीर की सीमाएँ भी होती हैं और मर्यादाएँ भी। फिर भी हमेशा ध्यान रखना कि अनंत जब सीमित होता है, तब भी वह अनंत ही रहता है। इस सत्य के साथ एक सत्य यह भी है कि अवतारलीला माया के आवरण के साथ संपन्न होती है। इसलिए इसमें अनेक बार भ्रांति व भ्रम की संभावनाएँ बनी रहती हैं। जो नर रूप में नर लीला करते हुए भगवान् को भगवान् के रूप में पहचान लेता है, समझो वही माया से मुक्त और सच्चा भक्त है। तुम नियति व नियंता के सच्चे संवाहक व संप्रेषक बनो।''

जनक नंदिनी सीता के आशीष व निर्देश में उनके जीवन-पथ के लिए प्रकाश था। सीता के वचन उनके लिए उपदेश, तत्त्वबोध व जीवन-प्रबोध थे। उनका कहा हुआ एक-एक शब्द उनके लिए अमृत की बूँद की तरह था, अब वे स्वयं को कृत-कृत्य व कृतार्थ अनुभव कर रहे थे। उन्होंने एक बार फिर से अश्रुपूरित नयनों से देवी सीता को देखा और भूमि पर मस्तक रखकर उन्हें प्रणाम किया। उनकी भक्ति की प्रगाढ़ता, ज्ञान में प्रतिष्ठा व कर्म में निष्ठा देखकर विदेह कुमारी भी प्रसन्न थीं। उन्होंने भावभीगे स्वर में कहा, ''पुत्र! तुम्हारे भावों में भक्ति बनकर, विचारों में ज्ञान बनकर और कर्म में शक्ति

बनकर मैं सर्वदा तुम्हारे साथ बनी रहूँगी। अब तुम लोकलीला के विस्तार के लिए प्रस्थान करो। तुम्हारा पथ शुभ हो।''

विदेहनंदिनी से विदा लेकर पुनः हनुमान सिद्धाश्रम आ गए। ऋषि विश्वामित्र अभी सिद्धाश्रम में ही थे। उन्हें भी हनुमान की प्रतीक्षा थी। हनुमान को विदा देकर उन्हें अयोध्या के लिए प्रस्थान करना था। अभी जब वे हनुमान का स्मरण कर रहे थे, उन्होंने उन्हें अपने पास में खड़े देखा और समझ गए कि भक्त को अपनी भक्ति का वरदान मिल चुका है। तब दोनों के लिए प्रस्थान की दिशाएँ तय हो गईं। हनुमान को महर्षि भरद्वाज के यहाँ प्रस्थान करना था और ऋषि विश्वामित्र को अयोध्या की ओर जाना था।

हनुमान के अयोध्या से जाने के बाद श्रीराम के मन में विचित्र-सा वैराग्य हो गया। उनकी जीवन के प्रत्येक विषय में अरुचि हो गई। उनके इस व्यवहार ने महाराज दशरथ को चिंतित कर दिया। कौशल्या, सुमित्रा एवं कैकेयी सभी चिंता में पड़ गए। भरत, लक्ष्मण एवं शत्रुघ्न भी अपने ज्येष्ठ भ्राता श्रीराम के इस भाव परिवर्तन का कोई कारण नहीं समझ पा रहे थे।

सभी से सारी बात सुनने के बाद ऋषि वसिष्ठ को अपनी ध्यानस्थ अवस्था में पता चल गया कि श्रीराम की नर-लीला अब अगले आयाम में प्रवेश करनेवाली हैं। अब वह समय आ गया है, जब श्रीराम अयोध्या से प्रस्थान करेंगे। अगले लीलाचरित में ब्रह्मर्षि विश्वामित्र उनके सहयोगी होंगे। उन्हें ज्ञान हो गया कि श्रीराम अपने वैराग्य के बहाने अपने पिता महाराज दशरथ को मोहमुक्त करना चाहते हैं। वे नहीं चाहते कि उनके अयोध्या से प्रस्थान करने के बाद महाराज दशरथ को मानसिक पीड़ा भोगनी पड़े। तब ऋषि वसिष्ठ ने महाराज दशरथ से बस इतना ही कहा, ''महाराज! मैंने वत्स राम की इस भावदशा का कारण जान लिया है। मैं उन्हें उस महान् ज्ञान का उपदेश दूँगा, जिससे वे जीवन के शोक से निवृत्त हो सकेंगे।'' इसके बाद उन्होंने आगे कहा, ''राजन! इस परम ज्ञान का उपदेश मेरे पिता एवं लोकपितामह ब्रह्मा ने मुझे दिया, जिसे जगदीश्वर महादेव की कृपा से मैंने इसका विस्तार किया है। उसी ज्ञान का उपदेश मैं वत्स राम को प्रदान करूँगा, ताकि जीवन का सत्य उनके सामने प्रकट हो और वे अपने कर्तव्य पथ पर आगे बढ़ सकें।''

ऋषि वसिष्ठ की सभी बातों को महाराज दशरथ ने ध्यान से सुना और अपने महामंत्री सुमंत को आज्ञा दी कि वे राजदरबार में कही जानेवाली योग वसिष्ठ की ज्ञान कथा के आयोजन की व्यवस्था करें। जब ऋषि वसिष्ठ इस ज्ञान कथा का आरंभ कर रहे थे तो राजसभा खचाखच भरी हुई थी। महाराज स्वयं महारानियों, मंत्रियों, सबके साथ कथा श्रवण के लिए उपस्थित थे। श्रीराम अपने भ्राताओं के साथ तो उपस्थित थे ही। सभी को एक साथ उपस्थित देखकर ऋषि वसिष्ठ ने विचार किया कि इस ज्ञान-कथा को अति सरल, सुगम एवं सर्व बोधगम्य होना चाहिए।

ब्रह्मर्षि वसिष्ठ, महाराज दशरथ के सभागार में बैठे हुए यह ज्ञान कथा कह रहे थे। उनके द्वारा कहीं जानेवाली यह कथा अति विलक्षण, रहस्यमय, किंतु रोचक एवं प्रेरक थी। इसमें तत्त्व-दर्शन, योगविद्या, साधना की विधियाँ, ज्ञान की भूमिकाएँ, जिज्ञासु के लक्षण, उसकी जिज्ञासा का प्रकार और इसके साथ अन्य अनेक तत्त्वों का निरूपण हो रहा था। ऋषि वसिष्ठ जो कुछ कह रहे थे, वह अति गूढ़ होने पर भी बोधगम्य था। इसका कारण था—उनकी कहने की शैली। वे सरस कथाओं में ज्ञान का अमृतरस भर रहे थे। जिसकी चेतना में चैतन्यता का जितना प्रकाश था, वह उसी के अनुरूप इसे ग्रहण करने का प्रयास कर रहा था। सब को सबकुछ समझ में न आने पर भी इतना कुछ अवश्य समझ में आ रहा था, जिससे कि उसके जीवन का कल्याण हो सके।

महाराज दशरथ ने इस ज्ञान-सभा में किसी के लिए प्रवेश निषिद्ध नहीं किया था, सभी को वहाँ आने की अनुमति थी। अपने नियमित कार्य व अपनी दिनचर्या में उचित समायोजन करके कोई भी इसमें भागीदार होने के लिए स्वतंत्र था। महाराज चाहते थे कि गुरुदेव वसिष्ठ द्वारा वितरित किया जानेवाला यह ज्ञान-प्रसाद अधिक-से-अधिक लोगों को मिले और इसे आत्मसात् करके वे अपने जीवन को धन्य बनाएँ। इसके लिए महामंत्री सुमंत ने सभी आवश्यक तैयारियाँ पूरी कर ली थीं, ताकि आने वाले आगंतुकों को कोई कष्ट न हो, साथ ही ऋषि वसिष्ठ के कथा कहने में कोई व्यवधान न हो।

ब्रह्मवेत्ता वसिष्ठ कथा कह रहे थे, ज्ञानामृत की वर्षा कर रहे थे, यह चर्चा सब ओर फैल गई थी। सभी इसे सुनने के लिए उत्सुक थे। देवों को भी

इसमें उत्सुकता थी, ऋषिगण, सिद्धपुरुष, योगीजनों की तो इसमें स्वाभाविक उत्सुकता थी।

इस ज्ञान-कथा में सबसे अधिक उत्सुकता तो श्रीराम की थी। वे तो सभी के मन में बसे थे। मतभेद हो या मनभेद, उनकी उपस्थिति सर्वत्र थी। उनके सभी भ्राता तो जैसे उनके अपने शरीर के अंग-अवयव थे। माताएँ तो सदा से उनकी थीं। राम की रुचि उनकी अपनी रुचि थी, सभी राम के सुहृद थे, राम सभी के सुहृद थे। जीवब्रह्म के सदृश सभी के साथ उनका अनोखा आत्मीय संबंध था। राम, कथा में नित्य उपस्थित होंगे, यह भी कथा सुनने के लिए सहज आकर्षण था। इस ज्ञान-कथा में अनेक कथाएँ थीं, जो मन को ज्ञान-रस से भिगो देती थीं।

इसी क्रम में एक दूत ने ऋषि वसिष्ठ के पास आकर कुछ कहा। इसे सुनते ही ऋषि वसिष्ठ के मुख पर प्रसन्नता छलक उठी। दूत के द्वारा दिए जानेवाले समाचार को उन्होंने महाराज को सुनाते हुए कहा, "राजन! आपकी सभा में ब्रह्मर्षि विश्वामित्र पधार रहे हैं। अभी वे अयोध्या में प्रवेश कर चुके हैं। बस, वे कुछ ही देर में सभाभवन में पहुँच जाएँगे। हमें सभाभवन के बाहर चलकर उनका स्वागत करना चाहिए।" ब्रह्मर्षि विश्वामित्र यह नाम प्रख्यात था समूचे आर्यावर्त में। महान् तपस्वी ऋषि विश्वामित्र को भला कौन नहीं पहचानता था। उनका यहाँ आगम भला किस उद्देश्य से हुआ होगा? यह चिंता राजपुरुषों के मन में व्याप गई। महाराज स्वयं भी थोड़े चिंतित लगे, परंतु ऋषि वसिष्ठ एवं मर्यादाओं की धुरी राम परम निश्चिंत थे।

ब्रह्मर्षि विश्वामित्र के आगमन की बात सुनकर श्रीराम को हनुमान का स्मरण हो आया। रामकाज को अपनी जीवन-साधना बनानेवाले हनुमान के स्मरण से उनके मन में भक्त-प्रेम आप्लावित हो उठा। भक्त के हृदय में भगवान् बसते हैं, इसे सभी ने कहा है, किंतु भगवान् के हृदय में अपने भक्त का वास होता है, यह भक्ति का परम रहस्य है। श्रीराम ने हनुमान का स्मरण किया, उन्हीं क्षणों में हनुमान को अपने हृदय में आराध्यप्रेम की सघन अनुभूति हो आई। वे इस समय यद्यपि भरद्वाज के आश्रम की ओर प्रस्थान करने पर विचार कर रहे थे। ऋषि भरद्वाज, देवगुरु बृहस्पति के पुत्र थे। राम के नाम और राम की कथा में इन्हें परम आनंद की अनुभूति होती थी। इनका आश्रम

एवं गुरुकुल तीर्थराज प्रयाग में संगम के समीप था। समस्त आर्यावर्त में इसकी उत्कृष्टता व प्रामाणिकता की ख्याति थी। हनुमान जानते थे कि महर्षि भरद्वाज ऋग्वेद के छठे मंडल के द्रष्टा ऋषि हैं। वृहत्साम गान के विशेषज्ञ ऋषि भरद्वाज के वृहत्साम की संपूर्ण आर्यवर्त में बड़ी महिमा थी। इस बारे में कहा जाता था कि उनके वृहत्साम के गायन से शासक संपन्न होता था, उसका ओज, तेज और वीर्य बढ़ता था! इससे राजसूय यज्ञ भी समृद्ध होता था। ऋषि भरद्वाज के बारे में सभी बातें हनुमान ने सुन रखी थीं। इन बातों से उनकी विशिष्टता, वरिष्ठता और विशेषज्ञता का पता चलता था।

उनके अनेक सद्गुण समुदाय में हनुमान के मन को छूनेवाली बात उनकी भक्ति थी। भरद्वाज ऋषि की भक्ति प्रवणता उनको संवेदित करती थी। वे पुलकित थे, गद्गद थे, उत्साहित थे। पवन तनय को कहीं पहुँचने में भला कितनी देर लगती थी। उनमें स्वभावतः ही पवन का बल व वेग था। राजकाज के उद्देश्य ने उनके उत्साह को सहस्त्रगुणित कर दिया। ऋषि मतंग ने इनकी चर्चा करते हुए यह भी कहा था कि तीर्थराज प्रयाग में निवास करनेवाले महर्षि भरद्वाज, रामकथा के मर्मज्ञ हैं। त्रिकालदर्शी महर्षि ही भगवान् नारायण के श्रीरामावतार की बीत चुकी, हो रही और होने वाली सभी घटनाओं को प्रकट रूप में, स्पष्ट रूप में जानते हैं। उनसे कुछ भी छिपा नहीं है। उनके लिए अदृश्य भी दृश्य है, अदृष्ट भी दृष्ट है।

श्रीराम का स्मरण, श्रीराम-भक्त और श्रीराम-कथा के मर्मज्ञ ऋषि भरद्वाज के स्मरण में कितना समय कहाँ, कब और कैसे बीत गया, पता ही न चला। पता था तो बस इतना कि गंगा-यमुना के संगम स्थल पर, तीर्थराज प्रयाग में महर्षि भरद्वाज निवास करते हैं। परम दीर्घ आयु ऋषि को अनेक लोग 'दीर्घजीवितम' और कई लोग अपरिमित आयुवाला कहा करते थे। उनकी अपरिमित आयु के अनुरूप उनके अनुभव भी अपरिमित थे। उनसे मिलने का अर्थ था—अनेक युगों का एक साथ समन्वित रूप से मिलना। अनेक विद्याओं का एक साथ मिलना। अनेक विभूतियों का एक साथ मिलना। अनेक अलौकिक शक्तियों का एक साथ मिलना। उनसे मिलन के संभाव्य को हनुमान अपना सौभाग्य मान रहे थे।

हनुमान प्रयाग के संगम के समीप खड़े थे। अब तब ब्रह्मर्षि विश्वामित्र भी सरयू के समीप आ पहुँचे थे। दोनों ही अपने सम्मुख प्रवाहित जलराशि को निहार रहे थे। हनुमानजी के सामने गंगा के श्वेत जल-प्रवाह एवं यमुना के श्यामल जल-प्रवाह का सम्मिलन संगम हो रहा था। तट पर दूर तक बालुका राशि फैली हुई थी। यहाँ से कुछ दूर तक ऋषियों, महर्षियों के आश्रम थे। यत्र-तत्र तपस्वियों, साधकों एवं संतों की कुटियाएँ थीं। अनेक कारणों से तीर्थराज प्रयाग सभी को प्रिय था। यहाँ रहकर तप-साधना करने का अमोघ परिणाम होता है। इस वजह से कुछ संतों व तपस्वियों ने यहाँ पर अपने स्थायी आश्रम बना लिये थे, तो कुछ साधक थोड़े समय के लिए यहाँ पर अपने व्रत-अनुष्ठान व साधना करने के लिए आते थे। इस स्थान की माघ महीने में महिमा बढ़ जाती थी। पूरे महीने कल्पवास के लिए संपूर्ण आर्यावर्त से सभी श्रेणी के लोग यहाँ आते थे।

चक्रवर्ती सम्राट् से लेकर सामान्यजन तक की यही अभिलाषा होती थी कि उनकी संतान को विद्याध्ययन के लिए महर्षि भरद्वाज के गुरुकुल में रहने का सुअवर मिले। अन्य महर्षियों के आश्रम और गुरुकुल में अध्ययन करने वाले विद्यार्थी भी यहाँ थोड़े समय के लिए आना चाहते थे। इसके लिए उनका आचार्यवर्ग स्वयं उन्हें यहाँ आने के लिए प्रेरित करता था।

हनुमान संगम-तट पर शांत खड़े अपने इन विचारों में लीन थे। उधर सरयू के तट पर खड़े हुए ब्रह्मर्षि विश्वामित्र अयोध्या की यशस्वी गाथा के बारे में विचार कर रहे थे। भगवान् सूर्यदेव के इस तेजस्वी वंश के तेज को काल कभी क्षीण नहीं कर सका। महाराज इक्ष्वाकु हों अथवा महाराज हरिश्चंद्र। हरिश्चंद्र का स्मरण आते ही विश्वामित्र को उस पुराने युग की याद आ गई, जब उन्होंने उनकी परीक्षा ली थी। अनेक कठिन यातनाओं से गुजरे थे उस समय महाराज हरिश्चंद्र। एक के बाद एक इस तरह अनेक कठिन कष्ट व निरंतर बढ़ती जा रही दारुण यातनाएँ। भयानक यंत्रणाएँ सहन करते चले गए थे वे, परंतु न तो सत्य से डिगे और न उन्होंने अपना शील-सदाचार छोड़ा। स्वयं विश्वामित्र के लिए भी वह समय बड़ा कठिन था। परीक्षाएँ अयोध्या नरेश महाराज हरिश्चंद्र

दे रहे थे, लेकिन कष्ट वे स्वयं पा रहे थे। ऐसे महान् नरेश को कष्ट में देखना उनके लिए बड़ा कठिन था।

ऐसे यशस्वी नरेश की कर्म स्थली थी अयोध्या। वे ही क्यों, भक्तप्रवर अंबरीष, रघु, दिलीप, भगीरथी इन सभी के कर्म सूर्य की भाँति प्रखर, पवित्र एवं तेजस्वी थे। महाराज भगीरथ ने तो अपने तप के बल पर गंगा के अवतरण को संभव किया था। अयोध्या के वर्तमान नरेश दशरथ की यशोगाथा भी किसी भी रूप में कम न थी। उनके कारण ही त्रिलोकी को आतंकित करनेवाला दशानन रावण कभी भूलकर भी अयोध्या की ओर आने का साहस न कर पाता था।

शीश, सदाचार, जप-तप-व्रत एवं अनुष्ठान यहाँ के निवासियों के प्राणों में प्रवाहित होते थे। इन सभी को अयोध्या के पराक्रमी महाराज का संरक्षण था और फिर महाराज तथा प्रजा पर एक साथ ब्रह्मा के पुत्र ब्रह्मर्षि वसिष्ठ का आशीष बरसता था।

ऋषि विश्वामित्र को अभी भी वह पुराना प्रसंग याद था, जब उन्होंने ऋषिश्रेष्ठ वसिष्ठ से टकराव मोल लिया था—जैसे (1। कामधेनु गौ नंदिनी को उनसे छीनने के लिए सैन्यबल का प्रयोग करना, (2) राजा त्रिशंकु को सशरीर स्वर्ग जाने में सहायता करना, जबकि ऋषि वसिष्ठ ने प्रकृति-विरुद्ध होने के कारण सहायता देने से इनकार कर दिया था! (3) बैर, हठ और अहंकार के कारण ऋषि वसिष्ठ के सौ पुत्रों का विनाश करना (4) एक रात्रि को ऋषि वसिष्ठ की हत्या करने उनके आश्रम में पहुँचने पर ऋषि वसिष्ठ द्वारा अपनी प्रशंसा सुनने पर विश्वामित्र हाथ में चमकती कृपाण सहित, उनके चरणों में गिर पड़े। तब उनको उठाते हुए कहा था, 'उतिष्ठ ब्रह्मर्षि' अर्थात हे ब्रह्मर्षि! उठो।

ब्रह्मर्षि विश्वामित्र आत्मलीन थे। वे सरयू-तट पर बने घाट की सीढ़ियाँ उतरकर जल के समीप पहुँच गए। हनुमान भी इस समय संगम-तट पर जल के समीप ही खड़े थे और वे सोच रहे थे कि रामकाज परम सौभाग्य है। अनेक सौभाग्य इसके साथ स्वतः ही जुड़ जाते हैं। इसे करते हुए अनायास ही ऋषियों एवं सत्पुरुषों से मिलन होता है, तीर्थयात्रा का सौभाग्य मिल जाता है और मन में राम नाम का अविराम स्मरण होता रहता है। यह विचार करते हुए उन्होंने जल को हाथ में लिया और थोड़ा सिर पर छिड़का, फिर आ पहुँचे, वहाँ-जहाँ

पर गंगा की धवल और यमुना की श्यामल धाराएँ मिल रही थीं। सरस्वती इनके बीच अप्रकट होकर भी प्रभाव दिखा रही थीं। हनुमान ने राम-राम, श्रीराम-जय-राम, जय-जय राम कहते हुए त्रिवेणी के प्रवाह में तीन डुबकियाँ लगाईं और फिर वहीं खड़े होकर निहारने लगे, संग की शोभा को।

इसी समय घाट के दूसरे छोर से ब्रह्मर्षि वसिष्ठ, महाराज दशरथ, महामंत्री सुमंत कुछ अन्य ऋषि गणों व राजपुरुषों के साथ आते दिखें। महाराज दशरथ एवं महामंत्री सुमंत ने ब्रह्मर्षि विश्वामित्र के चरणों में साष्टांग प्रणाम किया। अयोध्या के अन्य राजपुरुषों ने उनका अनुकरण किया।

यहाँ संगम-जल में खड़े हनुमान धीरे से बाहर निकले। बाहर निकलकर वे काफी देर तक संगम के जल-प्रवाह को निहारते रहे। अब यहाँ से उन्हें महर्षि भरद्वाज के आश्रम जाना था। अपने उद्देश्य के बारे में विचार कर वे यह सोचने लगे, 'क्या इस वेश में महर्षि के आश्रम में जाना और उनसे भेंट करना उचित रहेगा!' अपने इस प्रश्न के उत्तर में वे अपने स्वरूप से संतुष्ट न हो सकें। यही सोचकर उन्होंने ब्राह्मण का वेश धारण किया। इस वेश के धारण करने के पश्चात् उन्होंने सोचा कि महर्षि के आश्रम में जाने के लिए यही वेश और यहीं स्वरूप उचित है। अब वे संतुष्ट थे। वे कुछ अधिक विचार करते, इससे पहले उन्होंने ब्रह्माचारियों के एक दल को देखा, जो वार्त्तालाप कर रहा था।

इसमें से एक कह रहा था, "हमारे कुलपति ऋषि ने बताया था—अग्नि को देखो, यह मरणधर्मा मानवों में उपस्थित अमर ज्योति है। यह अग्नि विश्वसृष्टि है अर्थात् सर्वमनुष्य रूप है। यह अग्नि सब कर्मों में प्रवीणतम ऋषि है, जो मानव में रहती है, उसे प्रेरित करती है, ऊपर उठने के लिए। अत: इसे पहचानो।" अपने कुलपति ऋषि की इस बात को उद्धृत करनेवाले ने कहा, "महर्षि भरद्वाज की कही गईं बातें इतनी गूढ़ होती हैं कि इन्हें सरलता से समझा नहीं जा सकता।" साथ के अन्य ब्रह्मचारियों ने उस ब्रह्मचारी की बात का अनुमोदन किया।

वे आपस में कुछ अधिक वार्त्तालाप करते, तभी उनके पास ही खड़े ब्राह्मण वेशधारी हनुमान ने कहा, "ब्रह्मचारीगण! श्रवण का अर्थ मनन के

क्षणों में अंकुरित होता है, निदिध्यासन में इसका पल्लवन होता है और समाधि के प्रकाश में इसे पूर्ण विस्तार मिलता है। महर्षि के कथन का आशय है कि अग्नि प्रकाश है, ऊर्जा है। जो प्रकाश के सभी रूपों की, ऊर्जा के सभी रूपों की अनुभूति पा लेता है, वह इसे जान लेता है। इसी के साथ महर्षि के कथन का यह भी आशय है कि प्रकाश और ऊर्जा के सभी रूपों को जानने के साथ जरूरी यह भी है कि इसके मूल स्रोत को जानो। यही जीवन और जगत् का उद्गम है। अग्नि का वास्तविक स्थान और वास्तविक स्वरूप यही है।''

ब्रह्मचारियों ने विप्र वेशधारी हनुमान की बातें सुनीं। वे सब उनकी चिंतनशैली, दृष्टिकोण, शब्द के अर्थ में प्रवेश करने की गहन क्षमता से प्रभावित हुए। उन्होंने उनका परिचय जानने की इच्छा से उनसे पूछा, ''हे ब्राह्मण देव! आप कौन हैं? कहाँ से आए हैं? और अब कहाँ जाना चाहते हैं?'' ब्रह्मचारियों की इस उत्सुकता पर हनुमान ने मुसकराते हुए कहा, ''यह तो आप सब देख ही रहे हैं कि मैं ब्राह्मण हूँ। वेदों के अध्ययन में, शास्त्रों के स्वाध्याय में मेरी रुचि है। इसके अतिरिक्त भगवद्भक्ति मुझे प्रिय है। प्रभु के चरण ही मेरी शरणस्थली हैं। उनकी शरणागति ही मेरा वास्तविक निवास है। अभी तो मैं तीर्थयात्रा कर रहा हूँ। तीर्थों का भ्रमण और वहाँ निवास करनेवाले महर्षियों व साधुजनों से मिलन, उनका संग बस, यही मेरा अभीष्ट है। पहले मैं अयोध्या गया था, वहाँ मेरी भेंट ऋषि श्रेष्ठ वसिष्ठ से हुई। बाद में मिथिला गया, वहाँ पर मुझे परम तपस्वी ब्रह्मर्षि विश्वामित्र का आश्रय मिला। महर्षि अष्टावक्र, महर्षि याज्ञवल्क्य से भी भेंट सौभाग्य से हुआ। अब ईश्वर की कृपा से तीर्थराज प्रयाग आया हूँ। आने के पश्चात् संगम-दर्शन एवं त्रिवेणी स्थान का सौभाग्य मुझे मिल चुका है। अब यहाँ रहनेवाले महर्षियों से भेंट हो सके तो मेरा सौभाग्य संपूर्ण हो।''

हनुमानजी की बोलने की शैली, उनकी मधुर वाणी ने इन सभी को सम्मोहित कर दिया था। वे सभी इनका और अधिक संग चाहते थे। इन ब्रह्मचारियों में से एक ने कहा, ''विप्रवर! आपने हमारे आचार्य कुल के कुलपति महर्षि भरद्वाज का नाम तो संभवत: सुना होगा? ब्रह्मचारी के इस प्रश्न पर हनुमानजी बोले, ''भला आर्यावर्त की धरा पर ऐसा कौन-सा जिज्ञासु

है, जिसने उनका नाम न सुना हो। उनके नाम को तो ज्ञान और ज्ञानसाधना की प्रामाणिकता समझा जाता है। वैसे भी वेद अध्ययन में अभिरुचि होने के कारण भला यह कैसे संभव है कि ऋग्वेद के छठे मंडल के द्रष्टा महर्षि भरद्वाज के नाम से मैं अवगत न होऊँ?''

अपने कुलपति महर्षि के विषय में विप्र वेश धारण किए हुए हनुमानजी के मुख से यह सब सुनकर ब्रह्मचारियों को अच्छा लगा। उन्होंने कहा, ''हम सभी महर्षि द्वारा स्थापित एवं संचालित गुरुकुल के छात्र हैं। अपनी तप-साधना, ज्ञान-साधना एवं अन्य आवश्यक कार्यों के कारण नित्यप्रति तो वे हम सबकी कक्षा नहीं ले पाते हैं, फिर भी बीच-बीच में हमें उनसे पढ़ने का, यदा-कदा उनसे मिलने और उनके दर्शन का सौभाग्य अवश्य मिल जाता है। हमारे गुरुकुल में दस हजार से भी अधिक छात्र एवं छात्राएँ अध्ययन करते हैं। महर्षि, नारी शिक्षा पर बहुत बल देते हैं। उनकी पुत्रियाँ कशिया एवं रात्रि, स्वयं मंत्रद्रष्टा ऋषि हैं। हमारे गुरुकुल की अतिथिशाला में अतिथियों के निवास व भोजन की निःशुल्क व्यवस्था है। आप तीर्थयात्री हैं, ब्राह्मण हैं, विद्वान् हैं हमारे साथ चलें। कुछ समय तक हमारे यहाँ निवास करें। वहाँ पर आपकी महर्षि से भेंट हो सकेगी और हम सबको भी आपके सान्निध्य का लाभ मिल सकेगा।'' इन ब्रह्मचारियों की विनयशीलता ने हनुमानजी को अत्यंत प्रसन्न किया। वे उनके साथ ऋषि भरद्वाज के आश्रम की ओर चल पड़े।

उधर अयोध्या के सरयू-तट पर ब्रह्मर्षि विश्वामित्र, महाराज दशरथ, ब्रह्मर्षि वसिष्ठ, महामंत्री सुमंत, राजपुरुषों एवं ऋषिगणों को अचानक इस तरह देखकर प्रसन्न हुए। महाराज ने ब्रह्मर्षि विश्वामित्र से निवेदन एवं आग्रह किया कि वे चलकर उनके राजभवन ने में रहें और उन्हें तथा उनके परिवार को सेवा सौभाग्य प्रदान करें। दशरथ के इस आग्रह पर महर्षि ने कहा, ''आपके अतिथि सत्कार की सभी प्रशंसा करते हैं, आपकी और आपके परिवार की धर्मपरायणता सर्वथा सराहनीय हैं, लेकिन अभी मैं ब्रह्मर्षि वसिष्ठ के आश्रम में निवास करना चाहता हूँ। इससे मुझे इनके सान्निध्य एवं सत्संग का लाभ मिलेगा, साथ ही दिनचर्या का सौभाग्य भी मिल सकेगा। कुछ अन्य महत्त्वपूर्ण विषयों पर विचार-विमर्श भी हो सकेगा।'' विश्वामित्र के इस अनुरोध को

महाराज दशरथ ने सहजता से स्वीकार कर लिया। ऋषि वसिष्ठ को भी प्रसन्नता हुई कि महातपस्वी विश्वामित्र का आतिथ्य कर सकेंगे। जब ये सभी आश्रम के द्वार पर पहुँचे, तो उन्होंने देवी अरुंधती को द्वार पर उपस्थित देखा।

रथ से सबसे पहले ऋषि वसिष्ठ उतरे और उन्होंने बड़े स्नेह से ऋषि विश्वामित्र का हाथ थामते हुए उन्हें रथ से नीचे उतारा। अभी महाराज दशरथ रथ से नीचे उतर पाते, इसके पहले उन्होंने महाराज को संबोधित करते हुए कहा, ''राजन! अधिक औपचारिकता की आवश्यकता नहीं है। ब्रह्मर्षि विश्वामित्र हमारे अतिथि हैं। हम इनका संपूर्ण रूप से ध्यान रखेंगे। आप राजभवन पधारें। कल वहाँ पर भेंट होगी।'' इसी के साथ उन्होंने सारथी को रथ राजभवन की ओर ले जाने का संकेत किया।

आश्रम में पहुँचने पर स्वागत-सत्कार एवं भोजन आदि के उपरांत ऋषि वसिष्ठ, ब्रह्मर्षि विश्वामित्र को लेकर अपने साधना कक्ष में पहुँचे। स्वभावत: इस स्थान में देवत्व की सघनता थी। इस अद्‌भुत अनुमति को पाकर विश्वामित्र ने कहा, ''हे ऋषि श्रेष्ठ! आपके व्यक्तित्व के संपर्क, सान्निध्य व संस्पर्श से मेरा जन्म व जीवन, व्यक्तित्व व कृतित्व रूपांतरित हो सका। हालाँकि इस समूची प्रक्रिया में आपको गहरी पीड़ा उठानी पड़ी। आपने पुत्र-शोध भी सहन किया, लेकिन मैंने अनुभव किया कि शक्तियाँ, विभूतियाँ व सिद्धियाँ, तपश्चर्या व विद्याएँ वहीं तक सही और सार्थक हैं, जहाँ तक उनका उपयोग लोक-कल्याण में किया जाता है। आत्मकल्याण में इनकी कोई भूमिका नहीं है। आत्मकल्याण के लिए महत्त्वपूर्ण हैं—आसक्ति व अहंकार का परित्याग और चित्त का परिष्कार, जो आपमें है। चित्त शांत हो, शुद्ध हो और शून्य हो, केवल तभी आत्मकल्याण संभव है।''

विश्वामित्र के कथन का समर्थन करते हुए ऋषि वसिष्ठ ने कहा कि इन सभी गुणों के अंकुरित और पल्लवित होने के लिए आवश्यकता होती है—सम्यक् आत्मदृष्टि, सही ढंग से आत्मनिरीक्षण और आत्मपरिष्कार के लिए सम्यक् संकल्प। ये सब आपमें न केवल यथेष्ट अपितु परिपूर्ण हैं। आपको विश्व-कल्याण की सतत चिंता रहती है। यही चिंता आपको यहाँ पर खींच लाई है। ऋषि वसिष्ठ के इन वचनों से विश्वामित्र को बड़ी आश्वस्ति मिली।

ऋषि वसिष्ठ आगे बोले, "अब आज आवश्यक है कि हम हरि और हर की लीला में सहयोगी बनें, सहभागी बनें। साधुता के परित्राण के लिए व दुष्टता को दंडित करने के लिए एक ने नर का रूप धारण किया है और दूसरे ने वानर का। ब्रह्मदेव ने दशानन रावण को जो वरदान दिया है, उसके लिए ही उन्होंने यह अवतार लिया है। हमारा अहोभाग्य है कि उन्होंने अपने कार्य में हमें सहयोगी और सहभागी बनाया है। ईश्वरीय संकल्प स्वतः ही प्रकृति का विधान बन जाता है। प्रकृति स्वयं परमेश्वर के संकल्प को पूर्ण करती है। जो इसमें सहयोगी-सहभागी बनते हैं, वे धन्य व कृतार्थ होते हैं।"

विश्वामित्र इन बातों को ध्यान से सुनते रहें। ऋषि वशिष्ठ का उन्हें यह अपनी अंतश्चेतना यह सान्निध्य, संपर्क अतीव सुखपद्र लग रहा था। उन्हें अपनी अंतश्चेतना में ज्ञान के नवीन गवाक्ष खुलने की अनुभूति हो रही थी। अपने सिद्धाश्रम में उनका संपूर्ण समय प्रायः साधना व अनुसंधान में निकल जाता था। इधर बीते कुछ समय से ताड़का, सुबाहु व मारीच के उपद्रव इतने अधिक बढ़ गए थे कि उनसे होनेवाली हानियों व क्षतियों के निस्तारण में ही बहुत सा समय चला जाता था। आज कितने समय के बाद आत्मबोध व जीवनबोध प्रदान करनेवाली बातों को कहने-सुनने का अवसर मिला था। आज न जाने कितने समय के अंतराल पर उन्हें यह अवसर सुलभ हुआ था।

ऋषि वसिष्ठ ने कहा, "हे ब्रह्मर्षि! नारायण ने नर रूप धारण किया है। मनुष्य जीवन की संभावनाएँ भले ही अनंत हो, परंतु उनकी निश्चित सीमाएँ हैं और मर्यादाएँ भी। मनुष्य जीवन में नीतियों का, नियमों का पालन करना पड़ता है। कर्तव्यों का धर्मपूर्वक रति व विधान से निर्वाह करना पड़ता है। नारायण को अपने राम-रूप में जीवन के उच्चादर्श स्थापित करने हैं। मानव व मानवता के लिए भविष्य का पथ प्रशस्त करना है। इसी के साथ उन्हें अपने अवतार के उद्देश्य को भी पूर्ण करना है।"

इस पर विश्वामित्र ने उनसे कहा, "हे ऋषि श्रेष्ठ! आप हमारे मार्गदर्शक हैं! इसलिए संकोच त्यागकर कह कहें, जो करणीय है! जो भविष्य के लिए आवश्यक व वांछित हैं।" यह सुनकर ऋषि वसिष्ठ ने कहा, "ब्रह्मर्षि! नारायण के नर रूप की मर्यादाएँ बनी रहें और वे अपनी अवतार-लीला के

लिए आगे बढ़ सकें, इसके लिए हमें उनके सहयोगी बने रहना है। किसी भी रूप में मानव जीवन की सीमाएँ व मर्यादाएँ इसमें अवरोध न बन पाएँ, हमें इसके लिए सहभागी बनना है।''

ब्रह्मर्षि वसिष्ठ की सभी बातें ब्रह्मर्षि विश्वामित्र ध्यान से सुन रहे थे। ये क्षण उन्हें अपने सौभाग्य के क्षण लग रहे थे।'' सचमुच वे मुहूर्त, वे घड़ियाँ, वे पल, वे क्षण और वह संपूर्ण कालखंड सौभाग्यप्रद, अद्‌भुत व विलक्षण होते हैं, जब मनुष्य को ईश्वर का सहयोग करने का अवसर मिलता है, जब वह ईश्वरीय योजना में भागीदार बनता है।''

वे सोच रहे थे कि पहले हनुमान से मिलन और अब श्रीराम से मिलन, पहले हर से मिलन और अब हरि से मिलन, सचमुच यह अद्‌भुत व अपूर्व घटित हो रहा था। विश्वामित्र के अंतस में उठ रहे विचारों के अवरोह व आरोह को वसिष्ठ के अंतस ने स्पर्श किया।

विश्वामित्र के भावों पढ़कर वसिष्ठ ने कहा, ''ब्रह्मर्षि। जिस कार्य को करने के लिए स्वयं महेश्वर ने वानर रूप धारण करने में तनिक-सा भी संकोच नहीं किया, उस कार्य की आवश्यकता, अनिवार्यता व महानता का एहसास सहज ही किया जा सकता है।'' वसिष्ठ के इन वचनों को सुनकर विश्वामित्र बोले, ''मैं आप से न केवल संपूर्ण रूप से सहमत हूँ, बल्कि रामकाज में भागीदार बनकर मैं कृतार्थ हूँ। अब तो प्रतीक्षा है तो केवल कल प्रात:काल की, जब महाराज दशरथ के राजदरबार में जाने का सुयोग होगा।''

यह सुनकर वसिष्ठ बोले, ''ब्रह्मर्षि! आपको जो करना है, कहना है, उसका महत्त्व सर्वोपरि है, लेकिन इसके साथ मानवीय दुर्बलताएँ भी जुड़ी हैं। मानव प्रकृति की स्वाभाविक सीमाएँ हैं, स्नेह बंधन हैं। कुछ ऐसी अर्गलाएँ हैं, जो सहजता से नहीं टूटा करतीं, नहीं छूटा करतीं। महाराज दशरथ के साथ भी कुछ ऐसा ही है। अनेक शुभ कर्मों व धर्मपरायणता के बावजूद वे राम के मोह में आबद्ध हैं। हालाँकि यह मोह भी उन्हें अपनी धर्मनिष्ठा, कर्तव्यपरायणता से रोक नहीं सकता, लेकिन उन्हें पीड़ा, यहाँ तक कि गहन पीड़ा में अवश्य डाल सकता है। इसलिए मैंने वत्स राम के संकेत पर उन्हें

योगवसिष्ठ की कथा सुनाई। विवेक और वैराग्य को पोषित करनेवाली अनेक घटनाएँ व कथाएँ सुनाईं, लेकिन वे इन्हें कितना आत्मसात् कर सके, इस पर संशय अवश्य है।''

वसिष्ठ के इन वचनों को सुनकर विश्वामित्र थोड़ी देर के लिए विचारमग्न हो गए, फिर उन्होंने कहा, ''नियति हमेशा अकाट्य होती है। भगवद् विधान की तरह इसे जो स्वीकारता है, उसके लिए भगवद्कृपा का मार्ग प्रशस्त होता है, लेकिन जो इसे स्वीकारने में हिचकिचाता है, संकोच करता है, उसका पथ सदा ही कंटकाकीर्ण बना रहता है। उसका संकोच, उसकी हिचकिचाहट उसके जीवन में भगवद्कृपा को अवरुद्ध किए रहते हैं, फिर भी नियति घटित होकर ही रहती है। भगवद् विधान भगवद्कृपा का रूप लेता है। नारायण अपने राम-रूप में एक अकाट्य विधान लेकर जनमे हैं। उसे घटित होना ही है। सभी का कल्याण भी इसी में है। महाराज दशरथ अनेक, प्रयासों के बावजूद इसे रोक न सकेंगे। बस, उनको व्यर्थ की पीड़ा भुगतनी होगी।''

इतना कहकर विश्वामित्र थोड़ी देर के लिए रुके और दीर्घ श्वास लेकर बोले, ''जैसी हरि की इच्छा। वैसे भी हरि का कार्य तो स्वयं हरि ही करते हैं। हम सभी निमित्तमात्र हैं। जिसको जिस कार्य का निमित्त बनना है, वह बनकर रहेगा। किसी का भी अवरोध इसमें काम न आ सकेगा।''

सुग्रीव-सचिव हनुमान

ऋक्षराज वानर के दो पुत्र थे—बाली और सुग्रीव। पिता अपने पुत्रों को समान रूप से प्यार करते थे। दोनों बालक अत्यंत वीर, धीर, बलवान, बुद्धिमान एवं सुंदर तो थे ही, दोनों में परस्पर अतिशय प्रीति भी थी। बाली सुग्रीव को प्राणतुल्बयभं चाहते और सुग्रीव बाली के चरणों में पिता की भाँति श्रद्धा रखते। दोनों भाई भोजन, शयन, क्रीड़ा, आखेट आदि साथ ही करते, प्रायः साथ रहते।

पिता के दिवंगत होने पर मंत्रियों ने ज्येष्ठ होने के नाते बाली को

वानर-समुदाय के राज्य-पद पर अभिषिक्त किया। वे समस्त वानर जाति के प्राणाधिक प्रिय थे और अपनी प्रजा को भी पुत्रवत् प्यार करते थे। इस प्रकार बाली किष्किंधा के विशाल राज्य का शासन करते थे और सुग्रीव श्रद्धा-भक्ति के कारण अत्यंत विनीतभाव से दास को भाँति अपने अग्रज की सेवा में प्रस्तुत रहते थे।

उधर कपिराज केसरी अपनी सहधर्मिणी के साथ अपने प्राणप्रिय पुत्र हनुमान की विरक्ति एवं एकांतप्रियता से अत्यधिक चिंतित थे। वे कपियों के यूथपति थे और ऋक्षराज के शासन में रहते थे। इस कारण उन्होंने हनुमानजी को राजनीति का ज्ञान प्राप्त करने के लिए पंपापुर भेजने का निश्चय किया। मातृ-पितृभक्त हनुमानजी ने माता-पिता का आदेश प्राप्त होते ही उनके चरणों में प्रणाम किया और उनका आशीर्वाद लेकर वे पंपापुर के लिए चल पड़े।

पवन कुमार के पंपापुर आगमन का समाचार प्राप्त होते ही सुग्रीव ने आगे जाकर उनका स्वागत किया। उनके देव दुर्लभ गुणों से परिचित होने के कारण बाली ने भी उनका अत्यधिक सम्मान किया और उन्हें बड़े ही आदर से अपने पास रखा। हनुमानजी विद्वान्, बुद्धिमान, बलवान, धैर्यवान, सदाचारपरायण एवं सरलता की सजीव मूर्ति थे, इस कारण बाली उन्हें अपना अंतरंग बनाना चाहते थे, किंतु विद्यावारिधि केसरी कुमार को अपनी गुरु दक्षिणा की स्मृति सदा बनी रहती। अतएव वे सुग्रीव के अभिन्न मित्र बन गए। सुग्रीव के हृदय में भी इनके लिए अतिशय प्रीति थी।

जिस समय हनुमान पंपापुर पहुँचे, उस समय उस क्षेत्र के चारों ओर राक्षसों के राज्य थे। एक और शक्तिशाली खर-दूषणादि, दूसरी ओर, विराध और वीरवर दशानन का निष्कंटक राज्य था। वानर राज बाली अत्यंत वीर एवं योद्धा थे, इस कारण असुर उनसे भयभीत रहा करते थे। वे उनके राज्य की सीमा में उपद्रव करने का साहस नहीं कर पाते, किंतु राक्षसों की दुष्टता से अवगत होने के कारण बाली निश्चिंत होकर दुष्ट-दलन के लिए कहीं दूर जा भी नहीं सकते थे, परंतु केसरी किशोर के पंपापुर में प्रवेश करते ही उनकी यह चिंता दूर हो गई। माता अजंनी ने अपने अलौकिक पुत्र को राक्षसों की

अनेक कथाएँ सुनाई थीं। इस कारण हनुमानजी के मन में बाल्यकाल से ही राक्षसों के प्रति रोष उत्पन्न हो गया था। अतः उनकी दृष्टि पड़ जाने पर किसी राक्षस का सुरक्षित बच निकलना संभव नहीं था। वे असुरों को खोज-खोजकर उनका प्राण हरण करते और असुर उनके नाम से काँपते थे। बाली हनुमानजी की सरलता और साधुता के साथ उनकी अनुपम वीरता, धीरता और पराक्रम को देखकर चकित होते रहते।

वीरवर बाली और सुग्रीव की आदर्श प्रीति-कथा सर्वत्र प्रख्यात थी। वे दोनों प्रत्येक रीति से सुखी थे; किंतु क्रूर नियति की निर्दयता की सीमा नहीं। उसने ऐसी स्थिति उत्पन्न कर दी, जिससे दोनों अपने प्रेम को भूलकर एक-दूसरे के रक्त-पिपासु बन गए।

उस समय मय का पुत्र मायावी नामक दानव अपनी शक्ति एवं वीरता के गर्व से उन्मत्त होकर किसी को भी ललकारता रहता था। एक दिन की बात है कि अर्धरात्रि के समय वह बलवान असुर किष्किंधा के द्वार पर जाकर बाली को ललकारते हुए भयानक गर्जन करने लगा।

अप्रतिम वीर बाली शत्रु का आह्वान सुनते ही उसका मुख-मर्दन करने के लिए सदैव प्रस्तुत रहते थे। वे प्रगाढ़ निद्रा में थे, किंतु असुर की ललकार सुनते ही शय्या से उठकर तुरंत दौरे पड़े।

अग्रज को शत्रु के सम्मुख जाते देखकर सुग्रीव भी उनके पीछे दौड़े। असुर ने जब बाली को और उनके पीछे सुग्रीव को आते देखा तो वह भयभीत होकर तीव्र गति से भागा। दोनों भाइयों ने भी उसी गति से उसका पीछा किया।

अत्यधिक दूर जाने पर उसे घास-फूँस से ढका एक विशाल विवर मिला। असुर उसी विवर में प्रविष्ट हो गया। क्रोधोन्मत बाली सुग्रीव को वहीं द्वार पर सावधानी के साथ खड़ा रहने का आदेश देकर स्वयं विवर में घुस गए।

बाली ने अपने भाई सुग्रीव को पंद्रह दिनों तक विवर-द्वार पर सावधानीपूर्वक प्रतीक्षा करने का आदेश दिया था, किंतु सुग्रीव वहाँ एक मास तक सजग होकर डटे रहे। वे विवर के द्वार पर कान लगाकर कुछ सुनने का प्रयत्न करते, पर बाली के स्थान पर राक्षसों का कोलाहल सुनाई पड़ता था। सुग्रीव अपने अग्रज

के लिए मन-ही-मन चिंतित थे कि उनके सम्मुख विवर से फेनसहित रक्त की धारा निकली! भाई-स्नेह के कारण सुग्रीव व्याकुल हो गए। उनके मन में बाली के लिए शंका होने लगी।

बहुत ध्यान देने पर भी जब उन्हें बाली का कोई शब्द सुनाई नहीं पड़ा, तब उन्होंने सोचा, 'इस विशाल विवर में असुरों ने मिलकर मेरे प्रिय अग्रज को मार डाला है और अब वे बाहर आकर मुझे भी जीवित नहीं छोड़ेंगे।'

अत्यंत दुःखी सुग्रीव ने अपनी रक्षा के लिए पर्वततुल्य एक विशाल चट्टान से विवर का मुख बंद कर दिया और उदास मन बाली को जलांजलि देकर वे किष्किंधा लौट आए।

सुग्रीव अपने अग्रज की मृत्यु का संवाद अप्रकट रखना चाहते थे, किंतु चतुर मंत्रियों ने युवराज अंगद को छोटा देखकर सुग्रीव को राज्य पद पर अभिषिक्त कर दिया। वे नीतिपूर्वक राज्य के दायित्व का निर्वाह करने लगे।

उधर वीरवर बाली असुर के समस्त साथियों का वध कर राजधानी लौटे। जब उन्होंने अनुज सुग्रीव को अपने स्थान पर राज्य-पद का उपयोग करते देखा, तब उनके नेत्र क्रोध से लाल हो गए। उन्होंने सोचा कि इसी स्वार्थी भाई ने मेरी स्त्री और राज्य का सुख प्राप्त करने के लिए विवर-द्वार पर विशाल चट्टान रख दी थी, जिससे मैं बाहर न निकल सकूँ और वहीं मेरा अंत हो जाए।

सुग्रीव ने अपने बड़े भाई के क्रोधारुण-लोचन को देखते ही उनका राज्य वापस कर दिया और वे उन्हें समझाने का प्रयत्न करने लगे, किंतु अतिशय क्रुद्ध बाली सुग्रीव के कट्टर शत्रु हो गया था। उसने राज्यसहित सुग्रीव की पत्नी रुमा को अपने अधिकर में कर लिया। वह सुग्रीव का वध भी कर डालना चाहता था। सुग्रीव प्राण-रक्षा के लिए मंत्रियों सहित भाग खड़े हुए।

भयभीत सुग्रीव भागे जा रहे थे और बाली उन्हें मार डालने के लिए उनके पीछे लगा था। नद-नदियों, वनों, पर्वतों, समुद्रों एवं नगरों को छोड़ते सुग्रीव दौड़ते जा रहे थे। कहीं कुछ दिन भी रुकने का साहस उनमें नहीं था, बाली जो प्राणघातक शत्रु की तरह पीछे लगा था।

भागते-दौड़ते सुग्रीव हिमालय, मेरु और उत्तर समुद्र तक जाकर भी बाली से अपना पीछा न छुड़ा सके; उन्हें कहीं शरण नहीं मिली। तब उनके साथ

निरंतर छाया की भाँति रहनेवाले हनुमानजी को दुंदुभि-वध की घटना स्मरण हो आई।

उन्होंने भयभीत सुग्रीव से कहा, "राजन्, मुझे महामुनि मतंग द्वारा वीरवर बाली को दिए शाप की स्मृति हो आई। कुपित होकर महामुनि ने शाप दिया था—यदि बाली इस आश्रम मंडल में प्रवेश करेगा तो उसके मस्तिष्क के सैकड़ों टुकड़े हो जाएँगे। अतः यहीं निवास करना हम लोगों के लिए सुखद और निर्भय होगा।"

सुग्रीव तुरंत अपने प्राणप्रिय सचिव हनुमानजी के परामर्श के अनुसार ऋष्यमूक पर्वत पर मतंगाश्रम में चले गए। मतंग मुनि के शाप के भय से बाली वहाँ नहीं जा सकता था, अतः विवश होकर वह लौट गया।

राजनीति-विशारद कपिराज बाली पवनकुमार को अत्यंत सम्मानपूर्वक अपने साथ रखना चाहते थे, किंतु आंजनेय सुग्रीव के सच्चे शुभचिंतक थे। सुख के दिनों में तो सभी घेरे रहते हैं, उस समय क्षुद्र-चाटुकारों का अभाव नहीं रहता, किंतु आपत्ति काल में वे साथ छोड़कर चले जाते हैं। सच्चे, सुदृढ और सच्चे सेवक ही विपत्ति में भी अपनी प्रीति एवं भक्ति से विचलित नहीं होते।

आंजनेय सुख के दिनों में सुग्रीव के साथ रह चुके थे, वे भला विपत्ति में उन्हें कैसे छोड़ देते? वे सदा सुग्रीव के साथ रहते, उनकी सुख-सुविधा का ध्यान रखते और उसकी व्यवस्था करते, उन्हें सत्परामर्श देते और धैर्य बँधाते रहते। महावीर हनुमानजी के साथ एवं उनके सुनिश्चित आश्वासन पर सुदृढ विश्वास के कारण सुग्रीव आपदा में भी सुखानुभूति करते रहते थे। पवनकुमार उन्हें अपने मंत्री ही नहीं, अन्यतम मित्र, सखा, सुदृढ और सहोदर भ्राता-तुल्य प्रतीत होते थे।

बाली द्वारा सर्वस्व छीन लिये जाने पर भी बहिष्कृत सुग्रीव अनुपम सचिव हनुमानजी के कारण ऋष्यमूक पर्वत पर राजा की भाँति सुखपूर्वक रहते थे।

ऋष्यमूक पर्वत पर शाप के कारण स्वयं बाली तो आ नहीं सकता था, किंतु अपने दूसरे वीरों को भेजकर वह सुग्रीव को मरवा डालने का प्रयत्न कर सकता था, इसे सुग्रीव भली-भाँति जानते थे, किंतु हनुमानजी की शक्ति,

पराक्रम एवं विलक्षण बुद्धि पर सुदृढ विश्वास के कारण वे कुछ निश्िंचत रहते। महावीर हनुमान सुग्रीव की सेवा एवं उनकी आशा के पालन में सदा तत्पर रहते। सर्वगुण संपन्न पवनकुमार को अपने सखा एवं सचिव के रूप में प्राप्त कर सुग्रीव सदा ही अपने भाग्य की सराहना किया करते।

दुंदुभि-वध कथा

महिष के वेश में रहनेवाले दुंदुभि नामक दैत्य में एक सहस्र हाथियों का बल था। उसे अपनी शक्ति पर बड़ा अहंकार था। एक बार की बात है कि वह समुद्र और हिमवान का तिरस्कार कर गर्जना करता हुआ वीर शिरोमणि बाली से युद्ध करने के लिए किष्किंधापुरी के द्वार पर जाकर जोर-जोर से दुंदुभिनाद की तरह गर्जना करने लगा। दुंदुभिनाद अपने खुरों से पृथ्वी को खोदता, वृक्षों को नष्ट करता और पुरी के द्वार को सींगों से तोड़ने का प्रयत्न करता हुआ युद्ध का आह्वान कर रहा था।

उनकी गर्जना सुनकर परम पराक्रमी बाली अमर्ष से भरे हुए बाहर निकले। उस समय उनके कंठ में इंद्र प्रदत्त विजय प्रदायिनी सुवर्ण माला सुशोभित थी। वे दुंदुभि को देखते ही उससे युद्ध करने के लिए सावधानी से खड़े हो गए। वह उन पर अपने सींगों से आक्रमण करने के लिये अत्यंत वेगपूर्वक झपटा ही था कि बाली ने उसके दोनों सींग कसकर पकड़ लिये। महिष के सींग जैसे बज्रमुष्टि में बँध गए। बाली दैत्य दुंदुभि के सींग पकड़कर उसे चारों ओर घुमाने लगे।

उस समय बाली क्रोध की भयानक मूर्ति बन गए थे। वे बार-बार जोर-जोर से गर्जन कर रहे थे। इस प्रकार पहले तो उन्होंने उस पर्वताकार दैत्य को चारों ओर घुमाया और फिर उसे बलपूर्वक पृथ्वी पर पटक दिया। दुंदुभि के दोनों कानों से रुधिर की धाराएँ बहने लगीं।

अमित शक्तिशाली दुंदुभि उठा और तुरंत बाली से भिड़ गया। परम पराक्रमी असुर और वानरराज बाली में युद्ध होने लगा। दोनों एक-दूसरे को

मार डालना चाहते थे। दुंदुभि अपने खुरों और सींगों से बाली पर आक्रमण करता जा रहा था और बाली मुक्कों, लातों, घुटनों, शिलाओं और वृक्षों से दुंदुभि पर प्रहार कर रहे थे। वीरवर बाली के बारंबार के असह्य प्रहार से दुंदुभि शिथिल होने लगा, किंतु बाली उस पर प्रहार करते ही जा रहे थे। अंततः उन्होंने उस दुर्दमनीय दानव को उठाकर अपनी पूरी शक्ति से पृथ्वी पर पटक दिया और स्वयं कूदकर उस पर चढ़ गए। बाली का असह्य भार वह सह न सका। उसके अंग-प्रत्यंग से रक्त प्रवाहित होने लगा और तुरंत ही उसके प्राण-पखेरू उड़ गए।

दुंदुभि के मर जाने पर कुपित बाली ने उसके शव को उठाकर एक योजन दूर फेंक दिया, जो महामुनि मतंग के आश्रम में जाकर गिरा। वेगपूर्वक फेंके जाने के कारण मृत असुर के शरीर से बहते हुए रक्त की कुछ बूँदें महामुनि के शरीर पर भी पड़ गईं।

अपने शरीर पर पड़े रक्त के छींटे देखकर महामुनि चिंता करते हुए कारण की खोज करने लगे तो उन्हें पर्वताकार मृत महिष दिखाई पड़ा। उस परम तपस्वी ऋषि को अपने तपोबल से समझते देर न लगी कि यह कुकृत्य किसका है। अतः उन्होंने तुरंत बाली को शाप दे दिया, "यदि वह उस आश्रम मंडल में प्रवेश करेगा तो उसके मस्तक के टुकड़े-टुकड़े जो जाएँगे।"

श्रीराम का वन-गमन

पिताजी की आज्ञा का पालन करने के लिए दशरथ नंदन श्रीराम अपनी सती-सर्वधर्मिणी जनकनंदनी और अनुज लक्ष्मण के साथ वन में गए। वे चित्रकूट और दंडकारण्य में तेरह वर्षों तक ऋषियों एवं समस्त प्राणियों को कृतार्थ करते हुए विचरण करते रहे। असुर जहाँ कहीं तपस्वी मुनियों को कष्ट पहुँचाते, भगवान् श्रीराम वहीं असुरों का वध कर मुनियों का जीवन निरापद कर देते।

चौदहवें वर्ष में पंचवटी में एक सुंदर पर्णकुटी बनाकर रहने लगे। एक

दिन लंकाधिपति रावण की प्रेरणा से मारीच कांचनमृग के वेश में उनकी कुटी के सामने घूमने लगा। जनकनंदिनी उस अद्‌भुत मृग को देखकर मुग्ध हो गईं। उन्होंने उस स्वर्ण-मृग को ले आने के लिए भगवान् श्रीराम से प्रार्थना की। भगवान् श्रीराम स्वर्ण-मृग के पीछे दौड़े और उधर रावण ने छल से सीता का हरण कर लिया। उसने भगवती सीता को ले जाकर लंका की अशोक वाटिका में रख दिया।

जनकदुलारी को ढूँढ़ते हुए सानुज श्रीराम विराध, कइंध आदि का वध करते ऋष्यमूक पर्वत की ओर जा निकले।

सुग्रीव के मन में बाली के भय के कारण सदा शंका बनी रहती थी। उन्होंने मंत्रियों के साथ जब गिरि शिखर से धनुषधारी, विशाल नेत्रों वाले तथा देवकुमारों की तरह तेजस्वी दोनों वीर भाइयों को देखा तो वे भय से काँप गए।

व्याकुल होकर सुग्रीव ने हनुमानजी से कहा, "इन दोनों वीरों को देखकर मेरा मन भयाकांत हो रहा है। संभव है, मेरे प्राणों के शत्रु बाली ने मुझे मार डालने के लिए इन्हें भेजा हो।

"राजाओं के मित्र अधिक होते हैं, अतएव इन पर विश्वास करना उचित नहीं। मनुष्य को छद्‌म-वेश में विचरनेवाले शत्रुओं को विशेष रूप से पहचानने की चेष्टा करनी चाहिए, क्योंकि वे दूसरों पर अपना विश्वास जमा लेते हैं, परंतु स्वयं किसी का विश्वास नहीं करते और अवसर पाते ही उन विश्वासी पुरुषों पर ही प्रहार कर बैठते हैं। बाली इसमें बड़ा पटु है। अतएव कपि श्रेष्ठ! तुम सामान्य व्यक्ति की तरह इनके समीप जाकर इनका तथा इनके मनोभावों का परिचय प्राप्त कर लो। यदि उन्हें बाली ने भेजा हो तो तुम वहीं से संकेत कर देना, मैं मंत्रियों सहित उन पर्वत से तुरंत भागकर शरण लूँगा।"

श्रीराम और सुग्रीव के बीच मैत्री

किष्किंधा से अपने अग्रज बाली द्वारा निष्कासित सुग्रीव ऋष्यमूक पर्वत पर आश्रय लिये हुए थे। यहाँ मतंग मुनि के शाप के कारण बाली प्रवेश नहीं

कर सकता था। पवन-पुत्र हनुमानजी सुग्रीव के साथ ऋष्यमूक पर्वत पर ही रहते थे। एक दिन सीतान्वेषण के क्रम में जब श्रीराम और लक्ष्मण उधर से गुजरे, तब शंकालु सुग्रीव उन्हें बाली द्वारा प्रेषित, गुप्तचर समझकर अत्यंत भयभीत हो उठे, किंतु उन्हें हनुमानजी ने बहुत ढाढ़स बँधाया। (वा.रा.कि.का.)

हनुमानजी कपि रूप का त्यागकर भिक्षु-रूप में अपने आराध्य से मिलने गए और उन्हें साष्टांग प्रणाम किया। भक्त और भगवान् के मिलन में भगवान् ने अपने भक्त की विद्वत्ता एवं बुद्धिमत्ता की भूरि-भूरि प्रशंसा की। तब हनुमान ने कहा, ‘‘यहाँ पास ही सुग्रीव नाम के एक वानर जाति के लोगों के बड़े भले राजा रहते हैं, जिन्हें उनके भाई बाली ने घर से बाहर निकाल भगाया है, इसलिए वे सारे संसार में यों ही मारे-मारे घूम रहे हैं।'' हनुमान की बातें सुनकर भगवान् श्रीराम ने लक्ष्मण से कहा, ‘‘जिस राजा के पास ऐसे अच्छे काम बना सकनेवाले कामकाजी दायक हो, उस राजा की सारी मनचाही तो उनके पायक की बातचीत से ही पूरी हुई रहती है।'' तदनुसार लक्ष्मण ने सुग्रीव से मेल बढ़ाने और गठबंधन करने की हामी भर दी, जिसे सुनकर हनुमानजी मगन हो उठे।

हनुमानजी से दोनों रघुवीरों का परिचय प्राप्त कर तथा उनके आगमन का प्रयोजन जानकर सुग्रीव प्रभु श्रीराम के पास आकर बोले कि आप जो मुझसे मैत्री करना चाहते हैं, उसमें मेरा ही सत्कार और लाभ है। तदुपरांत हनुमानजी ने अग्नि को साक्षी बनाकर भगवान् श्रीराम और सुग्रीव के सख्य को स्थायी बनाया। सुग्रीव ने घोषणा की कि आज से हम दोनों के सुख-दुःख एक हैं। तदनंतर सुग्रीव ने अपनी व्यथा-गाथा सुनाई कि कैसे बाली ने निर्ममपूर्वक निष्कासित कर प्रिया भार्या रुमा का भी बलपूर्वक अपहरण कर लिया है। जगज्जननी जानकी के वियोग की विरहाग्नि में संतप्त प्रभु श्रीराम को तत्काल महाबली बाली के वध की प्रतिज्ञा इसलिए करनी पड़ी कि अनुज की पत्नी के साथ समागम का शास्त्रसम्मत दंड वध था। जैसे ही श्रीराम और सुग्रीव का यह गठबंधन हुआ, सीताजी की खिले हुए कमल जैसी बाईं आँख फड़क उठी।

जब प्रभु श्रीराम ने बाली-वध की प्रतिज्ञा की, तब सुग्रीव ने सीता माता

का पता आकाश-पाताल से भी ज्ञात करने का आश्वासन दिया। तदंतर उसने सीताजी द्वारा फेंके गए वस्त्राभूषणों को दिखाया। जब प्रभु श्रीराम ने अनुज लक्ष्मण को उन्हें पहचानने के लिए कहा, तब लक्ष्मण ने जो उत्तर दिया, वह भारतीय संस्कृति का प्रतिमान है। उन्होंने कहा, "मैं इन बाजूबंदों और कुंडलों को पहचान नहीं सकता, क्योंकि मैंने भाभी को चरणों के छोड़कर उन पर और कहीं दृष्टिपात नहीं किया, हाँ, इन पाजेबों को पहचानता हूँ, क्योंकि चरण-वंदन करते समय ये दीखती थीं।"

पावस-ऋतु के प्रारंभ हो जाने के कारण भगवान् ने सुग्रीव को चातुर्मास्य के पश्चात् सीतान्वेषण का उद्यम करने का निर्देश दिया।

बाली-वध प्रसंग

(क) प्रतिज्ञानुसार प्रभु श्रीराम ने सुग्रीव-भार्या रुमा के साथ पापपूर्ण समागम के अपराध के कारण बाली का वध किया।

(ख) बाली के पूछने पर प्रभु श्रीराम के प्रत्युत्तर से बाली और तारा दोनों संतुष्ट थे।

(ग) बाली को प्रभु श्रीराम के आगमन का पूर्वज्ञान था। तारा ने रामगमन की सूचना दे दी थी। बाद में बाली स्वयं स्वीकार करता है कि मैं प्रभु राम के हाथ मरना चाहता था, अतः तारा के मना करने पर भी मैं युद्ध के लिए चला आया था।

(घ) बाली को अपने पिता इंद्र से एक ऐसी सुवर्णमाला प्राप्त थी, जिसके धारण करने से सामने के शत्रु की शक्ति क्षीण होकर बाली के बल में जुट जाती थी। मर्यादा के पालक प्रभु श्रीराम ने इसीलिए वृक्षों की ओट से बाण चलाया था।

अपने प्रिय पति बाली के वध से शोक-संतप्त तारा को बहुविध समझाने की चेष्टा हनुमानजी ने की तथा बाली-तनय अंगद को राजगद्दी पर बिठाने का प्रस्ताव भी किया, किंतु तारा ने अनुज सुग्रीव के राज्यारोहण का निर्देश दिया।

सुग्रीव का राज्याभिषेक

बाली की अंतयेष्टि के अनंतर सुग्रीव-सचिव हनुमान प्रभु श्रीराम से सुग्रीव के राज्याभिषेक के शुभ अवसर पर किष्किंधा नगरी में उपस्थित होने की प्रार्थना करने गए, किंतु प्रतिज्ञापालक प्रभु ने स्पष्ट किया कि चतुर्दशवर्षीय वनवास व्रत के कारण इस अवधि में वे किसी ग्राम या नगर में प्रवेश नहीं करेंगे। तदनंतर उन्होंने अंगद को युवराज पद पर अभिषिक्त करने का आदेश सुग्रीव को दिया। इस प्रकार श्रीराम की आज्ञा मिल जाने पर सुग्रीव बाली द्वारा पहले से ही परिरक्षित सुंदर किष्किंधा नगरी में प्रविष्ट हुए।

किष्किंधा पुरी में सुग्रीव का राज्याभिषेक हुआ। राज्याभिषेक के बाद सुग्रीव 'राज-कोष-पुर-नारी' के सुख में ऐसा निग्मन हो चला कि वर्षा ऋतु बीतने और शरदागमन पर भी उसे राम-काज की सुधि नहीं रही। हनुमानजी ने देखा कि घोर अनर्थ हो रहा है, अत: उन्होंने सुग्रीव के पास जाकर सीतान्वेषण हेतु उद्योग करने का परामर्श दिया।

हनुमानजी के परामर्श के बावजूद सुग्रीव ने सीतान्वेषण में शिथिलता बरती। परिणामस्वरूप श्रीराम के धैर्य का बाँध टूट गया और कृतघ्न सुग्रीव के लिए उन्होंने लक्ष्मण से यह रोषपूर्ण आदेश-वाक्य, "जिस रास्ते से बाली ऊपर भेजा गया, वह रास्ता अभी बंद नहीं हुआ है।" प्रभु श्रीराम के आदेश से जब लक्ष्मण किष्किंधा के मुख्य द्वार पर उपस्थित हुए, तब समग्र नगर में हड़कंप मच गया। तदनंतर अंगद ने सुग्रीव को समुचित कर्तव्य का सम्यक् ज्ञान दिया। अंगद के परामर्श के अनंतर कपिराज सुग्रीव ने सचिव हनुमान से मंत्रणा की। हनुमानजी के परामर्श पर सुग्रीव ने लक्ष्मणजी से अपने प्रमाद के लिए क्षमा-याचना की और तारा ने सुग्रीव के बचाव में अनुनय-विनय कर लक्ष्मण के क्रोध को शांत किया। तदोपरांत सुग्रीव ने वानर-सेना के संग्रह का भार हनुमानजी को सौंपा। सुग्रीव की बात सुनकर हनुमानजी ने झट बहुत बड़े-बड़े वानर लोगों को पत्र भेजा।

सुग्रीव के आदेश पर असंख्य वानर सैनिक उपस्थित हुए, उन्हें सीता माता के अन्वेषण में चारों दिशाओं में भेजा गया। हनुमानजी को दक्षिण दिशा का

दायित्व दिया गया। उनके प्रयास के पूर्व सुग्रीव ने उनके अमित बल में अपना विश्वास व्यक्त किया तथा प्रभु श्रीराम को यह भरोसा हो गया कि हनुमान सीता का अन्वेषण करने में अवश्य सफल होंगे, अत: उन्होंने पहचान के लिए अपनी मुद्रिका हनुमानजी को सौंपकर कार्य-सिद्धि आदि आशीर्वचन दिया।

प्रभु श्रीराम द्वारा प्रदत्त मुद्रिका को सँभालकर हनुमानजी अंगद के नेतृत्ववाले वानर यूथ में सीता माता के अन्वेषण हेतु दक्षिण-दिशा में निकल पड़े। सीतान्वेषण में सतत तत्पर वानर मास-पर्यंत विंध्य पर्वत के वनों एवं गुफाओं का चप्पा-चप्पा छानते रहे, परंतु सीता माता का दर्शन नहीं हुआ। श्रांत-क्लांत वानर जब वुभुक्षा एवं पिपासा से मरणासन्न हो चले थे, तब उन्हें सहसा स्वयंप्रभा की गुफा दिखलाई पड़ी। हनुमानजी ने स्वयंप्रभा का परिचय पूछा।

हनुमानजी के पूछने पर स्वयंप्रभा ने बताया कि दानवों के विश्वकर्मा मय ने अपनी माया से इस स्वर्णिम वन का निर्माण किया था, किंतु हेमा नाम की अप्सरा के साथ संपर्क के कारण उसका वध इंद्र द्वारा युद्ध में वज्र-प्रहार से हुआ था। तदनंतर ब्रह्माजी ने यह समग्र वन मय की पत्नी हेमा को दे दिया था और स्वयंप्रभा हेमा की सखी होने के कारण इस वन की रखवाली करती थी। तदंतर स्वयंप्रभा के उदार अतिथि-सत्कार से संतुष्ट बानरों से जब स्वयंप्रभा ने उनका वृत्तांत पूछा, तब हनुमानजी ने सीता अन्वेषण का प्रयोजन बताया। इसके बाद स्वयंप्रभा ने अपने तपोबल से सभी वानरों को गुफा से बाहर कर दिया।

स्वयंप्रभा की गुफा से निकलने के बाद सीतान्वेषण की निर्धारित तिथि समाप्त हो जाने तथा सीता माता का पता नहीं चलने के कारण वानर निराश हो चले और उन्हें यह भय सताने लगा कि किष्किंधा वापस जाने पर सुग्रीव उन्हें प्राणदंड देंगे। उस नैराश्यपूर्ण वातावरण में नेता अंगद ने यह अविवेकपूर्ण निर्णय लिया कि सभी वानर समुद्रतट पर ही उपवास कर प्राणांत कर दें। तारा ने परामर्श दिया कि सुग्रीव के प्राणदंड से बचने के लिए सभी वानर स्वयंप्रभा की गुफा में पुन: प्रवेश की जाएँ। अंगद और तारा के वचनों के बाद हनुमानजी ने कूटनीति परक परमोपयोगी परामर्श दिया।

जांबवानजी द्वारा हनुमानजी का उद्बोधन

संपाति से सीता माता के लंका में स्थित होने की संपुष्टि होने पर वानरदल सागर पार करने को व्यग्र हो चला, किंतु अथाह, अपार सागर को पार करना अत्यंत दुष्कर था, अतः सभी की क्षमता का आकलन करने के बाद वानरदल पर नैराश्य के बादल मँडराने लगे। इसी बीच, जांबवानजी एकांत में बैठे हनुमानजी को उनकी कीर्ति का बखान कर उनकी विस्मृत शक्ति का स्मरण दिलाने लगे। जांबवानजी ने कहा, "जब तुम पैदा होकर अपनी माँ की गोद में ही थे, तब गुड़हल के गुच्छे जैसे उगते हुए सूरज को देखकर तुम्हारे मन में यह ललक उठ खड़ी हुई कि उछलकर इस सूरज को छू लूँ। बचपन में एक दिन तुम उगते हुए सूरज को फल समझकर उसे लपकर तोड़ने के लिए आकाश में उड़ चले। जब तुम सूरज के पास पहुँचे तब इंद्र ने तुम पर अपना वज्र चलाया। बस उदयाचल की चोटी पर वज्र की चोट से तुम्हारी बाईं ठोड़ी चटक गई और तब से तुम्हारा नाम हनुमान पड़ गया। तुम्हारी चोट को देखते ही पवनदेव आपे से बाहर हो गए और उन्होंने चलना ही बंद कर दिया। तब ब्रह्माजी ने जाकर पवनदेव को मनाया और तुम्हें यह वर दिया कि लड़ाई के मैदान में किसी भी हथियार से तुम नहीं मारे जा सकोगे। इतना ही नहीं, तुम्हें यह भी वर दे दिया कि देवता, नाग, गंधर्व और दानव कोई तुम्हारा बाल नहीं बाँका कर सकेंगे, तुम जैसा चाहे वैसा बाना खड़ा कर सकोगे और जब जहाँ चाहो, वहाँ बात की बात में पहुँच सकोगे।

इसलिए आज तुम अपने निराले-बलबूते को जगाओ, क्योंकि सबसे दूर तक कोई छलाँग मार सकता है तो वह तुम ही हो और यही सब देखना भी चाह रहे हैं और फिर बहुत दिनों से खोई हुई सीता को ढूँढ़कर अपना यह बहुत बड़ा काम तीनों लोकों में डंका बजाकर सुनाओ।" उन्होंने कहा, "वानर श्रेष्ठ हनुमान! उठो और इस महासागर को लाँघ जाओ; क्योंकि तुम्हारी गति सभी प्रणियों से बढ़कर है।" जब जांबवान ने ये बातें कहीं, तब हनुमानजी को भी अपने बल पर भरोसा हुआ और सब वानर वीरों को मगन करते हुए वे पहाड़ बनकर बढ़ खड़े हुए। जांबवानजी के उद्बोधन के बाद हनुमानजी को अपने

विस्मृत अमित बल का स्मरण हुआ; तदुपरांत उन्होंने सहजतापूर्वक सागर पार कर सीता का पता लगाकर अविलंब लौटने का उद्घोष किया।

हनुमानजी का समुद्र-लंघन 'समुद्र-लंघन-विक्रम'

बैरियों को मार डालनेवाले हनुमानजी ने मन में ठान लिया कि रावण ने सीताजी को हरकर जहाँ भी ले जाकर रखा है, वह ठिकाना, जैसे भी होगा, मैं खोजकर ही रहूँगा। उन्होंने पहले सूर्य, इंद्र, प्रवन, ब्रह्मा को और फिर देवगणों को हाथ जोड़कर उस पार जाने का विचार पक्का कर लिया। पहले उन्होंने पूरब की ओर मुँह करके अपने पिता पवनदेव को प्रणाम किया और फिर अपना काम पूरा करने के लिए चतुर हनुमानजी दक्षिण की ओर जाने के लिए अपना शरीर बढ़ाने लगे। हनुमानजी के हाथों से उस पहाड़ का दबना था कि वह पूरा पहाड़ ऐसे काँप उठा कि दो घड़ी तक डगमगाता ही रह गया। वहाँ बैठे हुए अपने साथी वानरों से हनुमानजी ने कहा, ''मैं जिस कार्य के लिए जा रहा हूँ, उसे पूरा करके या तो मैं सीताजी को लेता आऊँगा या रावण के साथ-साथ उसकी सारी लंकापुरी ही उखाड़कर ले आऊँगा।'' यह कहकर बड़ी झोंक से चलने वाले हनुमानजी ने बिना किसी रोक-टोक या डर के बड़े झटके से ऊपर को उछलकर ऐसी छलाँग भरी कि उन्हें ही अपने मन में ऐसा लगा कि मैं भी गरुड़ से कुछ कम नहीं हूँ। वे उस समय श्रीराम का काम करने के लिए चले जा रहे थे। इसलिए झोंके के साथ उड़े हनुमानजी को सूर्य भी गरमी नहीं पहुँचा रहा था और रही वायु की बात, तो वह उसकी सेवा करता हुआ साथ दे ही रहा था। आकाश से होकर जाते हुए हनुमानजी को देखकर सब ऋषि-मुनि तो उनकी बड़ाई कर ही रहे थे, देवता और गंधर्व भी उनकी बड़ाई के गीत गाने लगे।

समुद्र और मैनाक पर्वत द्वारा हनुमानजी का स्वागत

भगवान् श्रीराम के पूर्वज सगर थे, जिनके पुत्रों के कारण ही सागर की सर्जना हुई थी, अत: इक्ष्वाकुवंशीय श्रीराम के प्रति आभार व्यक्त करने के लिए समुद्र रामदूत आंजनेय की आवभगत में प्रस्तुत हुआ। इसी प्रकार जब इंद्र पर्वतों के पंख काट रहे थे, ताकि ये उड़ नहीं सकें, तब पवनदेव ने मैनाक को बचाया था। अत: पवनपुत्र हनुमान के प्रति कृतज्ञता ज्ञापित करने के लिए मैनाक अपने शिखर पर किंचित विश्राम करने की विनती करने लगा, किंतु सीतान्वेषण का रामकाज संपन्न किए बिना आंजनेय को आराम की सुधि कहाँ! परंतु महाबली हनुमानजी ने हँसते हुए मैनाक को अपने हाथ से छू लिया और आकाश में उठकर बड़े झोंके से आगे बढ़ चले।

सुरसा-प्रकरण

तब देवताओं ने हनुमानजी के बल और बुद्धि की परीक्षा लेने के लिए नाग माता सुरसा को उनकी राह में व्यवधान डालने के लिए भेजा। जब देवताओं ने बड़े आदर के साथ सुरसा से यह कहा, तब वह समुद्र के बीच बड़ी भारी डराविनी और अटपटे से रूप, रंगवाली राक्षसी-जैसी बनकर हनुमानजी के सामने जा खड़ी हुई और हनुमानजी को रोककर कहने लगी, ''देखो हनुमान! आज देवताओं ने तुम्हें ही मेरा भोजन बनाकर भेजा है, इसलिए तुम झट-पट मेरे मुँह में समा जाओ।'' सुरसा की बात सुनकर हनुमानजी ने मुसकराते हुए उससे कहा, ''देखो देवी! राजा दशरथ के पुत्र श्रीराम अपने भाई लक्ष्मण और अपनी पत्नी सीता के साथ दंडक वन में आकर रहने लगे थे। वहाँ दूसरों की भलाई में लगे हुए श्रीराम का राक्षसों से ठन गया। इसलिए राक्षसों का राजा रावण एक दिन सन्नाटा पाकर उनकी पत्नी को वहाँ से हर ले गया। मैं उन्हीं श्रीराम का दूत बनकर सीताजी की टोह लेने जा रहा हूँ। आप भी उन्हीं श्रीरामजी के ही राज्य में तो बसी हैं, इसलिए आपको भी उनके काम में हाथ बँटाना चाहिए और यदि आप मुझे खा ही डालने पर तुली बैठी हैं तो जब मैं सीताजी के दर्शन कर श्रीराम को सबकुछ बता दूँ, उसके बाद मैं आपके मुँह में समा जाऊँगा। यह वचन मैं आपको दे रहा हूँ।''

हनुमानजी की यह बात सुनकर मनचाहा रूप बना लेनेवाली सुरसा ने कहा, ''देखो हनुमान! मुझे वर मिला हुआ है कि मुझे लाँघकर या ठेलकर कोई भी आगे नहीं बढ़ सकता।'' यह सुनकर भी जब हनुमानजी आगे जाने लगे। तब सुरसा ने उनका बल जानने के लिए उनसे कहा, ''देखो हनुमान! यह ठीक से समझ लो कि तुम मेरे मुँह में आकर ही आगे बढ़ पाओगे, क्योंकि ब्रह्माजी से मुझे ऐसा ही वर मिला है।'' यह कहकर सुरसा ने झट से अपना लंबा-चौड़ा मुँह फाड़कर फैलाया और हनुमानजी की राह रोककर सामने खड़ी हो गई। यह देखकर हनुमानजी आग-बबूला हो उठे और बोले, ''यदि यह बात है तो अपना मुँह इतना फैलाओ कि मैं उसमें समा सकूँ।'' यह सुनते ही सुरसा ने अपना मुँह दस योजन चौड़ा फैला दिया। यह देखकर हनुमानजी भी उतने ही (दस योजन) लंबे-चौड़े हो गए। फिर सुरसा के द्वारा अपना मुँह बीस योजन करने पर हनुमानजी ने भी क्रोध में आकर अपना शरीर तीस योजन लंबा-चौड़ा कर लिया। इस तरह जब सुरसा अपना मुँह सौ योजन खोल बैठी, तब हनुमानजी ने अपने बादल के समान लंबे-चौड़े शरीर को समेटकर अँगूठे के बराबर नन्हा सा कर लिया और झट सुरसा के मुँह में जाकर, बाहर निकलकर आ खड़े हुए और सुरसा से बोले, ''देखो दक्ष की पुत्री! आपकी बात मानकर मैं आपके मुँह में जाकर बाहर निकला हूँ। अब तो आपका वर पूरा हो गया। अब मैं वहाँ जा रहा हूँ, जहाँ सीताजी रखी गई हैं।'' जब सुरसा के मुँह से हनुमानजी निकाल आए, तब सुरसा अपने मूल रूप में आकर हनुमानजी से बोली, ''हनुमान! तुम्हारे बल और बुद्धि की परीक्षा हो गई। अब तुम जाकर सीताजी को श्रीराम से मिलाओ।''

सिंहिका-संहार

राहु-माता सिंहिका मनचाहे ढंग से उड़कर जाते हुए हनुमानजी को देखकर बड़ी मोटीसी लंबी-चौड़ी राक्षसी ने मन-ही-मन सोचा, 'आज तो बहुत दिनों बाद यह बड़ा लंबा-चौड़ा जीव मेरे हाथ लगा है। इसे निगल जाने पर बहुत दिनों के लिए मेरा पेट भरा रहेगा।' ऐसा सोचकर वह राक्षसी हनुमानजी की छाया पर झपट पड़ी। अपनी छाया को पकड़ी जाने पर हनुमानजी ने समझ लिया कि यह वहीं सिंहिका है, जिसके बारे में राजा सुग्रीव ने कहा था,

तब उन्होंने अपना शरीर बहुत बड़ा कर लिया। हनुमानजी को शरीर बढ़ाते हुए देखकर सिंहिका ने भी अपना मुँह नीचे पाताल और ऊपर आकाश के बीच तक खोलकर फैलाया। हनुमानजी ने तब सिंहिका के कोमल अंगों को फाड़ने की कोशिश में लग गए और अपना शरीर सिकोड़कर उसके मुँह में कूद गए तथा अपने तीखे नखों से उस राक्षसी की छाती और पेट को फाड़कर झट से बाहर निकल गए। भगवान् की कृपा, अपने बल और अपनी सूझ-बूझ से हनुमानजी उस राक्षसी को मारकर फिर पहले जैसे हो गए। सिंहिका मर कर समुद्र के जल में जा गिरी, क्योंकि ब्रह्माजी ने उससे कह दिया था कि तू हनुमानजी के हाथों से मारी जाएँगी। सिंहिका को मारकर हनुमानजी पुनः आकाश में गरुड़ की चाल से आगे बढ़ने लगे।

समुद्र पार कर लंका-तट पर आगमन

समुद्र के दक्षिणी तट पर पहुँचकर हनुमानजी ने झट अपना पहाड़ जैसा लंबा-चौड़ा शरीर समेटकर फिर पहले जैसा रूप बना लिया। समुद्र के तट पर पहुँचकर उन्होंने वहीं से पर्वत की चोटी पर बसी हुई लंका को देखा, जो देवताओं की नगरी अमरावती जैसी सजी-धजी थी।

समुद्र पार कर लंका-तट पर आगमन

हनुमानजी बहुत सँभल-सँभलकर धीरे-धीरे दबे पाँव बढ़ते हुए रावण की उस लंकापुरी के पास घूमने लगे, जिसके चारों ओर खुदी हुई ऐसी खाइयाँ उसके सुहावनेपन में चार-चाँद लगा रही थीं, जिनमें अनोखे रंग-बिरंगे कमल खिले थे। उस खाई के चारों ओर धनुष लिये हुए बहुत से भयंकर राक्षस हमेशा पहरा देते हुए घूमते रहते थे। उस नगर की रखवाली करने के ढंग, उनके चारों ओर बनी हुई समुद्र की खाई और रावण बैरी भयंकर पैरों को वहाँ बसा देखकर हनुमानजी मन में सोचने लगे, '(1) यदि मेरे साथी वानर यहाँ तक जैसे-तैसे आ भी जाएँ, तब भी वे कुछ पाएँगे नहीं, क्योंकि इन राक्षसों से टक्कर लेकर तो देवता भी लंका को नहीं जीत सकते। (2) रावण की इस लंका तक यदि श्रीराम आ भी गए तो वे आकर भी क्या पाएँगे? (3) रही साम

नीति (समझौते) की बात, तो वह भी इन राक्षसों के साथ नहीं हो पाएँगी, और दाम (कुछ ले-देकर), भेद (इनमें फूट-डालकर) तथा दंड (लड़ाई) भी इन पर कुछ कारगर होते नहीं दिखाई देते। मेरी जानकारी में यहाँ तक पहुँच सकने वाले ऐसे कुल चार ही महाबली वानर होंगे—एक तो बाली का पुत्र अंगद, दूसरा नील, तीसरा मैं और चौथा वानरों का राजा सुग्रीव।'

इसके बाद हनुमानजी ने अपनी सोच को जानकी की खोज की ओर केंद्रित किया। मन में यह ठानकर सीताजी का दर्शन के लिए महाबली हनुमानजी बहुत उतावले होकर यह देखने लगे कि कब दिन ढले। साँझ होते ही महाबली हनुमान उछलकर उस सुहावनी लंका पुरी में जा घुसे, जिसमें अलग-अलग चौड़ी-चौड़ी सड़कें यहाँ से वहाँ तक बनी हुई थीं। जब रात होने लगी, तब हनुमानजी बिल्ली जैसा बहुत नन्हासा रूप बनाए बड़े अनोखे से लगने लगे।

सीतान्वेषण

हनुमानजी के प्रहार से लंका देवी आहत

मार्जार के आकार में हनुमानजी ने अपना शरीर लघु बनाकर लंकापुरी में सीतान्वेषण का कार्य प्रारंभ किया। वाल्मीकि रामायण के अनुसार हनुमानजी ने अपना वानर रूप बरकरार रखा, केवल शरीर को बिल्ली के आकार का छोटा बनाया। गोस्वामी तुलसीदासजी ने रामचरितमानस में हनुमानजी का शरीर छोटा मशक (मच्छर) के समान बताया है, किंतु नगर की रखवाली में सतत तत्पर लंका देवी ने हनुमानजी के प्रच्छन्न प्रयाण को देख ही लिया और उनके मार्ग में व्यवधान बनने का उपक्रम किया, किंतु हनुमान ने ऐसा सशक्त मुष्टि-प्रहार किया कि लंका देवी धाराशायी हो गई और तब उसे ब्रह्माजी की उस वाणी का स्मरण हो उठा, जिसमें उन्होंने कहा था कि जब तुम किसी कपि के प्रहार से विचलित हो जाओगी, तब समझना कि राक्षसों का विनाशकाल आसन्न हो गया। तदुपरांत उसने हनुमानजी को नगर-प्रवेश की सहर्ष अनुमति दे दी।

लंका देवी की सहमति पाकर हनुमानजी ने लंका नगरी में प्रवेश किया तथा सीतान्वेषण के लिए प्रत्येक भवन का निरीक्षण प्रारंभ किया। लंका नगरी की चतुर्दिक सुदृढ व्यवस्था के बीच महाबली मारुति रावण के दुर्भेद्य राजप्रासाद में सीतान्वेषण हेतु प्रवेश करने में सफल हो ही गए। रावण के द्वारा बनाई हुई उस सुनहरी लंका के चारों ओर से देख लेने पर भी जब उन्हें अपने पति से बिछड़ी हुई दुखियारी सीताजी कहीं दिखाई न दीं, तब हनुमानजी बेचैन हो गए, अब क्या करें! पर हनुमानजी तो बहुत बड़े महात्मा थे, जो सदा परमात्मा के ध्यान में ही मग्न रहते थे। उनका मन बड़ा पवित्र था और वे सदा अच्छे ही काम करते थे। उनकी आँखें कभी बुरी चीज की तरफ पड़ती ही नहीं थीं, इसलिए इतनी गहरी छानबीन कर लेने पर भी जब कहीं जानकीजी का दर्शन नहीं हो पाया, तो उनका जी भीतर-ही-भीतर कलप उठा।

अपने अन्वेषण के क्रम में रावण के भवन के बीच खड़े हुए बुद्धिमान हनुमानजी की दृष्टि मणियों और रत्नों से जड़े सोने से बनी खिड़कियोंवाले विमान पर पड़ी। कुबेर ने घोर तपस्या करके यह पुष्पक विमान वरदान में प्राप्त किया था, परंतु रावण ने उसे बलात् हथिया लिया था। पुष्पक विमान को अपने स्वामी के मन के अनुसार चलना था।

तदनंतर हनुमानजी ने देखा कि लंका के उस बहुत बड़े गृह समूह के बीचोबीच एक बड़ा सा सफेद भवन चमचमा रहा है, जिसमें सैकड़ों क्यारियाँ बनी हुई हैं। हनुमानजी ने उस भवन के भीतर जाकर उसका कोना-कोना झाँकते हुए घूमने लगे। इसी क्रम में इनकी दृष्टि रावण की अनेक रानियों पर पड़ी, जो उन्मुक्तावस्था में सोई हुई थीं।

रावण के राजप्रासाद में सीतान्वेषण के क्रम में महावीर हनुमान का दृष्टिपात निद्राग्रस्त रावण पर हआ। जिस रावण की बाँहों पर गजराज ऐरावत के दाँतों के प्रहार के चिह्न थे, इंद्र के वज्र तथा भगवान् विष्णु के चक्र के आघात के अवशेष थे; इसी रावण का नाश भोग-विलास एवं कामिनियों के बाहु-पाश के कारण हुआ। किंचितकाल के लिए मंदोदरी को सीता समझकर हनुमानजी भ्रम में पड़ गए थे।

रावण के रनिवास में अर्धनग्न नारियों को देखकर आबाल-ब्रह्मचारी आंजनेय के मन में धर्मनाश की आशंका से क्षोभ हुआ, क्योंकि उन्होंने विचार किया कि सीता माता के अन्वेषण के लिए रनिवास का अवलोकन मेरा कर्तव्य था और चूँकि मेरी भावना पवित्र थी और किसी भी वनिता पर दृष्टिपात से चित्त में किंचित भी विकृति नहीं हुई, अत: धर्मक्षय का प्रश्न समुत्पन्न नहीं होता। अत: उन्होंने सीताजी के अन्वेषण का कार्य जारी रखा।

रावण के राजप्रासाद में जब जगज्जननी जानकी का दर्शन नहीं हुआ, तब हनुमानजी निराश हो चले और सोचने लगे कि मेरा समुद्र-लंघन का महान् पराक्रम व्यर्थ गया और रिक्तहस्त लौटने पर राजा सुग्रीव असफल वानरों की दुर्गति कर देंगे। अत: उन्होंने और अधिक उत्साहपूर्वक अन्वेषण कार्य पुन: प्रारंभ किया और लंका का चप्पा-चप्पा छान मारने का संकल्प किया। यहाँ यह उल्लेखनीय है कि वाल्मीकि-रामायण में सीतान्वेषण-क्रम में विभीषण से हनुमानजी का मिलन कभी नहीं होता, जबकि रामचरितमानस में विभीषण का रामायुध अंकित-गृह देखकर हनुमानजी उनसे मिलते हैं, विस्तृत वार्त्तालाप करते हैं और उनसे ही सीता माता के स्थापन का पता पाकर उनसे मिलने जाते हैं। वाल्मीकि रामायण में विभीषण से हनुमानजी का प्रथम मिलन रावण के राजदरबार में होता है, जब रावण उनके वध का आदेश देता है और विभीषण उसे शास्त्रविरुद्ध बताकर अंग-भंग का प्रस्ताव प्रस्तुत करते हैं।

सीताजी का पता न चल पाने पर पवनपुत्र हनुमानजी अत्यंत निराश हो गए। सीताजी के न मिल पाने पर समग्र रघुवंश और कपिकुल के नाश की आशंका से वे अति उद्विगन हो चले। उन्होंने तापस जीवन व्यतीत करना श्रेयस्कर समझा, किंतु सीताजी के न मिल सकने का शोकदायी समाचार सुनाने का साहस जुटाना अच्छा नहीं माना। इसी चिंता में उद्विग्न हनुमानजी की दृष्टि सहसा अशोक-वाटिका पर पड़ी और उनके मन में नूतन आशा का संचार हुआ। वे देवताओं का स्मरण कर अशोक वाटिका की ओर बढ़ चले।

हनुमानजी द्वारा अशोक वाटिका का अवलोकन

अशोक-वाटिका में पहुँचकर हनुमानजी सीताजी की टोह लेने के लिए एक ऊँचे वृक्ष पर प्रच्छन्न रूप से आरूढ़ हो चले। ब्रह्ममुहूर्त की बेला थी, अतः हनुमानजी ने अनुमान किया कि संध्या-वंदन के लिए सीताजी अवश्य ही पार्श्ववर्ती नदी पर आएँगी। यह सोचकर हनुमानजी सीताजी के आने की राह देखते हुए फूलों और घने पत्तों से लदे सारे वन में चकपकाई आँखों से चारों ओर देखने लगे।

सूक्ष्म निरीक्षण-क्रम में हनुमानजी को सीताजी का प्रथम दर्शन अशोक वाटिका में होने पर अपार हर्ष हुआ। उपवास-कृश सीता माता की विपन्नावस्था के वर्णन में सुंदर-सुंदर उपमाओं का वर्णन महर्षि वाल्मीकि ने किया है। सीताजी का दर्शन पाकर हनुमानजी खुशी से उछल पड़े, वे फूले नहीं समाए। उनका मन झट श्रीराम के पास जा पहुँचा और वे उन्हीं का सुमिरण करते हुए मन-ही-मन उनकी बड़ी सराहना करने लगे कि उन्हें सीताजी जैसी इतनी अच्छी पत्नी मिली हैं।

हनुमानजी ने कष्टापन्न सीता का जो अलौकिक तेज देखा, उससे वे अभिभूत होकर सोचने लगे कि प्रभु श्रीराम और जगत् जननी जानकी की जोड़ी सुसंगत है। वे विचार करने लगे कि यदि तुला के पलड़े पर त्रिलोक का राज्य और दूसरे पलड़े पर सीताजी को रखा जाए, तो त्रिलोक का राज्य उनके पासँग में भी नहीं उतरेगा। फिर भी सीताजी के कष्टों को देखकर उन्होंने विचार किया कि काल के आगे किसी की नहीं चलती। सीताजी की विपन्नावस्था का अवलोकन कर हनुमानजी दुःख-सागर में निमग्न हो गए। इसी सब उधेड़बुन में पड़े हनुमानजी अपने जी में यहीं पक्का समझकर उसी पेड़ पर बैठे रहे कि हो न हो सीताजी यह ही हैं। अशोक वृक्ष की शाखा में प्रच्छन्न अवस्थित हनुमानजी सीताजी की कष्टापन्न स्थिति का अवलोकन कर रहे थे। सुदूर लंका में भयंकरी राक्षसियों से परिवृत्त सीताजी की दशा का वर्णन महर्षि वाल्मीकि ने

अत्यंत मार्मिक रूप में किया है। सीताजी की विपदाओं का पारावार नहीं है। हनुमानजी तो इतने भावविह्वल हो चले कि उनके नेत्रों से अश्रुपात हो चला, किंतु ये अश्रुबिंदु हर्ष और शोक दोनों से मिश्रित थे। हनुमानजी को हर्ष इस बात का था कि अंततोगत्वा सीताजी के अन्वेषण में उन्हें सफलता मिल ही गई, किंतु सीताजी की कारुणिक अवस्था को देखकर वे दुःखी हो गए। सीताजी को देखकर तो हनुमानजी इनते विह्वल हो उठे कि उनकी आँखों से झर-झर आँसू की धारा बह चली और उन्होंने वहीं बैठे-बैठे मन-ही-मन श्रीराम को हाथ जोड़ लिये।

हनुमानजी सीताजी की कष्टापन्न अवस्था का अवलोकन कर ही रहे थे कि उन्हें राक्षसों के निवास-स्थानों से चारों वेदों एवं छहों वेदांगों में पारंगत विद्वानों के सस्वर पाठ का घोष सुनाई पड़ने लगा। उस ब्रह्ममुहूर्त में मंत्र-घोष के पावन वातावरण में भी कामांध रावण सीताजी के पास प्रणय-याचना करने चला। आध्यात्म रामायण में वर्णन है कि रावण दिन-रात चिंतन करता था कि किस प्रकार प्रभु श्रीराम के हाथों मरकर मोक्ष-प्राप्त कर लूँ। अतः अशोक वाटिका में हनुमानजी ज्यों ही विराजमान हुए, रावण ने स्वप्न देखा कि एक रामदूत वानर सीताजी के सान्निध्य में पहुँचा हुआ है, अतः उसने निर्णय किया कि यही उपयुक्त समय है, जब सीताजी को सताया जाए, तब श्रीराम को सत्वर सूचना उनके दूत द्वारा मिल जाएगी और वे अविलंब लंका पहुँचकर मुझे मारकर मुक्ति देंगे। अतः रावण उस ब्रह्ममुहूर्त में ही प्रणय-याचना करने सीताजी के पास पहुँचा। तरु-शाखा में छिपे हनुमानजी रावण की गतिविधियों का सूक्ष्म अवलोकन करने लगे।

अशोक-वाटिका में रावण के असामयिक आगमन पर सीताजी भयभीत हो चुलीं। पहले से ही वे श्रीराम के विरह में व्यथित थीं। रावण को देखने पर वे अपने कुल देवता से मन-ही-मन मनाने लगी थी कि श्रीराम के हाथों इस दुष्ट रावण का वध शीघ्र ही हो। ऐश्वर्य के मद में कामांध रावण अपनी अकूत धन-संपदा एवं सुख-सुविधा का सब्जबाग दिखाकर तथा श्रीराम के साथ विपदा-ही-विपदा झेलते रहने का दारुण चित्रण प्रस्तुत कर सीताजी से प्रणय-याचना करने लगा, किंतु उस मूढ़ को यह ज्ञात नहीं था कि 'पातिब्रह्य

का पर्वत' प्रलोभन के पारावार के प्रहारों से सर्वदा अविचल रहता है। रावण के इन प्रलोभनों को सीताजी ने न केवल तिरस्कारपूर्वक ठुकराया, वरन् ऐसी फटकार लगाई कि दुष्ट रावण के होश ठिकाने लग गए। सीताजी ने लंकापति रावण को स्पष्ट शब्दों में बता दिया कि संसार के सकल वैभव का लोभ देकर भी रावण उन्हें श्रीराम से उसी प्रकार विमुक्त नहीं कर सकता, जिस प्रकार सूर्य से उनकी प्रभा पृथक् नहीं की जा सकती। उन्होंने यह भी बताया कि जब मैं एक बार श्रीराम की भुजाओं को उपधान बना चुकी, तब अन्य का आश्रय अनपेक्षित और असंभाव्य है।

सीताजी की फटकार सुनकर रावण के रोष की सीमा नहीं रही। उन्होंने वैदेही को धमकी दी कि तुम दो मास के अंदर मुझे पति स्वीकार कर लो, अन्यथा मेरे रसोइए तुम्हें टुकड़ों में काटकर मेरे प्रातःकालीन आहार में परोस डालेंगे। सीताजी ने रावण को खरी-खोटी सुनाकर प्रत्युत्तर दिया कि मैं तो तुझे जलाकर भस्म ही कर देती, किंतु प्रभु श्रीराम का ऐसा संदेश नहीं है। इसका तात्पर्य यह है कि यदि जगज्जननी जानकी ही दशानन को भस्मीभूत कर देतीं, तो रावण-वध का श्रेय प्रभु श्रीराम को नहीं मिलता, जिसके लिए उन्होंने अवतार ग्रहण किया था। अपने सच्चेपन में ही अपना मन पक्का किए रखनेवाली और डर से काँपती हुई सीताजी को धमकाकर वह पापी रावण हार मानकर काम भाव से पीड़ित अपने भवन में चला गया।

अशोक-वाटिका से रावण के प्रस्थान के बाद वहाँ प्रतिनियुक्त राक्षसियाँ रावण के निर्देशानुसार योजनाबद्ध रूप से एकाकिनी-सीता माता को प्रलोभन एवं भय से रावण के वश में करने का प्रयत्न करने लगीं। एक ओर रावण का अकूत ऐश्वर्य, जिसकी स्वामिनी बनने का प्रलोभन और दूसरी ओर राम-लक्ष्मण के अस्तित्व के अभिज्ञान का अभाव। सीताजी को यह भी ज्ञात नहीं था कि राम-लक्ष्मण जीवित भी हैं या नहीं और जीवित भी हैं तो उन्हें यह पता है कि नहीं कि सीता कहाँ हैं। ऐसी विषम और विपरीत परिस्थिति में राक्षसियों ने रावण की रानी बनने का मनोवैज्ञानिक दबाव डालना प्रारंभ किया, किंतु संसार की सर्वकालीन सतियों में शिरोमणि, पातिव्रत्य तय व्रत की सर्वश्रेष्ठ प्रतिमूर्ति सीता माता इन प्रलोभनों से किंचित् विचलित नहीं हुईं।

राक्षसियों के प्रलोभनों का अत्यल्प प्रभाव भी सीता माता पर नहीं पड़ा; बल्कि प्रत्युत्तर में उन्होंने जो कहा वह भरतीय नारी का आदर्श वाक्य है, "मेरे पति अतिदीन या राज्यहीन हों, किंतु वे ही हमारे आदर्श हैं और मैं उन्हीं में सदैव सूर्य के प्रति सुवर्चला की भाँति अनुरक्त हूँ।" जब राक्षसियों ने प्रलोभनों को प्रभावहीन होते देखा, तब उन्होंने वैदेही को विभीषिका के बल पर वश में करने का प्रयास किया। उन्होंने सीताजी को धमकाया कि बात नहीं मानोगी तो तुम्हें टुकड़ों में काटकर राक्षसियाँ चबा डालेंगी, किंतु उन त्रासों का भी असर उन पर नहीं पड़ा।

अशोक-वाटिका में राक्षसियों द्वारा सताई जाती सीता माता अपनी दुःसह स्थिति से आकुल होकर अपनी विवशता पर विलाप करने लगीं। उनकी स्थिति भेड़ियों के झुंड में घिरी हुई विवश मृगी-सदृश थी, किंतु विपरीत परिस्थितियाँ ही किसी के चरित्र की उज्ज्वलता को उजागर करती हैं। अशोक वाटिका में अवरोध की अवधि में ही जानकीजी के जाज्वल्यमान जीवन का सर्वाधिक सुरम्य पक्ष प्रस्तुत हुआ है।

राक्षसियों ने रावण के अकूत वैभव एवं अमित पराक्रम का बखान किया था, किंतु सीताजी ने रावण के बारे में राक्षसियों को बताया कि मैं अपने बाएँ पाँव से भी रावण को छू नहीं सकती। फिर, उसे अपनाने की बात ही कहाँ उठती है? सीता माता मरने से भी डरनेवाली नहीं थीं। उन्होंने स्पष्ट शब्दों में राक्षसियों से कह दिया था कि मेरे भले ही हजार टुकड़े हो जाएँ या अग्नि में सजीव जला दिया जाए, मैं रावण के पास नहीं जा सकती। इस संसार में ऐसा आदर्श अन्यत्र नहीं मिल सकेगा।

सीताजी के कष्टों का पारावार नहीं था। राक्षसियाँ उनका अंग-भंगकर कलेवा करने की धमकी दे रही थीं। अभी वे राक्षसियाँ सीताजी से वह सब ऊटपटाँग बातें कह ही रही थीं कि त्रिजटा नाम की एक बड़ी राक्षसी वहाँ आ पहुँची, जो अभी सोए से उठकर चली आई थी। वह आते ही राक्षसियों से बोली, "अरी राक्षसियाँ! तुम्हें इतनी भूख सताए जा रही है तो तुम अपने को ही क्यों नहीं नोच खाती। तुम समझ लो कि राजा जनक की इस प्यारी बेटी

और महाराज दशरथ की इस बहू को खाना तो दूर रहा, तुम उसे हाथ भी नहीं लगा सकतीं। आज मैंने अभी ऐसा भयानक सपना देखा है, जिससे जान पड़ता है कि राक्षसों के दिन पूरे हो चुके हैं, इनके पति श्रीराम बढ़े चले आ रहे हैं और बड़ी घमासान लड़ाई छिड़ गई है।'' त्रिजटा के मुँह से ऐसी बात सुनते ही वे सब राक्षसियाँ, जो अभी तक दाँत पीसे जा रही थीं, डर के मारे घबरा गईं। सपने के बारे में और जानने की इच्छुक राक्षसियों को त्रिजटा ने आगे कहा, ''मैंने देखा कि कहीं दूसरी जगह से वीर श्रीराम और भाई लक्ष्मण सीताजी के साथ सूर्य के समान चमचमाते हुए पुष्पक विमान पर चढ़कर उत्तर की ओर उड़ चले हैं। सब राक्षसों में एक विभीषण ही ऐसे दिखाई दिए, जो सफेद कपड़े पहने, सफेद फूलों की माला पहने, सफेद चंदन लगाए और सफेद छत्र लगाए हुए थे। उसी सपने में मैंने देखा कि श्रीराम के भेजे हुए एक बड़े बलवान वानर दूत ने रावण की लंका जलाकर राख कर डाली है, इसलिए राक्षसियो! अपना भला चाहती हो तो यहाँ से चली जाओ और देखना कि श्रीराम कैसे यहाँ आकर सीताजी को अपने साथ ले जाते हैं। इसलिए अब सब ऊल-जलूल बकवास करना छोड़कर इनसे मीठी-मीठी बातें करो, इनसे क्षमा माँग इनके पैर पड़ो कि ये दया करके हमें बचाए रखें।''

भगवान् श्रीराम से वियुक्तता के कारण सीता माता केधैर्य की सीमा समाप्त होने लगी और उन्होंने प्राणोत्सर्ग का निश्चय किया। नैराश्य एवं अवसाद की पृष्ठभूमि में सीताजी का विलाप अत्यंत करुण तथा द्रवित कर देनेवाला था। तदोपरांत सीताजी अशोक पेड़ की एक मोटी डाल पकड़कर उठ खड़ी हुईं और फाँसी लगाकर प्राण देने की तैयारी करने लगीं, पर ज्यों ही उनके मन में श्रीराम, लक्ष्मण और अपने कुल का ध्यान आया, त्यों ही सीताजी के सामने ऐसे बहुत से अच्छे शगुन होने लगे, जिन्हें देखकर उनका दुःख कम हो चला और उन्हें ढाढ़स भी मिला, क्योंकि अच्छे शगुनों का अच्छा फल वे पहले भी कई बार देख चुकी थीं। इन शुभ निमित्तों के सूचन से सीता माता के हृदय में हर्ष का संचार हुआ और प्राणोत्सर्ग के निर्णय पर विराम लगा।

सीता-मिलन

अशोक-वृक्ष की शाखाओं में प्रच्छन्न अंजना के नंदन रावण का आगमन, राक्षसियों का तर्जन एवं त्रास, त्रिजटा का स्वप्न वर्णन, नैराश्य के घनघोर तिमिर में सीताजी द्वारा प्राणोत्सर्ग हेतु प्रस्तुति, सभी घटनाओं का सूक्ष्म अवलोकन कर रहे थे। उन्होंने विचार किया कि यही परिपक्व समय है कि श्रीराम का संदेश सीतामाता को दिया जाए। किंतु वार्त्तालाप में यह संकट समाहित था कि राक्षसियाँ जाग उठतीं और अजनबी प्राणी के आगमन की सूचना रावण को दे देतीं, जिससे हनुमानजी को पकड़ने का उपक्रम होता और युद्ध छिड़ जाता, किंतु यदि वे श्रीराम का संदेश सुनाए बिना लौट जाते, तब यह अनिश्चय बना रहता कि ससैन्य श्रीराम के आगमन के समय तक सीता माता जीवित भी रहतीं या नहीं। अतः हनुमानजी ने निश्चय किया कि मैं संदेश सुनाकर ही लौटूँगा। तब हनुमानजी ने यह जानकर कि जिन सीताजी का मन अपने पति श्रीराम में रमा हुआ है, उन्हें मैं श्रीराम की सारी बातें ऐसे ढंग से कह सुनाऊँगा कि न तो वे तनिक भी डरें, न घबराएँ। मैं बड़ी मीठी बोली में श्रीराम के सारे संदेश सीताजी को इस ढंग से सुना दूँगा कि उन्हें मेरी कोई बात झूठी भी न लगे और उनके मन का सारा असमंजस भी दूर हो जाए। इस ढंग से बहुत सोच-विचारकर अशोक के पेड़ की डालियों में छिपे हुए हनुमानजी सीताजी की ओर देखते हुए बड़ी मीठी बोली में सब बातें सुनाने लगे।

हनुमानजी ने श्रीराम का उपाख्यान अपनी मीठी वाणी में सुनाना प्रारंभ किया जिसके श्रवण से सीताजी को अतिशय विस्मय एवं सुख का बोध हुआ। उन्होंने चतुर्दिक दृष्टिपात किया, तब उन्हें ऊपर अशोक विटप की शाखा में सुखासीन हनुमानजी दीखे, जो उदयाचल पर दृश्यमान अरुण के समान भास्वान थे। एक वानर के मुख से रामोपाख्यान सुनकर सीताजी को लगा कि मैं स्वप्न तो नहीं देख रही हूँ। वे इतनी डर गईं कि बड़ी रुआँसी होकर बिलख उठीं कि हाय राम! हाय लक्ष्मण! स्वप्न में वानर-दर्शन को अपशकुन माना गया है, अतः वे स्वस्ति के लिए देवताओं की स्तुति करती हैं कि जो इस वानर ने कहा है, वह अक्षरशः सत्य हो।

मूँगे के रंग जैसे लाल-लाल मुँहवाले हनुमानजी धीरे से उस अशोक के पेड़ से नीचे उतर आए और हाथ जोड़कर, झुककर सीताजी को प्रणाम करके, बड़ी मीठी बोली में कहने लगे, ''देवि! यह मैली सी रेशमी साड़ी पहने आप कौन हैं और इस पेड़ की टहनी का सहारा लिये आप यहाँ क्यों खड़ी हैं? यह बताइए कि कमल के पत्तों से झड़-झड़कर गिरती हुई जल की बूँदों जैसे ये आँसू आपकी आँखों से क्यों तार-तार बहे चले जा रहे हैं? आप जो बार-बार किसी राजा का नाम लिये चली जा रही हैं और जैसी आप दिखाई दे रही हैं, उसे देखकर तो मैं यह अंदाजा लगा रहा हूँ कि आप कहीं की महारानी या किसी राजा की बेटी हैं। जिस सीताजी को रावण जन स्थान से यहाँ खींचकर हर लाया है, यदि आप वे ही सीताजी हैं, तो मुझे ठीक-ठीक बता दीजिए, आपका बड़ा भला होगा। मैं आपको ठीक से जान लेना चाहता हूँ। बहुत दुःख झेलते-झेलते आप कुम्हला सी गई हैं। आपका जैसा रूप-रंग है और तपस्विनी जैसा आप जो बाना बनाए हुए हैं, इन्हें देखकर मुझे यही लगता है कि आप श्रीरामजी की महारानी हैं।''

हनुमानजी की श्रीराम-चर्चा से भरी यह बात सुनते ही सीताजी का जी खिल उठा और वे पेड़ की डाल का सहारा लिये हनुमानजी से बोलीं, ''देखो वानर! इस धरती के राजाओं में सबसे सिरमौर जिनको देवता भी जानते थे और बैरियों की सेनाओं को गाजर-मूली के समान काट सकते थे, उन महाराज दशरथ की मैं बहू हूँ, विदेहराज जनक की बेटी हूँ और बहुत ही समझ-बूझवाले भगवान् श्रीराम की ब्याहता पत्नी सीता हूँ। अयोध्या में श्रीराम के रनिवास में बारह बरस तक सारे सुख ऐसे आनंद से भोगती रही कि मैं जो भी चाहती थी, वह मुझे बात-की-बात में मिल जाता था। तेरहवें बरस में अपने गुरु वसिष्ठजी से मिलकर महाराज दशरथ ने श्रीराम को राजगद्दी देने की तैयारी शुरू कर दी। तब वे कैकेयी के वरदान की परिणति के रूप में भगवान् श्रीराम को मिले वनवास में स्वेच्छया सहभागिनी बन गईं। दंडकारण्य से रावण ने छलपूर्वक उनका अपहरण कर अशोक-वाटिका में रखा है और अपनी बात मनवाने के लिए जो समय दिया है, उसमें दो मास ही शेष हैं।''

कुम्हलाई सीताजी की बातें सुनकर हनुमानजी ने उन्हें ढाढ़स बँधाते हुए

कहा, ''देवि! आपने जिन श्रीराम की बात कही है, मैं उन्हीं श्रीरामजी का दूत हूँ और आपके लिए उनका संदेश ले आया हूँ। वे कुशलपूर्वक हैं। आपके पति श्रीराम के पीछे-पीछे सदा चलने वाले उनके प्यारे भाई लक्ष्मणजी ने भी बहुत अधीर होकर सिर झुकाकर आपके चरणों में प्रणाम कहा है।'' श्रीराम और लक्ष्मण का कुशल समाचार सुनकर सीताजी का सारा शरीर सिहर उठा और वे हनुमानजी से बोलीं, ''आज मुझे यह कहावत सच्ची जान पड़ रही है कि यदि कोई मनुष्य जीता रह सके तो उसे सौ वर्ष पर भी आनंद मिल जाता है।'' सीताजी और हनुमानजी के आपस में इस ढंग से मिलने से दोनों का जी बहुत खिल उठा और वे दोनों बातचीत करने लगे जैसे दोनों को एक-दूसरे पर पूरा भरोसा हो।

अपनी करुण कहानी सुनाने के बाद सीताजी को सहसा संदेह हुआ कि कहीं कपि के छद्म रूप में मायावी रावण तो नहीं आ पहुँचा। तदनंतर सीताजी ने हनुमानजी से कहा, ''देखो वानर! यदि तुम सचमुच श्रीराम के दूत हो तो तुम मेरे प्यारे श्रीराम की पहचान और उनकी सब अच्छी-अच्छी बातें बखान कर डालो।''

जब हनुमान ने देखा कि सीताजी के मन में कुछ उथल-पुथल हो रही है, तब वे सीताजी के कानों को सुख देनेवाले मीठे वचन कहने लगे। ''देखिए देवि! भगवान् श्रीराम का तेज तो वैसा ही है, जैसा सूर्य का होता है, जैसा भगवान् विष्णु के बल का बड़प्पन चारों ओर छाया हुआ है वैसे ही वे भी बड़े बलवान हैं और वे सदा सच्ची और मीठी बातें बोलते हैं। यह सारा संसार जो पल रहा है, वह उन्हीं बातों के सहारे तो पल और जी रहा है।'' हनुमान ने आगे कहा, ''देवि! आपके देवर लक्ष्मण बराबर आपको अपनी माँ ही समझते हुए आपके पैरों में माथा टेकते हुए यही कह-कहकर याद किया करते हैं कि जब आप पंचवटी में रहा करती थीं, तब रावण उस मारीच को सोने का हिरन बनाकर, वहाँ भेजकर और अपना साधु जैसा बाना बनाकर आपको हर लाया, जिसने घायल होकर हाय लक्ष्मण, हाय लक्ष्मण चिल्लाते हुए वहीं दम तोड़ दिया और उसके उस चिल्लाने का भेद जानते हुए भी (कि वह राम की बोली नहीं है) आपका मन रखने के लिए उसी ओर चल दिया, जिधर से वह

आवाज आ रही थी, क्योंकि इस बीच आपने उन्हें बड़ी खरी-खोटी और तीखी बातें कह डाली थीं। इतना ही नहीं देवि! श्रीराम के साथी और वानरों के राजा सुग्रीव ने भी आपका कुशल समाचार पूछा है। वहाँ ऐसा कोई दिन नहीं जाता, जब लक्ष्मण और श्रीराम आपकी चर्चा न करते हों। मैं तो अपने बल के भरोसे यहाँ आपका दर्शन करने आया हूँ, इसलिए देवि! आप मुझे जैसा समझ रही हैं, वैसा मैं नहीं हूँ। यह उलटी बात आप अपने मन से निकाल दीजिए और जो कुछ मैं कह रहा हूँ, उसे सच मानकर उस पर भरोसा कीजिए। मैं मलय पहाड़ की एक तलहटी में रहता हूँ और इस समुद्र को गौ के खुर-जैसा बनाकर, एक छलाँग में लाँघकर, यहाँ चला आया हूँ। मैंने आज तक कभी झूठ नहीं बोला है, ''इसलिए सीताजी! आप मेरी बात सच मान लीजिए।''

सीताजी को हनुमानजी का श्रीरामजी का दूत होने का विश्वास

हनुमानजी वास्तव में श्री रामजी के दूत हैं, यह निश्चित करने हेतु सीताजी ने अंजना-नंदन से कुछ प्रश्न किए। उन्होंने पूछा, ''तुम्हारी भेंट उनसे कब और कहाँ हुई, यह विचित्र नर-वानर-मैत्री कैसे हुई, श्रीराम के शारीरिक चिह्न क्या हैं, इत्यादि।'' सीताजी की यह बात सुनकर हनुमानजी ने श्रीराम के रूप-रंग के जवाब में कहा कि श्रीराम का रूप बहुत ही सुहावन है, वे साँवले-सलोने हैं, जबकि उनके अनुज लक्ष्मण सोने के जैसे गोरे रंगवाले हैं। उन्होंने बड़े अच्छे ढंग से यजुर्वेद पढ़ रखा है, इसलिए वेद जाननेवाले विद्वान् उन्हें बहुत मानते हैं। चारों वेदों के साथ-साथ उन्होंने धुनर्वेद और छहों वेदांग (शिक्षा, कल्प, निरुक्त, ज्योतिष, व्याकरण, छंद) भी बड़े अच्छे ढंग से पढ़ रखे हैं। उनकी बोली नगाड़े की गड़गड़ाहट जैसी भारी और देह बहुत सलोनी और चिकनी है। वे बड़े प्रतापी हैं।

आपको ही यहाँ-वहाँ ढूँढ़ते हुए वे दोनों भाई वानरों के राजा सुग्रीव से

जा मिले, जिन्हें उनके भाई बाली ने उन्हीं को गद्दी से हटाकर मार भगाया था। उस ऋष्यमूक की ओर उन दोनों भाइयों को पेड़ की छाल के कपड़े लपेटे और हाथों में धनुष लिये आता देखकर डर के मारे झट उछलकर उस पहाड़ की चोटी पर चले गए और मुझे ही उन दोनों भाइयों का भेद लेने उनके पास भेज दिया। तब मैं झट उन सलोने दोनों वीर भाइयों के सामने हाथ जोड़कर खड़ा हुआ। मेरे मुँह से सारी बातें ठीक-ठीक जानकर उनका जी ठंडा हुआ और फिर मैं उन्हें अपनी पीठ पर चढ़ाकर पहाड़ के ऊपर ले गया, जहाँ सुग्रीव बैठे हुए थे। वहाँ वानरों के राजा सुग्रीव और उन दोनों राजकुमारों ने एक-दूसरे को अपनी-अपनी आप-बीती कह सुनाई और दोनों एक-दूसरे को बड़ा ढाढ़स बँधाया। श्रीराम ने भी सुग्रीव को बड़ा ढाढ़स बँधाया; जिन्हें बड़े बलवान बाली ने अपने राज्य से इसलिए निकाल दिया था कि वह इनकी पत्नी (रुमा) को अपने साथ रख सके। तभी लक्ष्मण ने सुग्रीव से वह सारी कथा कह सुनाई कि कैसे श्रीरामजी आपके बिछोह से इतने दु:खी हुए घूम रहे हैं।

तब सुग्रीव ने आपके वे गहने उन्हें निकालकर दिखाए, जो आपने तब गिराए थे, जब रावण आपको लिये चला जा रहा था। इन गहनों को मैं ही इकट्ठा करके लाया था। जब वे गहने श्रीराम को दिए, तब वे उन्हें छाती से लगाकर अचेत हो गए और बहुत देर तक आँसू बहाते रह गए। श्रीराम और लक्ष्मण सब अनमोल गहने बार-बार देखकर सुग्रीव को ही लौटा दिए। जिस दिन श्रीरामजी और सुग्रीव आपस में मिले थे; उसी दिन उन्होंने यह सहमति बनाई थी कि श्रीराम तो बाली को मार डालेंगे और सुग्रीव आपकी खोज कराएँगे। लड़ाई में बाली को मारकर श्रीराम ने सुग्रीव को वहाँ का राजा बना दिया। इस तरह से श्रीराम और सुग्रीव एक-दूसरे के मित्र बन गए और मैं हनुमान उन्हीं का दूत बनकर यहाँ आया हूँ।

हनुमानजी ने सीताजी से आगे कहा, ''अपने स्वामी का बताया हुआ कार्य पूरा न कर पाने के कारण जब हम सभी आस छोड़कर जान देने पर तुले हुए थे, तभी हमारा काम साधने के लिए गिद्ध जटायु के बड़े भाई सम्माति वहाँ आ गए, गिद्धों के ये राजा तो बहुत बलवान भी थे। जब उन्होंने हमारे मुँह से सुना कि जटायु मारे गए तब उन्होंने जानना चाहा कि मेरे छोटे भाई को किसने और

कहाँ मार डाला। जवाब में अंगद ने कहा कि पंचवटी से हरी गई सीताजी की रक्षा करते समय रावण के हाथों जटायु मारे गए। जटायु के मारे जाने की सारी कथा सुनकर संपाति को बहुत दुःख हुआ और उन्होंने ही हमें बताया कि आप यहाँ रावण के घर में ले जाकर रखी गई हैं।''

जब हनुमानजी ने दुःख की मारी सीताजी को भरोसा दिलानेवाली ऐसी बातें कहकर और श्रीराम और लक्ष्मण के शरीरों की सही पहचान बताकर पूरा भरोसा दे दिया, तब सीताजी का मन मान लिया कि वे हनुमान सचमुच श्रीराम के दूत हैं।

पवन के तेजस्वी पुत्र हनुमान ने सीताजी को और भी भरोसा दिलाने के लिए फिर बड़े प्यारे ढंग से कहा, ''देवि! मैं बहुत ही सूझ-बूझवाले भगवान् श्रीराम का दूत हूँ और वानर (जाति का मनुष्य) हूँ । यह उनकी दी हुई पहचान है, इसे लीजिए, इस पर उनका नाम खुदा है। मैं इस मुँदरी को इसलिए यहाँ लाया हूँ कि आपको पूरा भरोसा हो जाए। जब मैं चलने लगा, तब श्रीराम ने अपने आप ही यह मुँदरी उतारकर दे दी थी। अब आप धीरज रखिए, क्योंकि अब तक जो आपको दुःख मिलता रहा है; वह सारा दुःख अब कटने ही वाला है।'' अपने पति राम के हाथ की वह मुँदरी लेकर सीताजी उसे आँख गड़ा-गड़ाकर देखने लगीं और इतनी मगन हो गईं कि आँसू भी आ गए। उसे देखकर वे ऐसी खिल उठीं कि मानो श्रीराम ही उन्हें आ मिले हों। बोल उठीं, ''यह जानकर मैं फूली नहीं समा रही हूँ और मेरे लिए इससे बढ़कर कोई भी अच्छी बात नहीं है कि अपनी आन पर डटे रहनेवाले धर्मात्मा श्रीराम ठीक हैं और तेजस्वी लक्ष्मण भी भले हैं।''

सीताजी ने हनुमानजी को बताया कि रावण ने जो एक वर्ष का समय दिया था, उसमें अब दो मास शेष हैं, यदि इस बीच श्रीराम उनका उद्धार नहीं करते, तो रावण उन्हें अवश्य ही मार डालेगा। सीताजी के घोर कष्ट को देखकर हनुमानजी ने यह प्रस्ताव किया कि सीता माता उनकी पीठ पर बैठ जाएँ, वे आकाश में उड़कर समुद्र पारकर श्रीराम के पास ले जाकर तुरंत मिला देंगे। पहले तो सीताजी को विश्वास ही नहीं हुआ कि यह छोटा वानर कैसे मुझे बिठाकर ले जाएगा। जब हनुमानजी ने अपने शरीर का विस्तार कर अपना विशाल शरीर दिखाया और

कहा कि मैं रावण सहित लंकापुरी को उठाकर ले जा सकता हूँ, तब सीताजी ने ऊपर से गिरने या जाते समय राक्षसों से युद्ध की आशंका जताई, किंतु अंत में कहा कि परपुरुष का स्पर्श श्रेयस्कर नहीं है और श्रीराम के लिए यही यशस्कर होगा कि वे स्वत: यहाँ आकर रावण को मारकर उनका उद्धार करें।

जयंत की धृष्टता की कथा

सीता माता ने भगवान् श्रीराम को यह विश्वास दिलाने के लिए कि हनुमानजी ने सचमुच सीतान्वेषण में सफलता पाई है, जयंत की धृष्टता की कथा सुनाई। चूँकि जयंत की धृष्टता की कथा किसी भी अन्य व्यक्ति को ज्ञात नहीं थी, अत: श्रीराम के विश्वास के लिए यह प्रमाण पर्याप्त था। सीताजी ने कहा, ''चित्रकूट पर्वत पर एक बार जब रघुनाथजी एकांत में मेरी गोद में सिर रखकर सो रहे थे, तब इंद्र का पुत्र जयंत कौआ के रूप में मांस के लोभ में मेरे पाँव के अँगूठे को अपनी चोंच तथा नखों से विदीर्ण कर डाला। वह बार-बार भगाने पर भी फिर चोंच मारकर जा छिपता था! कौए की हरकत से ऊबकर झट मैं आपकी गोद में जा छिपी। मेरी तकलीफ देखकर आप जानना चाहे कि किसने यह लहूलुहान कर दिया। इतना कहने के बाद ज्यों ही आपने उधर देखा तो वह कौआ आपको दिखाई पड़ गया, जो मेरी ही ओर ताके जा रहा था और जिसके पंजे भी लहू से रँगे हुए थे। वह इंद्र का बेटा जयंत था, जो कौआ बनकर स्वर्ग से धरती पर आ गया था। उसे देखते ही श्रीराम ने अपनी चटाई में से एक कुशा निकालकर उसे ब्रह्मास्त्र के मंत्र से ऐसा साधा कि वह प्रलय की आग की लपक जैसा बन उठा और फिर ज्यों ही श्रीराम ने वह कुश उस कौए पर छोड़ा, वह उसके पीछे लग गया। वह कौआ अपने बचाव के लिए सारे संसार में घूमा, पर उस बाण ने उसका पीछा नहीं छोड़ा। यहाँ तक कि उसके पिता इंद्र भी उसे बचाने से इनकार कर दिए। तीनों लोकों का चक्कर लगाने के बाद वह श्रीराम के ही पैर पर आ गिरा। तब सबके कहने पर श्रीराम ने उस कौए की एक आँख लेकर उसे छोड़ दिया और दाईं आँख खोने पर ही उसकी जान बच पाई; उसके

बाद वह श्रीराम को हाथ जोड़कर एवं उनसे विदा माँगकर अपने घर इंद्रलोक लौटा।'' हनुमानजी को यह कथा सुनाने के बाद सीताजी ने उनसे कहा, ''उनसे कहना कि आप अपनी सारी शक्ति लगाकर सीताजी को बचा लीजिए, क्योंकि जिनके आप ही अकेले नाथ हैं, वह आज अनाथ हुई बैठी है।''

चूड़ामणि सहिदान

तदोपरांत भली-भाँति देखकर सीताजी ने पल्ले में बँधी अपनी चमचमाती चूड़ामणि खोलकर निकाली और यह कहकर हनुमान के हाथ पर रखी कि यह श्रीराम को ले जाकर देना। वह मणि लेकर सीताजी को हाथ जोड़कर और उनके चारों ओर घूमकर फिर हाथ जोड़कर हनुमानजी उनके पास खड़े हो गए। सीताजी के दर्शन पा लेने से वे इतने मगन हो उठे कि वे मन-ही-मन श्रीराम और लक्ष्मण के पास जा पहुँचे और उन्हीं के ध्यान में डूब गए।

हनुमानजी को चूड़ामणि देकर सीताजी उनसे बोलीं, ''मैंने जो सहिदान (पहचान के लिए मणि) आपको दिया है, उसे श्रीराम ठीक से पहचानते हैं। इस मणि को देखते ही श्रीराम को मेरी, मेरी माता की और महाराज दशरथ की सुधि हो आएँगी।'' जब सीताजी ने देखा हनुमान जाने की तैयारी में हैं तो उनका गला भर आया और वे भर्राए हुए गले से बोलीं, ''मैं तुम्हीं पर अब सारा काम छोड़ रही हूँ, तुम ऐसा जतन करो कि मेरा सारा दुःख खत्म हो जाए। यदि तुम्हें ठीक लगे तो तुम एक दिन और यहाँ रुककर कल चले जाना। तुम यहाँ रहोगे तो कम-से-कम उतनी देर तक तो मुझ अभागिन का दुःख दबा रहेगा। यह भी मैं जानती हूँ कि तुम अकेले ही मुझे यहाँ से बचाकर ले जा सकते हो, पर तब उसका यश तुम्हें ही मिल पाएगा, श्रीराम को नहीं। श्रीराम का यश तो तब है, जब वे सारी सेना को साथ लाकर रावण को हराकर मुझे अपने साथ अपनी अयोध्यापुरी ले जाएँ। यदि श्रीराम राक्षसों के राजा रावण को मारकर, मुझे यहाँ से ले जाते हैं तो उनके यश में चार चाँद लग जाएँगे।''

सीताजी की ये भावभरी और प्रेमभरी बातें सुनकर हनुमानजी ने ढाढ़स

बँधाते हुए कहा, ''देवि! मैं आपको बता देना चाहता हूँ कि वानरों के राजा सुग्रीव अपनी बात के बड़े पक्के हैं, वे आपको यहाँ से निकालने की बात मन में ठान चुके हैं। जहाँ तक वानरों के साथ रहनेवाले श्रीराम और लक्ष्मण की बात है, उन्हें तो मैं ही अपनी पीठ पर चढ़ाकर लेता आऊँगा। जब वे दोनों वीर श्रीराम और लक्ष्मण यहाँ आएँगे तो वे अपने बाण बरसाकर सारी लंका को उजाड़ाकर श्मशान बना देंगे। इसीलिए आप धीरज रखिए। बस अब थोड़े ही दिनों में आपको श्रीराम का दर्शन मिलनेवाला है। जब श्रीराम यहाँ आकर रावण को और उसके सारे भाई-बंधुओं को मार डालेंगे, तब आप उनसे जा मिलेंगी।''

जानकीजी ने हनुमानजी को चूड़ामणि प्रदान करके अभिज्ञान के रूप में सारा वृत्तांत और अपने ललाट पर गिरा हुआ मूसल का टीका लगाने की घटना सुनाने के बाद संदेश में यह कहा कि जब जयंत की छोटी धृष्टता के लिए आपने उसे तत्काल दंडित किया, तब रावण को इस तरह अपराध का दंड अविलंब मिलना चाहिए। उन्होंने यह भी कहा कि अब तक विरह में इसी चूड़ामणि का अवलोकन कर मैं शक्ति पाती थी, किंतु अब इसे भी लौटाने के बाद मुझमें अधिक दिन तक जीवित रहने की क्षमता नहीं है।

हनुमानजी ने श्रीराम को संदेश सुनाकर उन्हें अविलंब सैन्य लाने का आश्वासन दिया और सीताजी का आशीर्वाद प्राप्त कर वे वहाँ से उत्तर दिशा की ओर चल पड़े।

हनुमानजी ने सीताजी के पास से चलने के पहले यह विचार किया कि जब तक रिपु रावण के बला-बल का पता नहीं लगा लिया जाए, तब दूत का दायित्व पूर्ण नहीं होता। अत: उन्होंने रावण के प्रिय प्रेम दावन के विध्वंस का कार्य प्रारंभ किया, ताकि रावण के प्रहरी उन्हें उसके पास तक ले जा सकें। हनुमानजी का यह निर्णय उनकी बुद्धिमत्ता का परिचायक है।

गोस्वामी तुलसीदास ने रामचरित मानस में अशोक-वाटिका के विध्वंस का कारण क्षुधा-शमन बताया है। आध्यात्मिक रामायण में भी क्षुधा-शमन की बात पवन-पुत्र ने कहा है, किंतु वाल्मीकि-रामायण के अनुसार प्रमदा-वन के विध्वंस के पीछे श्रीराम दूत की दूरदर्शिता एवं कूटनीज्ञिता थी।

अशोक वाटिका एवं चैत्यप्रासाद का विध्वंस

जब राक्षसियों ने रावण के पास जाकर एक विशालकाय कपि द्वारा अशोक वाटिका के विध्वंस और वैदेही के साथ वार्त्तालाप की सूचना दी, तब रावण ने आवेश में आकर बलवान किंकरों की सेना हनुमानजी को पकड़ने के लिए भेजी। तभी हनुमानजी गरजकर उन सब राक्षसों को सुनाकर ललकार उठे, ''महाबली श्रीराम और लक्ष्मण की जय! जिनकी रक्षा श्रीराम कर रहे हैं, उन सुग्रीव की जय! मैं अनायास ही बड़े से बड़ा काम कर डालनेवाले कोसल के राजा श्रीराम का सेवक पवन पुत्र और बैरियों को मिटा डालनेवाला हनुमान हूँ। जब मैं हजारों पेड़ और पत्थर बरसाने लगूँगा, तब हजारों रावण मिलकर भी लड़ाई में न तो मेरी बराबरी कर सकेंगे, न मेरे आगे टिक पाएँगे।'' हनुमानजी ने स्वयं अपना और अपने स्वामी राम का नाम-ठिकाना तो बता ही दिया था, इसलिए हनुमानजी को पहचानने में उन राक्षसों को देर न लगी। उन्होंने आव देखा, न ताव, अपने-अपने हथियार लेकर उन पर टूट पड़े। जब उन राक्षसों ने हनुमानजी को चारों ओर से घेर लिया, तब हनुमानजी को भी गुस्सा आ गया और जब उन्हें कुछ नहीं मिला, तब उन्होंने लोहे के द्वार की मोटी अरगला (मूसल) ही निकाल ली। महावीर हनुमानजी वह मूसल लिये आकाश में चढ़े और वहीं से उन्होंने उस मूसल से सब राक्षसों को मार गिराया। उन सब किंकरों की सेना का सफाया करके हनुमानजी फिर लड़ने के लिए उसी द्वार पर खड़े हो गए। तब उनमें बचे हुए दो-चार राक्षसों ने रावण को जाकर बताया कि सारे किंकर राक्षस एक-एक करके मारे गए। अपनी उस बड़ी भारी सेना का सफाया सुनकर रावण की त्योरियाँ चढ़ गईं और उसने प्रहस्त के पुत्र जंबुमाली को हनुमानजी से लोहा लेने भेज दिया, जिसकी टक्कर का कोई लड़ाका लंका में नहीं था।

किंकरों की सेना को मार देने के बाद हनुमानजी ने सारी बगिया उजाड़ दी और चैत्यप्रासाद (लंका के राक्षसों की यज्ञशाला, जिसमें मद्य-मांस का प्रयोग होता था) का ध्वंस किया।

प्रहस्त-पुत्र जंबुमाली-वध

राक्षसों की यज्ञशाला का विध्वंस हो जाने के बाद रावण ने प्रहस्त-पुत्र बलवान जंबुमाली को हनुमानजी से युद्ध करने के लिए भेजा। ज्यों ही जंबुमाली ने अपने धनुष की टंकार की कि सारी दिशाएँ एक साथ गूँज उठीं। हनुमानजी को द्वार के ऊपर खड़ा देखते ही जंबुमाली उन पर अपने तीखे बाण बरसाने लगा। बाणों से सारा शरीर छलनी हो जाने पर तो हनुमानजी आपे से बाहर हो गए तथा उन्होंने झट वही लोहे का मूसल उठाया और लगे उसी को घुमाने। घुमाते-घुमाते वह मूसल हनुमानजी ने उस जंबुमाली की छाती पर दे मारा। उस मूसल के लगते ही जंबुमाली धरती पर गिरकर मर गया। जंबुमाली और किंकरों के मारे जाने से रावण पागल हो उठा और उसने अपने मंत्री के बड़े बलवान बेटों को हनुमानजी के साथ युद्ध करने का आदेश दिया।

सात मंत्री-पुत्रों का वध

प्रहस्त जंबुमाली के वध के अनंतर रावण ने अपने मंत्री के सात पुत्रों को पवनतनय के पास युद्धार्थ भेजा, किंतु वे सातों पुत्र भी हनुमानजी के हाथों मारे गए। हनुमानजी के रणकौशल से रावण की लंका की वीथियाँ शोणित-सरिताएँ बन गईं और महावीर हनुमानजी अन्य राक्षसों की भी वैसी ही दुर्गति करने के लिए पुनः तोरण पर आसीन हो गए।

लंकेश के पाँच सेनापतियों का वध

जंबुमाली और मंत्री-पुत्रों के वध के बाद दशानन यह विचार करने को विवश हो गया कि वह उत्पाती वानर साधारण वानर नहीं है। वह सोचने लगा कि यह छद्मवेशी कोई और प्राणी है, जो यहाँ देवराज इंद्र या किसी

अन्य द्वारा भेजा गया है। उसने हनुमानजी को पकड़ने के लिए अपने पाँच सेनापतियों—विरुपाक्ष, यूपाक्ष, दुर्धर, प्रद्यस और भासकर्ण को भेजा। वहाँ पहुँचते ही उन्होंने देखा कि बहुत बल, झपट, तेजी, समझ, उमंग देह और बड़ी-बड़ी बाँहोंवाले हनुमानजी द्वार पर डटे खड़े थे। उन्हें देखना था कि राक्षस चारों ओर से उन्हें घेरकर उन पर हथियार चलाने लगे। अपने माथे पर दुर्धर के बाणों की चोट की वजह से अपनी कनफोड़ दहाड़ से सारी दिशाओं को गुँजाते हुए हनुमानजी आकाश में उछल पड़े। यह देखकर वह रथ पर चढ़ा हुआ राक्षस दुर्धर उन पर धुआँधार बाण बरसाने लगा, इसके बाद तो हनुमानजी बड़ी भयावनी दहाड़ के साथ और भी लंबे-चौड़े होकर बढ़ने लगे। फिर हनुमानजी बहुत ऊँचे उछलकर उसके रथ पर जा कूदे, जिससे दुर्धर अपनी जान से हाथ धोकर धरती पर जा गिरा।

जब विरुपाक्ष और यूपाक्ष ने देखा कि दुर्धर मार डाला गया, तब वे दोनों उछलकर आकाश में जाकर हनुमानजी की छाती पर मुद्‌गर जोर से मारे। तब हनुमानजी नीचे आकर एक बड़ा-सा साल का पेड़ उखाड़कर उसी से उन दोनों का कचूमर निकाल दिया। तदनंतर पधस और भासकर्ण को एक चट्‌टान उखाड़कर उनका अंत कर दिया। हनुमानजी ने रावण की सेना का ऐसा संहार किया कि मृत राक्षसों, अश्वों एवं गजों से वहाँ की सारी भूमि ऐसी पट गई कि आवागमन का मार्ग अवरुद्ध हो गया।

अक्षयकुमार का वध

पाँच सेनापतियों के वध के अनंतर रावण ने अपने सामने बैठे हुए अपने बेटे अक्षयकुमार की ओर देखा तो वह उनके मन की बात ताड़कर अपना धनुष लेकर हनुमानजी से लोहा लेने रथ पर चढ़कर निकल पड़ा। वहाँ पहुँचकर हनुमानजी की झपट, उनके बल और अपनी शक्ति, सबका ठीक-ठीक आकलन कर वह बलवान अक्षकुमार उनकी ओर बढ़ने लगा

और तीन बाण हनुमानजी पर चलाए, ताकि वे लड़ने को सामने आ जाएँ। फिर हनुमानजी और अक्षकुमार का ऐसा भयंकर युद्ध छिड़ गया कि धरती के सारे जीव हाहाकार करने लगे। धनुष पर बाण चढ़ाकर निशाना लगाने और बाण चलाने में अक्षकुमार बहुत कुशल था। उसने अपने तीन बाण झट हनुमानजी के माथे पर छोड़ दिए। उन तीनों बाणों की चोट माथे पर लगने से हनुमानजी तमतमा उठे। अक्षकुमार को अपनी ओर आते देखकर हनुमानजी में और भी उमंग भर आई और वे बादल की गड़गड़ाहट के समान गरज उठे। हनुमानजी की गर्जना सुनकर तो घमंडी अक्षकुमार को जैसे आग लग गई। अपनी बचकानी मूर्खता से भरा हुआ वह वैसे ही हनुमानजी का सामना करने के लिए आगे बढ़ा, जैसे कोई हाथी घास-फूँस के ढके हुए गड्ढे की ओर बढ़ा चला जा रहा हो। हनुमानजी को उछलकर आकाश में जाते देख अक्षकुमार भी बाण बरसाता हुआ उनके पीछे भागा। इस लड़ाई में हनुमानजी ऐसे झपट्टे के साथ भँवर बनकर चक्कर लगाने लगे कि अक्षकुमार जो भी बाण चलाता, वह उन्हें लग ही नहीं पाता था। जब हनुमानजी ने देखा कि अपने धनुष से बाण चलाकर अक्षकुमार सारे आकाश को ढक रहा है, तब बाण चलाने की यह फुरती देखकर हनुमानजी का जी उछल पड़े और वे उसकी बहादुरी पर रीझ गए, पर अपने बैरी अक्षयकुमार के बढ़ते हुए झपट्टे को अकारथ कर डालने की मन में ठानकर हनुमानजी उस पर झपट पड़े कि अब उसको ठंडा ही कर देना चाहिए। आकाश में उड़कर चक्कर लगाते हुई हनुमानजी ने उछलकर उसके दोनों पैर पकड़ लिये और उस अक्षकुमार को बड़े वेग में घुमाने लगे और घुमाते हुए उन्होंने उसे धरती पर पटक दिया। यह सुनकर रावण का दिल बैठ गया। हनुमानजी फिर द्वार पर विराजमान हो गए।

मेघनाद द्वारा चलाए गए ब्रह्मास्त्र से बँधकर हनुमानजी का रावण की सभा में उपस्थित होना

रावण ने जैसे ही सुना कि हनुमानजी ने अक्षयकुमार को भी मार डाला, वैसे ही उसकी आँखों में लहू उत्तर आया, पर ज्यों-त्यों अपना जी कड़ा करके उसने अपने बड़े बेटे मेघनाद को बुलाया और कहा, "बेटे! तुमने ब्रह्माजी की पूजा करके उनसे अनोखे-अनोखे हथियार पा लिये हो। ऐसा कोई हथियार नहीं हैं, जिसे चलाना तुम न जानते हो। इसी बल पर तुम देवताओं और असुरों को हरा भी चुके हो और वे सब तुम्हारा लोहा भी मानते हैं। इसलिए ऐसे संकट में तुम्हें भेजना ठीक नहीं लगता, पर राज-काज को देखते हुए और लड़ाई में क्या करना चाहिए, यह सब सोच-समझकर ही मैं तुम्हें भेज रहा हूँ।" अपने पिता रावण की ये बातें सुनकर मेघनाद ने युद्ध करने के लिए ठान लिया और उसने तुरंत अपने पिता की आज्ञा का पालन किया। सारे हथियार चला सकनेवाला और धनुष चलाने में सबसे बढ़-चढ़कर वीर मेघनाद अपने रथ पर चढ़ा हुआ वहाँ जा पहुँचा, जहाँ हनुमानजी उसकी राह में डटे खड़े थे। ज्यों ही हनुमानजी ने उनके रथ की घड़घड़ाहट और उसके धनुष की डोरी की टंकार सुनी, उनकी बाँछें खिल गईं और वे बड़े गुस्से में आ गए। इंद्र की ध्वजा वाले रथ पर बैठे मेघनाद को आते देखकर हनुमानजी बड़ी दहाड़ के साथ गरजकर अपना शरीर बढ़ाने लगे। तब मेघनाद ने भी अपना धनुष चढ़ाया, जिससे कड़क टंकार निकल रही थी। फिर बड़े झटके के साथ आगे बढ़नेवाले वीर मेघनाद और हनुमानजी एक-दूसरे से गुत्थम-गुत्था हो गए।

तदंतर ऊपर आकाश में चढ़कर हनुमानजी इस ढंग से चारों ओर फिरकी बने घूमने लगे कि अचूक बाण चलाने वाले मेघनाद के चलाए हुए सारे बाण बेकार हो गए और हनुमानजी को छू तक न पाए। तब उस अचूक निशानेबाज मेघनाद का जी घबरा उठा और वह सोच में पड़ गया। मेघनाद ने यह समझ

लिया कि हनुमानजी किसी के मारे मरनेवाले नहीं हैं, इसलिए उन पर ब्रह्मास्त्र चलाकर उन्हें बाँध दिया जाए, ताकि वे हिल-डुल तक न सकें।

ब्रह्मास्त्र के लगते ही हनुमानजी ने इसके सम्मान में सारी चेष्टाएँ छोड़ दीं और वे धरती पर आ गिरे। ब्रह्मास्त्र ने हनुमानजी को बाँध तो दिया, पर ब्रह्माजी का ही उन्हें वरदान मिला हुआ था, जिससे उन्हें कोई पीर नहीं हुई और वे सोचने लगे कि ब्रह्माजी ने यह बड़ी भारी भलाई मेरे साथ कर डाली। ब्रह्माजी के मंत्र के साथ छोड़े हुए ब्रह्मास्त्र के लगने पर हनुमानजी को उनका ही दिया हुआ वरदान याद हो आया (कि ब्रह्मास्त्र लगने पर भी तुम दो ही घड़ी में उससे छूट जाओगे), पर तभी वे सोचने लगे कि इस मेघनाद ने तो यह समझकर मुझ पर ब्रह्मास्त्र चलाया है कि मैं इससे छूट नहीं पाऊँगा, पर मुझे तो ब्रह्माजी का आदर करना चाहिए और इसमें जकड़े ही रहना चाहिए। हनुमानजी ने उस ब्रह्मास्त्र की शक्ति, ब्रह्माजी की कृपा और उस ब्रह्मास्त्र की जकड़ से अपने छूट सकने की बात जानते हुए भी यही ठीक समझा कि इसमें जकड़े पड़ा रहना ही अच्छा होगा। इन राक्षसों के हाथ में पड़ जाने से भी मुझे कुछ हाथ ही लगता दिखाई दे रहा है, क्योंकि ऐसा होने से राक्षसों के राजा रावण से भी दो बातें हो जाएँगी। इसलिए अच्छा है कि ये मुझे वहीं लिये चलें।

मेघनाद ने जब देखा कि पेड़ों की बेलों से बँध जाने से इसका ब्रह्मास्त्र वाला बंधन छूट गया है, तब वह बड़ी उलझन में पड़ गया कि दूसरी रस्सियों से जकड़ा जाने पर भी वह ऐसा बर्ताव कैसे कर रहा है, जैसे ब्रह्मास्त्र में बँधा पड़ा हो। इन राक्षसों ने तो मेरा सारा किया-कराया चौपट कर डाला, क्योंकि इन अभागों ने यह नहीं सोचा कि ब्रह्मास्त्र जब एक बार बेकार हो जाता है, तब दूसरी बार काम नहीं आता। अब तो जीता हुआ दावँ हाथ से निकला चला जा रहा है। ब्रह्मास्त्र से छूट जाने पर हनुमानजी ऐसा बर्ताव किए जा रहे थे, जैसे वे कुछ जानते ही न हों। हनुमानजी को देखना था कि रावण की भौंहें तन गईं। उसने अपने पास बैठे मंत्रियों से कहा, "इससे पूछो कि यह कौन है और यहाँ क्यों आया है ?"

रावण का व्यक्तित्व

रावण के प्रभावोत्पादक ऐश्वर्य एवं रूप से विस्मित वायु-पुत्र विचार करने लगे कि यदि रावण में पाप-प्रवृत्ति नहीं होती, तो यह अपने विपुल व्यक्तित्व के कारण इंद्र एवं देवलोक को बचाए रखनेवाला होता, किंतु पाप के पथ पर प्रवृत्त होने के कारण ही इसकी श्री समाप्त हो चली है।

आंजनेय के अलौकिक रूप और तेज का अवलोकन कर रावण उद्विग्न हो उठा और विचार करने लगा कि जब मैं कैलाश उठाने को प्रस्तुत हुआ था, तब जिन नंदी भगवान् ने मुझे शाप दिया था, कहीं वे ही तो इस वानर के रूप में नहीं आ पधारे हैं अथवा अमित बलवान बाणासुर ही तो वानर-रूप धारण कर यहाँ विराजमान नहीं है। रावण ने मंत्री प्रहस्त को कपि का परिचय प्राप्त करने का निर्देश दिया।

हनुमानजी का परिचय

रावण के कहने पर प्रहस्त ने हनुमानजी से पूछा, ''देखो वानर! यदि तुम किसी का दूत बनकर यहाँ आए हो तो बता दो, या तुम किस कारण इस लंकापुरी में आए, यही बता दो।'' ''न तो मैं इंद्र, यम और वरुण में से किसी का दूत हूँ, न मैं कुबेर को ही जानता हूँ।'' इसके बाद हनुमानजी कहने लगे, ''और न मुझे विष्णु ने ही यहाँ भेजा है। मैं वानर जनजाति का हूँ और मैंने राक्षसों के राजा रावण से मिलने के लिए ही उनकी बगिया उजाड़ दी है। जब बहुत से राक्षस लड़ाई करने आ गए, तब अपने बचाव के लिए मैं भी उन्हें मारता रहा। मैं बता देना चाहता हूँ कि देवता या असुर कोई भी न तो मुझे किसी हथियार से घायल कर सकता, न ही मुझे फंदे में ही फाँस सकता है, क्योंकि मुझे ब्रह्माजी का वरदान मिला हुआ है। मुझे तो राक्षसों के राजा रावण से मिलना था, इसीलिए मैंने अपने आपको बँधवा डाला। मैं किसी ब्रह्मास्त्र में नहीं बँधा हूँ, पर ये राक्षस मुझे बँधा समझकर ही यहाँ पकड़कर लाए हैं। मैं

भगवान् श्रीराम के ही कुछ काम से तुम्हारे पास आया हूँ। मैं भगवान् श्रीराम का दूत हूँ, और मैं तुम्हारे भले की बात कह रहा हूँ, उसे ध्यान देकर सुनो।''

रावण को हनुमानजी का उपदेश

रावण की ओर मुँह करके महावीर हनुमानजी ने उसके भले के लिए यह उपदेश दिया—

''वानरों के राजा सुग्रीव का भेजा हुआ मैं तुम्हारे पास उन्हीं का संदेशा लेकर आया हूँ। उन्होंने पूछा है कि तुम ठीक तो हो न। अब मैं महात्मा सुग्रीव का वह संदेश तुम्हें सुना रहा हूँ, जो तुम्हारा यह लोक भी सुधार देगा और परलोक भी। अभी थोड़े दिन हुए दशरथ नाम के एक राजा थे, जो अपनी प्रजा को वैसे ही पालते थे, जैसे पिता पालता है। वे वैसे ही तेजस्वी थे जैसे इंद्र। उनके तेजस्वी और बहुत ही भले बड़े पुत्र श्रीराम अपने पिता की बात मानकर अपनी पत्नी सीताजी और भाई लक्ष्मण के साथ दंडकारण्य की ओर चले आए। उनकी पत्नी और विदेह राज्य के राजा जनक की पुत्री सीताजी को वन में आने पर कोई उठा ले गया। उन्हीं सीताजी की खोज करते हुए श्रीराम और लक्ष्मण वहाँ ऋष्यमूक पहाड़ पर सुग्रीव से मिले। मिलने पर सुग्रीव ने तो सीताजी की खोज कराने की ठानी और श्रीराम ने उन्हें वानरों का राजा बनाने का वचन दिया। हुआ यह कि श्रीराम ने बाली को लड़ाई में मारकर किष्किंधा का राज सुग्रीव को सौंपा, जिससे अब सुग्रीव ही वानरों और ऋक्ष लोगों के राजा बन गए हैं। वानरों के राजा बाली से तो तुम्हारा बड़ा अच्छा मेल-जोल रहा है। उसी बाली को उन्होंने एक ही बाण से ढेर कर डाला। अपनी बात पर डटे रहने वाले सुग्रीव अब सीताजी की खोज में लगे हैं और उन्होंने इसी काम से चारों ओर अनगिनत वानर भेज रखे हैं। ये वानर एक से बढ़कर एक ऐसे बलवान हैं कि किसी के रोके से रुकनेवाले नहीं हैं। मैं पवन का पुत्र हनुमान सौ योजन चौड़ा समुद्र लाँघकर सीताजी की खोज करने और उनसे मिलने आँधी बना चला आया हूँ और यहाँ घूमते-घूमते मैं तुम्हारे रनिवास की बगिया में सीताजी से मिलकर आया हूँ। तुम तो समझते

ही हो कि क्या ठीक है, क्या करने में भलाई है और तप भी तुमने किया है। इसलिए तुम्हारे लिए यह कोई अच्छा कर्म नहीं है, कि तुम पराई स्त्री को अपने घर में इस ढंग से रोककर रखे हुए हो। यह समझ लो कि जो पाप काम करता है उसका कभी भला नहीं हुआ करता। वह तो ऐसा मटिया-मेट हो जाता है कि उसके घर में ही कोई नामलेवा, पानीदेवा और दीया-बत्ती करनेवाला भी नहीं बच पाता। इसलिए तुम्हारे जैसे जो समझदार होते हैं, वे ऐसे बुरे काम में हाथ डालते ही नहीं। देखों, तीनों लोकों में भी ऐसा कोई नहीं है, जो श्रीराम से बैर करके चैन से जी सके। इसलिए मैं तुम्हारी भलाई के लिए ठीक और सच्ची बातें कह रहा हूँ, इसे मानकर तुम सीताजी को श्रीराम के हाथ में सौंप दो। मैं यहाँ देवी सीताजी का दर्शन कर आया हूँ और उनसे ऐसा वर पा चुका हूँ, जो किसी को मिल नहीं सकता। अब तो इसके आगे जो करना है, वह श्रीराम ही करेंगे। मैं अपनी आँखों से देख आया हूँ कि सीताजी वहाँ बराबर रोती-बिलखती रहती हैं। तुम जो यह समझे बैठे हो कि कोई देवता या असुर तप का सहारा होते हुए तुम्हें मार नहीं सकता तो यह भी समझ लो कि तप से मिला हुआ वह वरदान ही तुम्हें मार डालेगा (कि मनुष्य और वानर ही तुम्हें मार डालेंगे)। देखो, सुग्रीव और श्रीराम न तो देवता हैं, न असुर हैं, न यक्ष हैं, न राक्षस हैं। श्रीराम तो मनुष्य हैं और सुग्रीव है वानर, इसलिए उनके हाथ से भला तुम कैसे बच पाओगे। तुमने पहले जो भले काम किए हैं, तप किया है, उसका फल तो तुम पा भी चुके हो और भोग भी चुके हो। अब सीताजी को हर लाने का जो तुम बहुत बड़ा पाप कर बैठे हो, तो इसका फल भी भोगने को तैयार हो जाओ। तुम अपने मित्रों, मंत्रियों, गोती-नतियों, भाइयों, बेटों, भला चाहनेवालों, नारियों, अपने सारे-परिवार और सारी लंका को क्यों काल के गाल में डाल रहे हो। देखो राक्षस के राजा! मैं श्रीराम का सेवक और दूत वानर जो कह रहा हूँ, उसे बहुत ध्यान देकर कान खोलकर सुन लो।

''श्रीराम में ऐसी शक्ति है कि वे सारे संसार को फिर नया संसार बना सकते हैं। श्रीराम में वही शक्ति हैं, जो विष्णुजी में है। ऐसे सभी लोकों के मालिक श्रीराम के साथ यह बुराई करके तुम भी बचे नहीं रह पाओगे। औरों की बात तो जाने दो, यदि चार मुँहवाले ब्रह्मा, त्रिपुर को जला डालनेवाले तीन

आँखों वाले रुद्र और देवताओं के राजा इंद्र भी लड़ाई के मैदान में उतर जाएँ तो वे भी उसको नहीं बचा सकते, जिस पर श्रीराम की भृकुटि तन गई हो।''

बड़ी बहादुरी के साथ निडर होकर हनुमानजी ने जो बड़ी सच्ची और दो टूक भले की बात कही, वह रावण को इतनी कड़वी लगी कि उसके तन-बदन में आग लग गई और उसने आँखें ततेरकर बौखलाते हुए अपने सेवकों से कहा, ''देखते क्या हो, मार डालो इसे।''

विभीषण का उपदेश

रावण के ऐसा कहने पर वहाँ बैठे विभीषण को यह ठीक नहीं लगा, क्योंकि हनुमानजी बता चुके थे कि मैं सुग्रीव और श्रीराम का दूत बनकर आया हूँ। अपनी बात मन में पक्की करके विभीषण ने अपने बड़े भाई रावण को समझाते हुए कहा, ''राजन्! क्रोध निकाल दीजिए और ठंडे मन से मेरी बात सुन लीजिए। बुरा-भला सब समझनेवाले राजा अपने यहाँ आए हुए दूत को कभी नहीं मारा करते। इस वानर को मारना अधर्म है और कोई इसे अच्छा काम नहीं समझेगा। इससे आपकी बड़ी बदनामी होगी। यों भी आप जैसे वीर को ऐसा करना सुहाता भी नहीं। जब आप जैसे बड़े विद्वान् बात-बात पर क्रोधित होने लग जाएँगे, तब इतने सब शास्त्रों का पढ़ना अकारथ ही हुआ समझिए।''

विभीषण की बातें सुनकर रावण झल्लाकर बोल उठा, ''देखो विभीषण! पापियों को मार डालने में कभी पाप नहीं लगा करता। इस वानर ने हमारी सारी बगिया उजाड़कर और राक्षसों को मारकर बड़ा भारी पाप किया है, इसे मैं छोड़ने-वाला नहीं हूँ।'' यह सुनकर विभीषणजी बोले, ''राजन! मैं मानता हँ कि इसने बड़ा भारी पाप कर डाला है और यह अपना बैरी भी है। फिर भी भले लोग दूत को मार डालना ठीक नहीं बताते। दूत को कई तरह से दंड देने की बात बताई गई है। यह कहा गया है कि दूत को दंड देना ही हो तो उसका कोई अंग-भंग कर दिया जाए, उसे कोड़ों से पिटवा दिया जाए, उसका सिर मुँड़वा दिया जाए या गरम लोहे से उसकी देह दाग दी जाए, पर उसे मार

डालने की बात तो आज तक मैंने कभी कहीं किसी से न सुनी, न कहीं पढ़ी और फिर इस वानर को मारने से कुछ हाथ भी लगता तो नहीं दिखाई देता। मारना ही हो तो उन्हें मारना चाहिए, जिन्होंने इसे यहाँ भेजा है। मुझे तो कोई ऐसा दूसरा दिखाई नहीं देता, जो इसके मारे जाने पर आपके उन बैरी राजकुमारों के पास जाकर उन्हें लड़ाई के लिए उकसा सके। जिन नासमझ, अनाड़ी और अक्खड़ लोगों ने यह वानर भेजा है, उन्हें ही मिटाने के लिए आपको कोई ठीक जतन करना चाहिए। मेरी बात मानकर ऐसा कोई जतन सोच निकालिए कि उन दोनों राजकुमारों (राम-लक्ष्मण) को बाँधकर लाया जाए और आपकी जीत हो जाए।'' अपने छोटे भाई विभिषण की ऐसी समझदारी की सुहावनी बात सुनकर उन राक्षसों के राजा रावण ने बहुत सोच-समझकर उसे मान लिया।

हनुमानजी की पूँछ में आग लगाना, सीताजी के संकल्प से अग्नि का शीतल हो जाना

विभीषण के परामर्श पर रावण ने विचार कर यह आदेश दिया कि वानरों को अपनी पूँछ अतिशय प्रिय होती है; अतः पूँछ में आग लगाकर वानर को समग्र नगर में घुमाया जाए। जब हनुमानजी की पूँछ में आग लगाई जा रही थी, तभी उन डरावनी आँखों वाली राक्षसियों ने सीताजी के पास जाकर उनका जी दुखानेवाली यह बात उन्हें कह सुनाई। यह सुनकर सीताजी अधीर हो उठीं और मन-ही-मन अग्निदेव को ठंडा होने के लिए मनाने लगीं। पवित्र हृदय वाली सीताजी हनुमानजी का भला चाहती हुई अग्निदेव को मानाती हुई कहने लगीं, ''हे अग्निदेव! यदि मैं सदा अपने पति की ही सेवा करती रही हूँ और यदि मुझमें कुछ भी अपने तप और पतिव्रता होने का बल है तो तुम हनुमानजी के लिए ठंडे हो जाओ। यदि भगवान् श्रीराम मुझपर कुछ भी दया रखते हैं या यदि मेरा कुछ भी बड़ा पुण्य बचा हो तो तुम हनुमानजी के लिए ठंडे हो जाओ। यदि

श्रीराम मुझे पवित्र समझते हैं और यह मानते हैं कि मैं उनसे मिलने के लिए बहुत ही अधीर हुई जा रही हूँ तो तुम हनुमान के लिए ठंडे हो जाओ। यदि मैं मन, वचन और कर्म से श्रीराम की ही हूँ, तो तुम हनुमान के लिए कल्याणकारी हो जाओ।'' सीताजी ने जब से यह मनौती की, तब से धू-धूकर जलनेवाली लपटों से भरे अग्निदेव ठंडे होकर धधकने लगे और उनकी लपट दाहिनी ओर फेरा लेकर जलने लगी, मानो वह बता रही है कि अब हनुमानजी का बाल भी बाँका न होगा। उधर हनुमानजी के पिता पवन देव भी उनकी पूँछ में लगी हुई आग के साथ बहुत ठंडे बनकर बहने लगे, जिससे सीताजी को बहुत अच्छा लगने लगा। अग्नि में शीतलता आ जाने पर पवनतनय विस्मित हो गए और सोचने लगे कि प्रभु श्रीराम और जगज्जननी की कृपा का प्रतिफल है। इतना सोचना था कि हनुमानजी उन सब बँधी हुई रस्सियों को तोड़ डाले और ऊँचे द्वार पर जा बैठे।

लंकापुरी का दहन

हनुमानजी जो कुछ चाहते थे, वह सब पूरा हो गया था। उनकी उमंग बढ़ी चली जा रही थी, इसलिए लंका को ध्यान से देखते चले जाते हुए वे सोचने लगे कि ऐसा कौन सा कार्य बचा रह गया है, जिसे पूरा कर डाला जाए। रनिवास की बगिया को तो मैं पहले ही उजाड़ चुका हूँ। यहाँ के बड़े-बड़े राक्षसों का भी काम तमाम कर चुका हूँ और रावण की सेना की एक टुकड़ी को भी मार चुका हूँ। अब यह रावण का गढ़ बचा रह गया है, इसे भी मटियामेट कर डालने पर समझूँगा कि समुद्र लाँघकर मेरा यहाँ तक आना सफल हो गया। तब उन्होंने लंका जला डालने की ठान ली। तब बवंडर बनकर चक्कर काटते हुए हनुमानजी उछलकर झट प्रहस्त के भवन पर जा चढ़े और उसमें आग लगाकर दूसरे महा पार्श्व के भवन पर कूद गए और उसमें भी नीचे से ऊपर तक आग लगा दी। वहाँ मेघनाद का भवन जलाते हुए उन्होंने जंबुमाली और सुमाली के घरों में भी आग लगा दी।

इस ढंग से लंका के सारे घरों पर से कूदते-फाँदते हनुमानजी रावण के

भवन पर जा धमके। रावण का यह भवन लंका के सारे भवनों में सबसे बड़ा और सुंदर था। हनुमानजी अपनी पूँछ के सिरे पर लगी हुई धधकती आग वहाँ छोड़कर ऐसे गरजे, जैसे प्रलय के बादल गरजा करते हैं। जब पवन का सहारा पाकर वह भयानक आग ऊँची-ऊँची लपटें फेंकती हुई काल की आग जैसी भड़क चली और सारे कोठों में जा फैली। देखते-देखते वहाँ के ऊँचे-ऊँचे सतखंडे भवन धड़ाम-धड़ाम नीचे गिरने लगे।

जैसे पहले कभी रुद्र ने त्रिपुर को जलाकर राख कर डाला था, वैसे ही हनुमानजी ने भी सारी लंका जलाकर राख कर डाली। वहाँ के बड़े-बड़े वीर तो पहले ही मारे डाले गए थे, जो बचे रह गए थे, वे डर के मारे इधर-उधर जा चुके थे। ऐसा जान पड़ता था, जैसे लंका को किसी का शाप लग गया हो।

जब हनुमानजी बहुत से राक्षसों को मार चुके और रनिवास की बगिया उजाड़ राक्षसों के घर फूँक चुके, तब बड़े चैन से वे श्रीराम का सुमिरन करने लगे। इस तरह सारी लंका को नीचे से ऊपर तक जलाकर हनुमानजी ने समुद्र में कूदकर अपनी पूँछ की आग बुझाई।

समस्त लंका को प्रदीप्त होते देखकर हनुमानजी को किंचित काल के लिए चिंता हो चली कि कहीं सीताजी भी तो इस लंकादहन में जल नहीं गईं। यह सोचकर उन्हें अपने इस अविचारित कार्य पर कष्ट व ग्लानि होने लगी, क्योंकि जनक-नंदिनी के निधन का तात्पर्य था समस्त इक्ष्वाकुवंश का विनाश! किंतु उन्हें सीताजी की शुचिता के तेज पर अमित विश्वास था, अतः उन्होंने सोचा कि संसार की कोई शक्ति सीताजी को क्षति नहीं पहुँचा सकती। इस बीच सुपरिचित शुभ निमित्तों एवं चारणों के संवाद से जब हनुमानजी ने यह जाना कि सीता माता जीवित हैं, तब उन्होंने पुनः सीताजी से मिलने का निश्चय किया।

यह सोचकर हनुमानजी फिर अशोक के पेड़ के तले बैठी हुई सीताजी के पास जा पहुँचे और हाथ जोड़कर उनसे बोले, "यह मेरा बड़ा भाग्य है कि मैं आपको जीता-जागता देख रहा हूँ।" हनुमानजी अब लौट जानेवाले हैं, इसलिए उनकी ओर देखते हुए कहने लगीं, "वीर वानर! यदि तुमने वाटिका उजाड़कर लंकापुरी जला दी है तो मुझे भरोसा है कि रावण भी मारा जाएगा,

पर ऐसा करने से नाम तो तुम्हारा ही होगा, श्रीराम का तो होगा नहीं। इसलिए ठीक तो यही हो कि बैरियों को पीस डालनेवाले श्रीराम अपनी सेना लेकर इस लंका को उजाड़कर मुझे यहाँ से ले जाएँ।'' सीताजी की यह बात श्रीराम के लिए प्रेम और बड़ी सूझ से भरी हुई थी। यह सुनकर हनुमानजी ने कहा, ''आप थोड़ा धीरज रखिए, अब तो कुछ ही दिनों की बात है। आप अपनी आँखों से देख लेंगी कि श्रीराम के हाथों लड़ाई के मैदान में रावण मारा गया है।'' सीताजी को इस ढंग से ढाढ़स बँधाकर और वहाँ से जाने की सोचकर हनुमानजी ने फिर सीताजी को हाथ जोड़कर प्रणाम किया।

अपने स्वामी श्रीराम का दर्शन करने के लिए उनके मन में बड़ी उतावली थी इसलिए हनुमानजी झट से बड़े से अरिष्ट पहाड़ की चोटी पर उछलकर जा पहुँचे और अपना शरीर बढ़ाने लगे। हनुमानजी के पैरों से दबकर वह पहाड़ धरती के बराबर हो गया।

हनुमानजी की वापसी एवं सीतान्वेषण का वृत्तांत

लंका में कार्य सिद्ध करके जब हनुमानजी समुद्र को लाँघकर स्वजनों के बीच वापस आए, तब अंगद, जांबवान तथा अन्य वानरवीरों के हर्ष की सीमा नहीं रही। हनुमानजी ने जब सीतान्वेषण की सफलता बताई, तब वानरवीर समग्र घटनाक्रम को विस्तारपूर्वक जानने के लिए हनुमानजी को चारों ओर से घेरकर उत्सुकतापूर्वक बैठ गए और सबके पूछने पर उन्होंने बताया कि सीताजी लंका की अशोक वाटिका में रह रही हैं और मैं वहीं उनका दर्शन करके आ रहा हूँ। हनुमानजी की बात सुनकर अंगद ने सब वानरों के सामने हनुमानजी से कहा, ''वीर हनुमानजी! सचमुच तुम्हारे जैसा कोई भी दूसरा इतना बलवान और जीवटतावाला नहीं है, क्योंकि तुम्हीं ऐसे हो, जो इस समुद्र के पार जाकर ज्यों-का-त्यों लौट आए हो और हमारी जानें बचा लीं।''

सीतान्वेषण में हनुमानजी को मिली सफलता के कारण वानर-दल में हर्ष की सीमा नहीं थी। लंका यात्रा का विस्तृत वृत्तांत जानने के लिए सब उत्सुक थे। तब जांबवानजी ने हनुमानजी से बड़े प्रेम से पूछा, ''कहो हनुमानजी! तुमने सीताजी को देखा तो कैसे देखा? वे वहाँ कैसे रह रही हैं? पापी रावण उनसे कैसा बरताव कर रहा है? अब तुम सबकुछ हमें ब्योरेवार बताओ कि तुमने सीताजी को कैसे ढूँढ़ निकाला; और उन्होंने तुमसे कहा क्या, क्योंकि यही सब जानकर हम सोच पाएँगे कि हमें आगे करना क्या चाहिए।''

जांबवान की यह बात सुनकर हनुमानजी पुलकित हो उठे। सीताजी को मन-ही-मन प्रणाम करके वे कहने लगे, ''यह तो आप लोग जानते ही हो कि आप लोगों के देखते-देखते समुद्र के दक्षिणी किनारे पर जाने के लिए बहुत सोच-समझकर महेंद्र पर्वत की चोटी आकाश में जा उछाला था। आगे बढ़ते ही मैंने देखा कि एक पहाड़ की चोटी मेरी राह रोके खड़ी है। मैंने उस पर अपनी पूँछ ऐसी पटकी कि उस पहाड़ की चोटियाँ चूर होकर गिर गईं। तब उस बड़े पहाड़ ने मगन होकर बड़ी मीठी बोली में मुझे बेटा कहकर पुकारा और कहा, 'बेटा! तुम मुझे अपना चाचा समझो, क्योंकि मैं तुम्हारे पिता पवन देव का साथी हूँ। मेरा नाम मैनाक है और मैं यहीं इस समुद्र में बसा हुआ हूँ। पहले पहाड़ों के पंख हुआ करते थे और जिधर मन हो, उधर घूम आया करते थे। तब इंद्र ने इनकी कुचाल देखकर इनका पंख काट दिया, पर तुम्हारे पिताजी ने मुझे यहाँ इंद्र के हाथ से डाला है।' और फिर उनसे पूछाकर मैं आगे बढ़ चला। आगे चलने पर ठीक समुद्र के बीच मुझे नागों की माता सुरसा देवी दिखाई पड़ गईं, जो मुझसे बोलीं कि देखो वानर! देवताओं ने मुझे भेजा है कि मैं तुम्हें खा जाऊँ, इसलिए मैं तुम्हें निगले बिना नहीं छोड़ूँगी। तब मैंने कहा कि देखो देवि! पापी रावण श्रीराम की पत्नी सीताजी को हर ले गया है। श्रीराम के कहने पर मैं उनका दूत बनकर उन्हीं सीताजी के पास चला जा रहा हूँ। तब मनचाहा रूप बनाने-वाली सुरसा बोली, ''देखो! मुझे यह वर मिला है कि मेरे भोजन केलिए जो भी मेरे पास आएगा, वह मुझे ठेलकर आगे नहीं बढ़ पाएगा।'' जब मैंने उसका लंबा-चौड़ा मुँह देखा, तब मैं झट अँगूठे के बराबर नन्हा सा हो गया और झट सुरसा के मुँह में जाकर बाहर निकल आया। यह

देखकर तो सुरसा देवी ने अपना देवीवाला रूप बनाकर मुझसे कहा, ''देखो वानर! तुम बड़े सुख से अपना काम बनाने के लिए चले जाओ और सीताजी को श्रीराम से मिलाओ।'' फिर तो मैं आगे उड़ता चला जा रहा था कि अचानक किसी ने मेरी परछाईं ऐसे जकड़ी कि मेरी चाल बँध गई। नीचे देखने पर एक बड़ी डरावनी राक्षसी समुद्र के जल में छिपी बैठी थी। उसका बड़ा सा डरावना मुँह मुझे निगलने को बढ़ता चलने लगा। फिर तो अपने लंबे, चौड़े शरीर को नन्हा कर उसका कलेजा निकाल कर आकाश में उड़ चला। तभी सुनाई दिया, ''वह देखो, हनुमानजी ने सिद्धिका नाम की डरावनी रक्षसी को मार डाला।''

फिर लंबा-चौड़ा आकाश पार करके मुझे पहाड़ों से सजा हुआ समुद्र का वह किनारा दिखाई दे गया, जहाँ लंका बसी हुई है। दिन छिप जाने पर मैं राक्षसों की लंकापुरी में जा घुसा। घुसते ही एक बड़ी काली डरावनी स्त्री ठहाका मारती हुई मेरे सामने खड़ी हो गई और जैसे ही मुझे मारने को झपटी, मैंने अपने बाएँ हाथ से उस डरावनी राक्षसी को ऐसा मुक्का जड़ा कि वह लड़खड़ाती हुई नीचे जा गिरी। जब मैं वहाँ से चलने लगा, तब उसने मुझे रोककर कहा, ''देखो वीर! मुझे कोई और मत समझना, मैं तो लंकापुरी ही हूँ। तुमने अपने बल से मुझे हराया है, इसलिए अब तुम सारे राक्षसों को भी हराओगे।'' वहाँ उस लंकापुरी में रातभर घर-घर घूमने और रावण के रनिवास का चप्पा-चप्पा छान लेने पर भी मुझे सीताजी कहीं दिखाई नहीं पड़ीं।

रावण के भवन में भी सीताजी को न पाकर तो मेरा मन उदास हो चला। मैं इसी उलझन में पड़ा ही था कि मुझे सामने एक बड़ी सुहावनी बगिया दिखाई दी, जो चारों तरफ से सुहावने परकोटे से घिरी हुई थी। उसी अशोक वाटिका के बीच मुझे एक बहुत बड़ा सा अशोक का पेड़ दिखाई दिया। उस पेड़ पर चढ़कर मैंने देखा कि उसी अशोक के पेड़ के तने से टेक लगाए सीताजी बैठी हैं। सीताजी के दर्शन करने पर वे ऐसी लगी, जैसे वे सदा सोलह बरस की सी ही बनी रहती हों, उनकी आँखें खिले हुए कमल की पंखुड़ियों जैसी सुहावनी हैं। खाना-पीना छोड़ देने से वे सूखकर काँटा हो गई हैं और उनका मुँह देखने से ही उनका यह दुबलापन झलक उठता है। वे एक ही साड़ी, जो हरण के समय में पहने हुई थीं, लपेटे हुई हैं और उसके सारे बाल धूल से भर गए हैं।

उनके चारों ओर लहू पीने वाली और मांस खानेवाली बड़ी डरावनी राक्षसियाँ उन्हें घेरे हुए रखवाली करती हैं और वे उन्हें बार-बार डराए, डाँटे व धमकाए चली जा रही थीं, पर वे सिर से चोटी की एक लट लटकाए बड़ी सिमटी हुई अपने पति के ध्यान में ही डूबी पड़ी थीं। वे धरती पर ही सोती हैं; इसलिए उनके अंग-अंग मुरझा चले हैं।

इतने में देखता हूँ कि रावण अपनी बहुत सी रानियों के साथ उधर ही चला आ रहा था, जिधर सीताजी बैठी थीं। रावण को देखकर सीताजी सिमटकर बैठ गईं। डर से काँपती हुई सीताजी के सामने पहुँचकर रावण अपना सिर नीचे करके उनके पैरों में आ गिरा और बोला, ''विदेह कुमारी! मैं तुम्हारा सेवक हूँ। मेरा कुछ तो आदर करो।'' जब इतने पर भी सीताजी उसकी ओर से मुँह फेरे बैठी रहीं, तब वह बोला, ''देख री सीते! यदि तू इतने घमंड में आकर मेरी बात अनसुनी कर दे रही है तो आज से दो महीने बाद मैं तेरा लहू पी जाऊँगा।'' यह सुनकर सीताजी तमतमा उठीं और उन्होंने उस पापी रावण को डाँटकर कहा, ''अरे नीच राक्षस! भगवान् श्रीराम की पत्नी और महाराज दशरथ की पुत्रवधू से ऐसी भद्दी बात कहते हुए तेरी जीभ क्यों नहीं कट गई? अपने को बलवान क्या समझ बैठा है, तू तो मेरे पति के पीठ पीछे उनकी आँखों से बचता हुआ मुझे यहाँ चुरा लाया है।''

जब सीताजी ने उसे ऐसी डाँट पिलाई, तो वह आग-बबूला हो गया। अपनी डरावनी आँखें तरेरता हुआ अपने दाहिने हाथ का मुक्का तानकर वह जैसे ही सीताजी को मारने के लिए आगे बढ़ा कि उसके पास खड़ी हुई सारी रानियाँ हाय-हाय कर उठीं। इसी बीच रानी मंदोदरी झट से आगे बढ़ गई और रावण को रोकते हुए बहुत मीठी बोली में उसे समझाने लगी एवं सब रानियाँ मिलकर उसको अपने साथ भवन में लेकर चली गईं।

रावण के चले जाने के बाद डरावने मुँहवाली राक्षसियाँ बड़ी कड़वी बातें कहकर सीताजी को डाँटने-डपटने लगीं। पर सीताजी थीं कि उनकी बातों को अनसुनी कर देती थीं। उन राक्षसियों के सो जाने पर सीताजी बिलख-बिलखकर रोने लगीं।

उन राक्षसियों में एक त्रिजटा नाम की राक्षसी भी थी, जो सोते से उठकर

उन राक्षसियों से आकर बोली, ''तुम सबके पेट में इतनी आग लगी है तो अपने को ही क्यों नहीं नोच खातीं, इन बेचारी सीताजी को क्यों सताए जा रही हो, यह राजा दशरथ की पुत्रवधू और जनक की बेटी क्या ऐसी साँसत भोगने के लिए हैं? देखो, आज अभी-अभी मैंने ऐसा डरावना सपना देखा कि मेरे रोंगटे खड़े हो गए, जिससे लगता है कि राक्षसों का अब विनाश होनेवाला है। जब किसी दुखियारी के लिए ऐसा सपना देखा जाता है तो उसके सारे दु:ख दूर हो जाते हैं और फिर सुख-ही-सुख मिला करता है। देखो राक्षसियो! अब तो सीताजी ही ऐसी हैं, जो हाथ-पैर जोड़ने से तुम पर दया करके आनेवाली भारी विपदा से तुम्हें बचा सकती हैं।'' यह सुनकर सीताजी कह उठीं, ''तुम्हारी यह बात सच निकली तो समझ लो कि मैं तुम सबको बचा लूँगी।''

कुछ समय बाद मैं सीताजी की वह दुर्दशा देखकर बड़े सोच में पड़ गया, तब सीताजी से बात करने के लिए पहले तो मैं इक्ष्वाकु के कुल की बड़ी बड़ाई सुनाने लगा। अपने पुरखे राजर्षियों की इतनी बड़ाई सुनकर सीताजी की आँखें छलक उठीं और मुझसे बोलीं, ''बताओ वानर! तुम कौन हो, किसके भेजे हुए यहाँ आए हो? भगवान् राम से तुम्हारा मेल हुआ तो कैसे हुआ?'' उनकी यह बात सुनकर मैंने कहा, ''देवि! आपके पति श्रीराम को मदद में लगे हुए एक बहुत ही बलवान वानरों के राजा सुग्रीव हैं। मुझे उन्हीं श्रीराम ने भेजा है।'' फिर मैंने श्रीराम की दी हुई मुँदरी उनकी ओर बढ़ाते हुए कहा, ''देवि! भगवान् श्रीराम ने पहचान के लिए यह मुँदरी आपके लिए दी है। अब बताइए कि मैं आपकी क्या सेवा करूँ।'' मेरी बात सुनकर और सोच-विचारकर सीताजी बोलीं, ''मैं चाहती हूँ कि श्रीराम ही रावण को मारकर मुझे यहाँ से ले जाएँ।'' तब मैंने हाथ जोड़कर सीताजी से कहा, ''आप कोई ऐसी पहचान मुझे दे दीजिए, जिसे देखकर श्रीरामजी का मन प्रसन्न हो उठे।'' मेरे माँगने पर सीताजी अपनी साड़ी के पल्ले से चूड़ामणि खोलकर देते हुए बोलीं, ''हनुमानजी! इस चूड़ामणि को देखते ही श्रीराम तुम्हें और भी प्यारा समझने लगेंगे। तुम जाकर श्रीराम को मेरी सारी विपदा कह सुनाना और ऐसा जतन करना कि सुग्रीव के साथ श्रीराम और लक्ष्मण मेरी विपदा सुनते ही यहाँ चले आएँ। यदि इसमें कुछ देर हुई तो दो महीने बाद मुझे श्रीराम जिंदा नहीं पा सकेंगे।''

सीताजी की दुःख भरी बात सुनकर मैं बहुत बौखला गया और रावण की बगिया उजाड़ने लगा। राक्षसियाँ रावण के पास जाकर कहने लगीं, ''महाराज एक नटखट वानर ने आपकी रनिवास की बगिया को उजाड़कर तहस-नहस कर डाला है।'' तब रावण ने किंकर नाम के उन राक्षसों की सेना, जिसे जीत पाना कठिन था, मुझे पकड़ने के लिए भेजी। मैंने एक लोहे के मूसल से मार-मारकर उन्हें परास्त कर दिया।

इसके बाद मैंने सौ खंभोंवाला सबसे अच्छे यज्ञ-स्थान को तोड़-फोड़कर चूर-चूर कर डाला।

तब रावण ने बड़े डरावने मुँहवाले अनगिनत राक्षसों के साथ प्रहस्त के बेटे जंबुमाली को लड़ने भेज दिया। मैंने उसी लोहे के मूसल से उसे और उसके सारे साथियों को मार डाला।

यह सुनकर रावण ने पैदल सेना के साथ अपने मंत्री के बलवान बेटों को मुझसे लड़ने के लिए भेज दिए, पर उसी मूसल से मैंने उन्हें भी मार गिराया।

जब रावण ने सुना कि मंत्री के सारे बेटे मारे गए, तब रावण ने अपने पाँच बड़े-बड़े सेनापति लड़ने के लिए यहाँ भेजे। मैंने उन्हें भी धरती चटा दी।

तब रावण ने अपने बड़े बलवान अक्षयकुमार को बहुत राक्षसों के साथ भेजा। जब वह आकश में उड़ा ही था कि मैंने उछलकर उसके दोनों पैर जा पकड़े और सौ बार घुमाकर उसे धरती पर दे मारा, जिससे उसकी मृत्यु हो गई।

अक्षयकुमार के मारे जाने के बाद अब सामने आया मेघनाद, जो बहुत ही बड़ा लड़ाकू और बलवान था। जब मेघनाद ने देखा कि मेरी सारी सेना खेत आई, तब वह समझ गया कि मुझे हरा पाना संभव नहीं है। इसलिए उसने अपना ब्रह्मास्त्र चलाकर मुझे बाँध लिया। तब उसने मुझे रस्सियों से बाँधकर रावण के सामने ले जाकर खड़ा किया। रावण के पूछने पर मैंने उसे सबकुछ बता दिया कि यह सब जो कुछ मैंने किया है, सब सीताजी की खोज के लिए किया है। मैं पवन का पुत्र वानर हनुमान हूँ। मैं श्रीराम का दूत और सुग्रीव का मंत्री हूँ। जिन सुग्रीव का सारा राजपाट बाली छीन बैठा था, उन्हीं सुग्रीव के साथ श्रीराम ने गठबंधन किया है। यह भी जान लो कि श्रीराम ने लड़ाई में एक ही बाण से बाली को मारकर सुग्रीव को सब वानरों का राजा बना दिया है।

यही सोचकर सुग्रीव ने तुम्हें समझाने के लिए मुझे तुम्हारे पास भेजा है और कहा है कि तुम (रावण) सीताजी को श्रीराम के हाथ से मारे जाने से पहले ही उन्हें सौंप दो। इतना सुनना था कि रावण ने लाल-पीला होकर अपने सेवकों से कहा कि इस वानर को मार डालो।

तभी रावण के छोटे भाई विभीषण ने मेरे बचाव के लिए रावण से कहा, "देखिए राजन्! दूत को मारना ठीक नहीं है। आपने जो कहा, वह किसी राजा के लिए ठीक नहीं है। दूत तो वही जाकर कहता है, जो कुछ कहने के लिए उसे बताया जाता है। उसका काम ही इतना भर है कि अपने स्वामी की सब बात ज्यों-की-त्यों आकर कह दे। दूत को दंड ही देना हो तो कोई उसका अंग तोड़-मरोड़ दिया जाए।" विभीषण की यह बात सुनकर रावण ने उन राक्षसों से कहा, "अच्छा, तो इसकी पूँछ ही जला दो।" रावण की यह बात सुनते ही राक्षसों ने मेरी पूँछ में कपड़े लपेटकर रस्सियों से बाँधा और उसमें आग लगा दी और मुझे सड़कों पर घुमाने लगे। इसी बीच मैंने लंबा-चौड़ा रूप समेटकर अपने को नन्हा सा बनाकर इन रस्सियों से बाहर निकाला और फिर अपने रूप में आकर वहाँ से निकल गया।

वहाँ द्वार पर रखा लोहे का मूसल उठाकर मैंने सभी राक्षसों को मार भगाया और फिर द्वार के ऊपर जा चढ़ा। फिर प्रलय की आग बनकर मैं निडर होकर सारी लंका को अपनी जलती हुई पूँछ की आग से जलाने लग गया। जब मैंने देखा कि सारी लंकापुरी जल चुकी है, इसलिए हो न हो सीताजी भी जल गई होंगी, पर इसी बीच बड़ी अनोखी बातें कहनेवाले चारणों के मुँह से मेरे कानों में यह बात सुनाई पड़ी कि सीताजी को यह आग नहीं छू पाई है। यह सुनकर मैं फूला न समाया। मैंने पुनः जाकर सीताजी का दर्शन किया और उनसे विदा माँगकर आकाश में उड़ते हुए आप लोगों के पास आ गया।

हनुमानजी ने सीताजी के स्वभाव एवं सद्‌गुणों का बखान किया। तदुपरांत उन्होंने यह विचार व्यक्त किया कि यदि सभी की सम्मति हो, तो लंका पर आक्रमण कर रावण का संहार करने के बाद सीताजी को ससम्मान श्रीराम के सामने प्रस्तुत किया जाए। अन्वेषण-दल के नायक अंगद ने भी समान

विचार व्यक्त किए, किंतु जांबवानजी ने कहा कि ऐसा करने का आदेश न तो वानर-राज सुग्रीव ने दिया है और न ही श्रीराम ने। सीता अन्वेषण ही हमारा दायित्व था, जिसमें आंजनेय सफल रहे, अतः सबको सुग्रीव एवं श्रीराम के पास पहुँचना चाहिए।

जांबवान के सुझाव पर सब वानर सुग्रीव और श्रीराम के पास तत्काल चल पड़े। उनके हर्षोल्लास की सीमा नहीं थी, क्योंकि सीतान्वेषण का नियत कार्य संपन्न हो चुका था। मार्ग में जब मधुवन मिला, तो कपिदल मधुभक्षण का लोभ संवरण नहीं कर सका। सब वानर हनुमानजी की आज्ञा और अंगद की सहमति से मधुवन में प्रवेश कर उत्पात मचाने लगे और मधुमक्खियों के छत्तों से मधु निचोड़-निचोड़कर पीने लगे।

मधुवन में मधुपान में व्यवधान डालनेवाले सुग्रीव के रखवाले उमंग से भरे वानरों के हाथ जमकर पिटे गए। वे सब अपने सरदार दधिमुख के पास गए। दधिमुख उन वानरों को सबक सिखाने वहाँ पहुँचे, किंतु उनकी भी दुर्गति वानरों ने कर दी। दधिमुख किसी तरह बच निकलकर सुग्रीव को मधुवन विध्वंस की सूचना देने गए।

जब वानरों के राजा सुग्रीव ने देखा कि मधुवन के रक्षक दधिमुख सिर टेक कर प्रणाम कर रहे हैं तो उन्होंने पूछा, "बताओ, किसने तुम्हें सताया है?" तब दधिमुख बोले, "राजन्! जिस मधुवन का फल खाने और मधु पीने के लिए आपके पिता ऋक्षराज ने बाली और आपने भी किसी को आज तक छूट नहीं दी, उसी मधुवन को अंगद दल के वानरों ने आज तहस-नहस कर डाला।" दधिमुख के मुँह से हनुमान आदि वीरों के हाथों मधुवन को विध्वंस का समाचार सुनकर बुद्धिमान सुग्रीव ने अनुमान किया कि कपिदल का यह उत्पात शुभ समाचार का प्रतीक है और उन्होंने श्रीराम और लक्ष्मण को सूचित किया कि वानरदल ने सीतान्वेषण में सफलता अवश्य पाई है। सुग्रीव ने यह भी अनुमान लगा लिया कि इस सफलता का श्रेय आंजनेय को ही मिला होगा, क्योंकि वे ही सर्वोत्तम वीर और सक्षम हैं। सुग्रीव का संवाद सुनकर श्रीराम और लक्ष्मण पुलकित हो उठे।

दधिमुख के मधुवन लौटने के बाद सभी वानर वीर सुग्रीव के पास चल

पड़े। उनके आगमन, कोलाहल तथा प्रसन्न मुख को देखकर सुग्रीव प्रफुल्लित हो प्रभु श्रीराम को यह आश्वासन देने लगे कि सीताजी का पता वानर वीरों ने पा लिया है और हनुमानजी ने ही यह कार्य संपन्न किया होगा। इतने में ही अंगद और हनुमानजी को आगे किए हुए वे सब वानर श्रीराम का दर्शन करने वहाँ आ पहुँचे। हनुमानजी श्रीराम के चरणों में सिर झुकाकर, प्रणाम करके कहा कि सीताजी अपने उन सभी नियमों को पालन करते हुए जीवन व्यतीत कर रही हैं, जो एक पतिव्रता स्त्री को पालन करने चाहिए। जब श्रीराम और लक्ष्मण से हनुमानजी ने कहा कि मैं सीताजी का दर्शन कर आया हूँ, तो वे बहुत खुश हुए।

हनुमानजी का श्रीराम को सीताजी का वृत्तांत सुनाना

सीताजी का वृत्तांत सुनाने से पहले हनुमानजी ने उनका ध्यान करके दक्षिण की ओर मुँह करके हाथ जोड़े। फिर हनुमानजी ने पूरी बात बताई कि सीताजी का दर्शन कैसे हुआ था। यह बताकर उन्होंने वह सोने का चूड़ामणि श्रीराम के हाथ पर रखा और हाथ जोड़कर कहा कि भगवान्! सीताजी की खोज में उनका दर्शन पा लेने के लिए मैं सौ योजन चौड़ा समुद्र लाँघकर समुद्र के दक्षिण किनारे पर जा पहुँचा। लंका पहुँचकर रावण के रनिवास की बगिया में मैंने देखा कि रावण के उस बगिया में बहुत सी राक्षसियों से घिरी सीताजी बैठी हैं! वे आपमें ही अपना मन लगाए जैसे-तैसे जिए जा रही हैं। बड़ी ही डरावनी राक्षसियाँ उन पर पहरा देती हुई उन्हें बराबर डाँटती-धमकाती रहती हैं। वे धरती पर ही सोती हैं। जहाँ तक रावण की बात है तो उसका तो वे मुँह तक देखना नहीं चाहतीं और अब तो वे अपने प्राण तक दे डालने पर तुली हैं। मैंने टोह लगाकर सीताजी को खोज निकाला और धीरे-धीरे इक्ष्वाकु कुल का बखान करके उनके मन में विश्वास जगाकर कि मैं भगवान् श्रीराम का सेवक

हूँ, तब मैंने यहाँ की सारी बातें बताईं। सुग्रीव के साथ आपकी बात सुनकर उन्हें हर्ष हुआ। उन्होंने पहचान के लिए वह बात आपसे कहने को बताई कि कैसे एक कौए ने उन पर चोंच चलाई थी। जब मैं यहाँ आने लगा, तब उन्होंने मुझसे कहा कि जा तो रहे हो, पर जाकर मेरी सारी विपदा श्रीराम को सुनाना और यह मणि बहुत जतन से सँभालकर श्रीराम को ही ले जाकर देना और यह मणि उसी घड़ी में देना, जब सुग्रीव भी उनके पास बैठे सारी बातें सुन रहे हों।

सब बातों के साथ-साथ यह भी बता देना कि मैंने बड़े जतन से यह आपका दिया हुआ जल से उपजा जगमगाता चूड़ामणि बचाए रखा है, जो अब आपको ही लौटा रही हूँ। जब कभी मैं दु:खी होती थी, तब इसे देखकर ही मैं अपना जी बहला लिया करती थी और जैसे आपका दर्शन पाकर मेरा जी खिल उठा हो। आपने जो मेरे माथे पर मैनसिल का टीका लगाया था, वह तो आप भूले न होंगे। ये ही बातें सीताजी ने आपको बता देने के लिए कहीं थीं। उन्होंने यह भी कहा है कि मैं एक महीने और तक ही जीती रहूँगी, फिर तो इन राक्षसों के हाथों मार डाली जाऊँगी। लंका से लौटे हुए हनुमानजी से सीताजी के बारे में जानकारी मिल जाने पर श्रीराम, लक्ष्मण और सुग्रीव को अपार हर्ष हुआ और सबने हनुमानजी की बड़ी बड़ाई की।

हनुमानजी की सब बातें सुनकर श्रीराम उस मणि को अपनी छाती से लगाकर रोने लगे। साथ ही लक्ष्मणजी की भी आँखें बरस पड़ीं। उस सुहावनी मणि को देखकर वे सुग्रीव से कहने लगे, ''यह मणि राजा जनक ने विवाह के समय सीता को दी थी जो सीता के माथे पर सजी हुई बड़ा प्यारा लगती थी। जल से उपजी हुए उस मणि की तो देवताओं तक ने पूजा की है। किसी यज्ञ में जनकजी पर इंद्र इतने रीझे कि उन्होंने यह मणि राजा जनक को दे डाली। यह मणि सदा सीता की माँग पर ही लगी रहती थी, इसलिए इसे पाकर मुझे ऐसा सुख मिल रहा है, जैसे मुझे सीता ही मिल गई हों।''

फिर वे हनुमानजी से कहने लगे, ''आह! मेरी सीता तो यों ही बड़ी छुई-मुई हैं। भला वे उन डरावनी राक्षसियों के बीच कैसे रह पाती होंगी। अब तुम बताओ कि मेरी प्यारी सीता ने मेरे लिए क्या-क्या संदेशा दिया है और एक-पर-एक विपदा झेलती हुई भी वे कैसे जी रही हैं।''

श्रीराम की यह बात सुनकर हनुमानजी वे सब बातें सुनाने लगे, जो सीताजी ने कही थीं। वे कहने लगे, "भगवन्! सीताजी ने चित्रकूट में हुई एक घटना सुनाई थीं, जिसे पहचान के लिए उन्होंने बताया था। कभी चित्रकूट पर सीताजी आपके पास लेटी हुई थीं, पर आपके जागने से पहले ही वे उठ गईं और अचनाक एक कौए ने आकर उनकी छाती पर चोंच चला दी। उनकी छाती पर घाव देखते ही आप कहने लगे, 'बताओ, किसने अपने नखों से तुम्हारी छाती पर घाव किया है?' तभी आपको वह कौआ दिखाई दिया। उसके पंजे लहू से रँग गए थे और वह सीताजी की ओर मुँह करके वहीं डटा बैठा था। बस, आपने झट अपनी चटाई से एक कुश निकालकर उसे ब्रह्मास्त्र के मंत्र से धनुष पर चढ़ाकर उस कौए पर छोड़ दिया तो वह कुश उस कौए के पीछे लग गया और जब तीनों लोकों में उसे न कोई ठिकाना मिला, न कोई बचाने वाला, तब वह आपके पैरों में आ गिरा, फिर तो आपने उसकी एक आँख लेकर उसे जीवन-दान दे दिया। सचमुच मेरा ही कोई बड़ा भारी पाप है, जिससे बैरियों को मिटा सकनेवाले दोनों वीर साथ होते हुए भी मुझे बचा नहीं पा रहे हैं, भगवन्!" जब मैंने सीताजी के मुँह से ऐसी दुःख भरी बातें सुनीं तो मैंने उन्हें समझाया, "देवि! मैं आपकी सौगंध खाकर कहता हूँ कि श्रीराम पर आपके बिछोह का ऐसा शोक छाया हुआ है कि उन्हें कोई भी काम अच्छा नहीं लगता और उन्हें दुःखी देखकर लक्ष्मणजी भी दिन-रात घुले जा रहे हैं। अब देवि! आप मुझे कोई ऐसी पहचान दे दीजिए, जिसे श्रीराजी पहचानते भी हों और जिसे देखकर उनका जी भी खिल उठे। तब उन्होंने चारों ओर देखकर जूड़े में बाँधी जानेवाली वह चमचमाती हुई मणि अपने पल्ले से खोलकर मेरे हाथ पर रख दी, तो भगवन्! अपने दोनों हाथों में वह मणि लेकर और सीताजी को हाथ जोड़कर मैं यहाँ आने केलिए अधीर हो उठा। मुझे चलने को तैयार देखकर वे घबरा उठीं और रो पड़ीं। उनका गला भर आया और वे कहने लगीं कि देखो वानर! तुम बड़े भाग्यवान् हो कि तुम मेरे प्यारे पति श्रीराम को और मेरे बड़े भले देवर लक्ष्मण को अपनी आँखों से देखोगे। मेरे कहने पर कि आप मेरी पीठ पर बैठ जाइए, मैं अभी आपको श्रीराम के पास पहुँचा देता हूँ, सीताजी ने यह कहकर अपनी असहमति प्रकट की कि मैं किसी पर पुरुष की पीठ पर नहीं बैठ सकती।

हनुमानजी के मुँह से सारी बातें ज्यों-की-त्यों सुनकर श्रीराम का मन हर्षित हो गया और वे कहने लगे, ''हनुमानजी ने सीताजी, की खोज करके मुझे, हमारे परिवार को और लक्ष्मण को सही मायने में मिला दिया है। आज इस भलाई के उपलक्ष्य में हनुमान को देने के लिए मेरे पास कुछ नहीं है।'' यह कहते-कहते श्रीरामजी ने हनुमानजी को अपने सीने से कसकर लगा लिया।

हनुमानजी द्वारा लंका के दुर्ग और सैन्य बल का वर्णन

लंका से सफलतापूर्वक सीता माता का पता लगाकर लौटने के कारण हनुमानजी से यह अपेक्षा थी कि वहाँ के सैन्य विभाग तथा दुर्गादि का पर्याप्त ज्ञान उन्हें होगा। अतः प्रभु श्रीराम ने उनसे सविस्तार वर्णन करने का अनुरोध किया। श्रीराम की बात सुनकर सुलझी समझवाले हनुमानजी कहने लगे, ''भगवान्! मैं आपको सब बता देता हूँ कि वहाँ के गढ़ किस ढंग से बने हुए हैं। लंका की रखवाली किस ढंग से की जाती है, वहाँ की सेनाएँ कैसे उसका बचाव करती हैं, रावण का कैसा दबदबा है कि सब उसके लिए जान देने को तैयार रहते हैं, लंका कैसे सब तरह से भरी-पूरी है, समुद्र कितना डरावना है, वहाँ पैदल लड़ाकुओं को कैसे टुकड़ियों में बाँटा गया है और कितनी सवारियाँ हैं।'' यह कहकर वे पूरा ब्योरा देने लगे।

उस लंका पुरी में चार बड़े लंबे-चौड़े द्वार हैं, जिनमें बड़े मोटे-मोटे अरगड़ों वाले बड़े पक्के किवाड़ लगे हुए हैं। उन द्वारों पर ऐसे बड़े भारी-भारी तुपक लगे हैं, जो धुआँधार तीर और गोले बरसाने लगते हैं, ताकि बैरियों की सेना एक पग आगे न बढ़ पाए। वहाँ के चारों द्वारों के सामने खाइयों पर ऊँचे मचानों जैसे खड़े पुल बने हुए हैं। लंका पर चढ़ाई करने का सीधा उपाय नहीं है, क्योंकि उसके चारों द्वारों पर असंख्य सैनिक हमेशा तैयार रहते हैं, पर मैंने तो वहाँ के सारे पुल तोड़ डाले हैं, खाइयाँ पाट डाली हैं, सारी लंका फूँक डाली है, उसके सारे परकोटे गिरा आए हैं और वहाँ के राक्षसों की सेना के

एक-चौथाई को मार डाला है।

लंका को तो अंगद, द्विपिद, मैन्द, जांबवान, पनस, नल और सेनापति नील ही जीत सकते हैं। आप झटपट सारी सेनाओं को अपने काम का सब सामान लेकर कूच करने का आदेश दीजिए। हनुमानजी की बात सुनकर प्रभु श्रीराम ने बैरी रावण को सुरधाम पहुँचाने का इरादा पक्का करके समुद्र पार करने का अपना मन बना लिया।

हनुमानजी द्वारा विभीषण की शरण की अनुशंसा

राक्षसराज रावण की लंका का अतिशीघ्र नाश करने की घोषणा के पश्चात् प्रभु श्रीराम ने सेना के प्रयाण का आदेश दिया तथा सैन्य-व्यूह की रचना भी सुनाई। साथ में उन्होंने यह भी घोषणा की कि मैं हनुमानजी के कंधे पर आरूढ़ होकर सेना के बीच में चलता हुआ सैनिकों का हर्ष बढ़ाता रहूँगा। इधर लंका में रावण भी सचेत हो चला था और अपने मंत्रियों से विचार-विमर्श करने लगा था। मंत्रियों की मंत्रणा में हनुमानजी के कार्यों की चर्चा भूरिशः हुई। प्रहस्त ने कहा कि पहले हम सावधान नहीं थे, अतः हनुमान बच निकला। दुर्मुख ने कहा कि वानर हनुमान का कार्य क्षम्य नहीं है। इससे समस्त लंकापुरी, महाराज रावण और उनके अंतःपुर का अपमान हुआ है। अतः दुर्मुख वानरों के विनाश के लिए कटिबद्ध था, किंतु वज्रदंष्ट्र ने कहा कि लक्ष्मण और सुग्रीव से संयुक्त श्रीराम दुर्जेय हैं, अतः हनुमान की चिंता व्यर्थ है। कुंभकर्ण के पुत्र निकुंभ ने घोषणा की कि मैं अकेले ही श्रीराम, लक्ष्मण, सुग्रीव, हनुमान और सभी वानरों का वध कर दूँगा, किंतु बुद्धिमान विभीषण ने विवेकपूर्ण वाणी में कहा कि उन श्रीराम को पराभूत करना सरल नहीं है, जिनके अनुचर आंजनेय जैसे पराक्रमी हैं, जिन्होंने समुद्र का लंघन एक ही छलाँग में पूर्ण कर लिया और उनके विक्रम का आकलन किसी भी प्राणी को नहीं है।

दशानन एवं मेघनाद के अपमान से क्षुब्ध होकर विभीषण प्रभु श्रीराम के पास वायुमार्ग से पहुँचे। सर्वप्रथम सुग्रीव ने विभीषण के आगमन को रिपु रावण के षड्यंत्र का एक अंग मानते हुए सावधान रहने का परामर्श दिया। प्रभु श्रीराम ने समीपस्थ हनुमान आदि कपि-वीरों से विभीषण के बारे में सुग्रीव के सुझाव पर परामर्श माँगा। इस पर अगंद, जांबवान आदि वीरों ने भी अपने विचार एवं तर्क प्रस्तुत करते हुए विभीषण को संदेहास्पद ही माना, किंतु हनुमानजी ने विभीषण के पक्ष में जो विचार व्यक्त किया वह उनकी बुद्धिमत्ता एवं दूरदर्शिता का परिचायक है। तब हनुमानजी बड़ी मीठी बोली में बड़ी समझदारी की बातें कहने लगे, "भगवन्! आपके मंत्रियों ने जो भलाई-बुराई की परख के लिए बातें कहीं हैं, वे मुझे ठीक नहीं जँचीं, क्योंकि अब कोई भी परख नहीं की जा सकती।

"विभीषण को अपने पास रखा जाए या नहीं, यह तभी जाना जा सकता है, जब उन्हें किसी काम में लगा दिया जाए, पर बिना जाने उन्हें कोई काम सौंपना भी ठीक नहीं होगा। कुछ लोगों ने जो उनके पीछे भेदिया लगाने की बात कही है, उसका कोई तुक नहीं है। भेदिया तो दूर रहनेवाले के पीछे लगाया जाता है, जिनका कोई अता-पता नहीं हो। जो सामने खड़ा होकर अपनी सारे बातें खोलकर कह रहा है, उनके पीछे क्या भेदिया लगाया जाए। जहाँ तक विभीषण के इस ढंग से यहाँ आने का कोई तुक नहीं है, पर मेरे विचार से उनका यहाँ आना यथार्थ है, क्योंकिवे एक पापी को त्यागकर इतने अच्छे और भले की शरण में आए हैं। वे दोनों की अच्छाई और बुराई की परख कर चुके हैं। उन्होंने यहाँ आकर समझदारी का काम किया है। जहाँ तक अनजान बनकर मन की थाह लगाने की बात है तो ऐसा भी संभव नहीं है। यह तो उनकी बोल-चाल से भाँपा जा सकता है कि वे खरा हैं या खोटा।"

हनुमानजी ने आगे कहा, "प्रभु! विभीषण उचित अवसर पर यहाँ आ गए हैं और इससे अपना काम ही बनेगा। दुनिया की रीति है कि सही समय पर सही तरीका अपनाने पर बात बन जाती है। आपका जीवट, रावण का पाप, बाली का मारा जाना और सुग्रीव का राज पा जाने की बात सुनकर ही वे लंका का राज पाने के लिए सोचा-समझकर आए हैं, इसलिए इन्हें हाथ से नहीं निकलने देना चाहिए। मुझे तो इस भले राक्षस विभीषण में कोई खोट दिखाई नहीं देता।"

हनुमानजी की युक्तिसंगत बातों को सुनकर प्रभु श्रीराम अत्यंत प्रसन्न हुए। शरणागति का महत्त्व प्रतिपादित करते हुए प्रभु श्रीराम ने घोषणा की कि जो कोई एक बार भी मेरी शरण में आकर "मैं आपका हूँ" ऐसा कह जाता है, उसे मैं सभी प्राणियों से भयमुक्त कर देता हूँ। विभीषण की शरणागति के पश्चात् समुद्र पर सेतु बंध का निर्माण हुआ। तदनंतर सुग्रीव के सुझाव पर प्रभु श्रीराम ने हनुमानजी के तथा रामानुज लक्ष्मण ने अंगद स्कंध पर आरूढ़ होकर आकाश मार्ग से प्रयाण किया। उधर रावण के शिविर में गुप्तचर बने सारण और शुक ने श्रीराम के सेनापति के वीरों का परिचय देना प्रारंभ किया। शुक ने कहा कि राम के हितैषी हनुमान ने यहाँ आकर जनकनंदिनी सीता के दर्शन में सफलता प्राप्त की। वही वीर हनुमान अपने बचपन में जब एक दिन इन्हें भूख लगी, तब उगते हुए सूरज को फल समझकर उछलते हुए वहाँ तक पहुँच गए। वे कितने बड़े सूरमा हैं, इसकी कोई थाह नहीं लगा सकता। हनुमानजी के पराक्रमों की चर्चा अन्य गुप्तचरों ने भी की। शार्दूल ने रावण को केसरी का परिचय देते हुए बताया कि इन्हीं के पुत्र हनुमान ने अकेले ही यहाँ बहुत सारे राक्षसों को मार डाला था। जब मायारचित श्रीराम का कटा हुआ सिर माता को दिखलाकर उन्हें भ्रांत किया जा रहा था, तब यह मिथ्या प्रवाद भी किया गया कि हनुमानजी की हनु (ठोढ़ी) काटकर उन्हें राक्षसों ने मार दिया। सीताजी मायारचित श्रीराम का छिन्न मस्तक देखकर बहुत क्षुब्ध हुईं और उन्हें हनुमानजी द्वारा वर्णित समस्त कथा-वृतांत स्मृत हो उठा, किंतु समाँ ने उन्हें ढाढ़स बँधाया। हनुमानजी के पराक्रम के बारे में स्मरण दिलाया कि जिन्होंने समुद्र को लांघकर सीताजी का दर्शन किया और असंख्य राक्षसों का वध किया, यह कार्य कौन अपर प्राणी कर सकता है?

धूम्राक्ष का वध

लंका में प्रवेश के पश्चात् प्रभु श्रीराम ने हनुमानजी सहित सभी वानर-वीरों से विचार-विमर्श करने के बाद व्यूह-रचना की तथा उन व्यूहों के प्रभारी

नियुक्त किए। प्रभु श्रीराम ने यह कहकर कि आंजनेय अपरिमेय बल से संपन्न हैं, पश्चिम दुर्ग का दायित्व उन्हें सौंपा। तदनंतर प्रभु श्रीराम ने हनुमानजी सहित प्रमुख वानरों के साथ सुवेल पर्वत पर रात्रि-विश्राम किया। तत्पश्चात् प्रभु श्रीराम जब लंका पर आक्रमण करने के लिए उद्यत हुए, तब विभीषण, सुग्रीव, हनुमान, जांबवान, नल, नील तथा लक्ष्मण उनके पीछे चले। लंका पर जब वानरों का आक्रमण हुआ, तब पूर्व योजनानुसार हनुमानजी ने पश्चिम द्वार का मोरचा प्रमाथी, प्रधस तथा अन्य वानर-वीरों के साथ सँभाला।

वानरों और राक्षसों का घनघोर युद्ध प्रारंभ हुआ। हनुमानजी की लड़ाई जांबुमाली नामक राक्षस के साथ हुई। जांबुमाली ने बर्छी चलाकर हनुमानजी के सीने पर प्रहार किया, किंतु हनुमानजी ने तुरंत उछलकर जांबुमाली को मार डाला (यह जांबुमाली उस प्रहस्त-पुत्र जांबुमाली से भिन्न था, जिसका वध हनुमानजी ने चैत्य प्रासाद के विध्वंस के बाद किया था)।

इंद्रजीत के साथ श्रीराम-लक्ष्मण के युद्ध में हनुमानजी भी समर्थक की भूमिका में डटे थे। इंद्रजीत का पता लगाने के लिए श्रीराम ने जिन दस वीरों को आदेश दिया था, उनमें हनुमानजी भी थे। श्रीराम एवं लक्ष्मण के लीलावश नागपाश में आबद्ध हो जाने पर वे भी अन्य वानर-वीरों के समान दुःखी हो चले थे। पक्षीराज गरुड़ द्वारा प्रभु श्रीराम एवं लक्ष्मण के नागपाश-बंधन से मुक्त होते ही राक्षसी सेना में शोक का सागर उमड़ पड़ा। तत्पश्चात् रावण ने वानर-वीरों के साथ युद्ध हेतु धूम्राक्ष नामक राक्षस को भेजा। धुआँधार बाण बरसाते हुए धूम्राक्ष ने हँसते-हँसते वानरों की सेना को तितर-बितर कर डाला। धूम्राक्ष की चपेट से घबराई हुई अपनी सेना को देखकर हनुमानजी ने बड़ी भारी चट्टान हाथ में उठाकर धूम्राक्ष के रथ पर दे मारी।

उस चट्टान को आते देख धूम्राक्ष गदा लेकर रथ से उतर गया और हनुमानजी के माथे पर दे मारी, पर हनुमानजी पर उसका कोई प्रभाव नहीं पड़ा। तब हाथ में लिये चट्टान को धूम्राक्ष के सिर पर मारकर उसे धरती पर गिरा दिया। धूम्राक्ष के मरते ही बचे हुए राक्षस डर के मारे वहाँ से भाग गए।

अकंपन का वध

धूम्राक्ष के वध के बाद अंगद के हाथ वज्रंदष्ट्र के निधन पर रावण ने अकंपन को रण के लिए भेजा। सरपट दौड़नेवाले घोड़ों से जुते रथ पर चढ़कर अकंपन बाण बरसाता हुआ वानरों पर टूट पड़ा। अकंपन के बाणों से घायल वानरों में ऐसी भगदड़ मची कि लड़ना तो दूर, वे खड़े तक नहीं रह सके। यह देखकर हनुमानजी झट अकंपन के सामने डटे। हनुमानजी को आया देखकर वानरों में जोश आ गया और वे उन्हें घेरकर आ खड़े हुए। पहाड़ जैसे हनुमानजी को सामने देखकर अकंपन उन पर धुआँधार बाण बरसाने लगा, पर हनुमानजी पर उसका कोई प्रभाव नहीं पड़ा। तब हनुमानजी ने एक पहाड़ उखाड़कर हाथ में ले लिया जिसे अकंपन ने बाण से मारकर चूर-चूर कर दिया। फिर गुस्से भरे हनुमानजी अश्वकर्ण के पेड़ को हाथ में लेकर घुमाने लगे। अकंपन ने तब चौदह बाण चलाकर हनुमानजी को घायल कर दिया। हनुमानजी ने तब एक दूसरा पेड़ उखाड़कर अकंपन के सिर पर प्रहार किया, जिससे उसकी मृत्यु हो गई। अकंपन के मरते ही राक्षस सेना में भगदड़ मच गई। उन राक्षसों के लंका भाग जाने पर सब वानरों ने हनुमानजी को हाथो-हाथ उठा लिया। महावीर हनुमानजी ने भी जिससे जैसा बरताव करना चाहिए, वैसा बरताव करते हुए सबका मान किया। फिर तो श्रीराम, लक्ष्मण, सुग्रीव और विभीषण ने हनुमानजी की भूरि-भूरि प्रशंसा की।

रावण का मान-मर्दन

अकंपन के वध के पश्चात् प्रहस्त को सेनानायक बनाकर भेजा गया, किंतु वह नील के हाथों मारा गया। तदनंतर रावण ने स्वयं रणभूमि के लिए प्रयाण किया। सर्वप्रथम उसका सामना हनुमानजी से हुआ। रावण को धुआँधार बाण बरसाते देखकर हनुमानजी उसके रथ के पास पहुँचकर अपना मुक्का तानकर कहने लगे कि तू वानरों के हाथ से बचनेवाला नहीं है। मेरा

जो पाँचों उँगालियों वाला यह हाथ उठा हुआ है, वह तेरी देह में बसे हुए जीवात्मा को आज तेरी देह से निकालकर छोड़ेगा। हनुमानजी का यह कहना था कि रावण ने झट उनकी छाती पर एक मुक्का दे मारा। उस मुक्के की चोट से हनुमानजी को थोड़ा चक्कर तो आया, पर वे इतने समझदार और जीवट थे कि दो ही घड़ी में सँभलकर उठ खड़े हुए और उन्होंने एक थप्पड़ रावण के मुँह पर दे मारा, जिससे वह काँप उठा। रावण ने अपने को सँभालने के बाद हनुमानजी की तारीफ में कहा, ''शाबाश! तुम सचमुच ही बल-बूते में मेरी ही जोड़ के हो।'' तब हनुमानजी ने कहा, ''अरे पापी! अब तुझे एक बार और मुझ पर चोट करनी हो तो कर ले। तेरी चोट खा लेने पर जब मेरा मुक्का तुझे लगेगा तो वह तुझे यमलोक पहुँचा देगा।'' यह सुनकर रावण ने कसकर अपने दाहिने हाथ का मुक्का हनुमानजी की छाती पर दे मारा। छाती पर मुक्का लगते ही हनुमानजी को कुछ चक्कर आ गया। यह देख रावण अपना रथ लेकर नील की ओर चढ़ा। जब नील को भी मूर्च्छा आ गई, तब रावण लक्ष्मण की ओर बढ़ा। लक्ष्मण द्वारा धिक्कारने पर रावण ने उन पर सात बाण चलाए, पर रावण ने सभी बाणों को बीच में ही काट गिराया और फिर ब्रह्माजी का दिया हुआ काल की आग जैसा दहकता हुआ बाण लक्ष्मण के सिर को निशाना बनाकर चलाया। रावण के इस बाण से लक्ष्मणजी को मूर्च्छा आ गई, पर चेतना आने पर उन्होंने रावण के धनुष को काट गिराया और तीन बाणों से रावण को व्याकुल कर डाला। तब लहूलुहान रावण ने ब्रह्माजी की बड़ी भारी बर्छी (शक्ति) निकालकर लक्ष्मण पर प्रहार किया। उस बर्छी के लगने से लक्ष्मण जमीन पर गिर पड़े। उन्हें छटपटाते देखकर रावण उनके पास आकर उन्हें दोनों हाथों से उठाने लगा, पर लाख प्रयास के बावजूद लक्ष्मण को नहीं उठा पाया। तभी हनुमानजी ने रावण की ओर झपट कर अपना वज्र जैसा मुक्का रावण की छाती पर दे मारा, जिससे वह काँपता हुआ गिर पड़ा और तब हनुमानजी रावण की चोट खाए हुए लक्ष्मण को दोनों हाथों पर सँभालकर श्रीराम के पास झट उठा लाए। लड़ाई के मैदान में गिरे हुए लक्ष्मण को छोड़कर वह बर्छी फिर रावण के पास लौट आई। थोड़ी देर बाद चेत हो जाने पर रावण ने फिर अपना धनुष उठाकर पैने बाण निकाल

लिया। उधर लक्ष्मण भी झट चेत में आकर सँभल उठे।

जब श्रीराम ने देखा कि रावण वानरों की सेना को मार रहा है, तब वे भी रावण की ओर झपट पड़े। यह देखकर हनुमानजी ने उनके पास आकर कहा कि जैसे गरुड़ पर चढ़कर भगवान् विष्णु ने दैत्यों को मार डाला था, वैसे ही आप मेरे कंधे पर चढ़कर इस राक्षस को मार डालिए। हनुमानजी की बात सुनकर श्रीराम झट उनके कंधे पर जा चढ़े और रथ पर आते हुए रावण पर टूट पड़े और ललकारते हुए कहा, ''तू मेरा अहित करके कहीं भी जाकर अपने को बचा नहीं पाएगा, चाहे तुम इंद्र, यम, सूर्य, ब्रह्मा अग्नि और शंकर के पास बचने के लिए चले जाओ। तू ने जो अपनी बर्छी की चोट से लक्ष्मण को घायल किया था, उसी का बदला लेने के लिए मैं तेरी मौत बनकर आया हूँ। तब बौराया हुआ रावण हनुमानजी से पहले का बैर याद करके उनको घायल कर दिया। हनुमानजी को रावण के बाणों से घायल देखकर श्रीरामजी को बहुत क्रोध आया और तब श्रीराम ने अपने बाणों से रावण के रथ के पहिये, घोड़े, भंडे, छत्र, सारथि, भाले, तलवार आदि को काट गिराने के पश्चात् रावण की चौड़ी छाती पर अपने पैने बाण से बड़ी चोट की, जिससे वह हाय करता हुआ ऐसा काँप उठा कि उसके हाथ का धनुष नीचे गिर गया। तब श्रीराम ने कहा, ''रावण। तूम थककर बेहाल हो गए हो, इसलिए मैं तुझे अपने बाणों से मार नहीं रहा हूँ।''

कुंभकर्ण के साथ हनुमानजी का युद्ध

रावण के मान-मर्दन एवं लज्जाजनक पराजय के पश्चात उसका आत्मविश्वास क्षीण हो चला, अत: सहायता के लिए उसने घोर निद्रा में निमग्न कुंभकर्ण को जगवाया। जागने पर कुंभकर्ण को समग्र घटना-क्रम की जानकारी दी गई। रावण के सचिव यूपाक्ष ने कुंभकर्ण को बतलाया कि कैसे एक वानर ने आकर लंका जला डाली और सैनिकों, गजों के साथ राजकुमार अक्षयकुमार को भी मार डाला।

सीताहरण का वृत्तांत सुनकर कुंभकर्ण दु:खी हुआ और उसने रावण से कहा कि तुम्हें शीघ्र ही उस पाप का फल प्राप्त हो चला है। उसने यह भी विचार व्यक्त किया कि जिस प्रकार कुकर्मी पुरुष का नरक जाना निश्चित है, उसी प्रकार तुम्हें भी इस दुष्कर्ष का फल मिलना निश्चित है। कुंभकर्ण ने फटकारते हुए रावण से कहा कि केवल बल के दर्प में तुमने इस पाप कर्म के परिणाम का विचार नहीं किया और अंत में उसने कहा कि मंदोदरी और विभीषण ने जो परामर्श दिया था, वही हम सबों के हित में था।

कुंभकर्ण का सुविचारित वचन रावण को नहीं भाया। उसने कुंभकर्ण से कहा कि मैंने भ्रम, चित्रमोह या लन्दर्प में जो अनुचित कार्य किया, उस पर उपदेश देने की आवश्यकता नहीं है, बल्कि तुमसे युद्ध में सहयोग की अपेक्षा है। कुंभकर्ण ने कहा कि युद्ध की चिंता मत करो। भाई के नाते मैं तुम्हारी ओर से अवश्य युद्ध करूँगा और राम का वध करूँगा। उसने यह भी कहा कि मैं लंका का दहन करने वाले तथा राक्षसों का संहार करनेवाले हनुमान तथा अन्य वानरों का भी भक्षण करूँगा।

अंत में कुंभकर्ण ने रणभूमि के लिए प्रयाण किया। उसके विशाल शरीर और दुष्कर कृत्यों को देखकर बानरी सेना में हड़कंप मच गया। हनुमान, अंगद आदि वीर वानरों को आश्वस्त करने लगे। हनुमानजी ने तब स्वयं मोरचा सँभाला और कुंभकर्ण पर पहाड़ की चट्टानों, पत्थर और पेड़ उठा-उठाकर बरसाने लगे, पर कुंभकर्ण ने अपने भाले से वे सारी चट्टानें चकनाचूर कर डालीं और सारे पेड़ों के टुकड़े कर डाले और फिर जब अपना भाला लिये वानर सेना पर टूट पड़ा, तब हनुमानजी एक बड़ा सा पहाड़ हाथ में लेकर उससे मोरचा सँभालने के लिए सामने आ खड़े हुए। वेगपूर्वक उस चट्टान को कुंभकर्ण के ऊपर मारा, जिससे उसको चक्कर आने लगा। फिर कुंभकर्ण ने ताव में आकर अपना भाला हनुमानजी की छाती पर चलाया, जिससे हनुमानजी की छाती में घाव हो गया और वे घुमरी खाकर मुँह से लहू उगलने लगे। साथ ही कुंभकर्ण की मार से घबराकर वानर लोग डर के मारे मैदान छोड़-छोड़कर भाग चले, पर पवनपुत्र हनुमानजी ने बड़ी फुरती से कुंभकर्ण के चलाए हुए उस भाले को अपने घुटने से अड़ाकर टुकड़े-टुकड़े कर डाला।

अपनी माला टूक-टूक हुई देखकर कुंभकर्ण बौखना उठा और तब एक पहाड़ की चट्टान को उखाड़कर सुग्रीव पर दे मारा, जिससे सुग्रीव अचेत हो गया। तब सुग्रीव को उठाकर ले जाते हुए कुंभकर्ण ने मन में सोचा कि सुग्रीव के मारे जाने पर राम के साथ-साथ वानरों की सारी सेना भी आपने आप मर मिटेगी। लंका में घुसने पर सड़कों की दोनों ओर से लुगाइयाँ कुंभकर्ण पर फूल बरसाने लगीं। गमकीले पानी के छीटें पड़ने पर सुग्रीव को होश आ गया और उसने झट अपने हाथों के नखों से कुंभकर्ण के कान नोच लिये, दाँतों से उसकी नाक कुतर ली और पैर के नखों से उसकी पसलियाँ फाड़ डालीं। तब कुंभकर्ण सुग्रीव को धरती पर पटककर रगड़ने लगा। उसी समय सुग्रीव अचानक उछलकर सीधे श्रीराम के पास चले गए।

तदंतर कुंभकर्ण का युद्ध लक्ष्मणजी और प्रभु श्रीराम के साथ हुआ और वह महापराक्रमी कुम्भकर्ण प्रभु श्रीराम के हाथों मारा गया।

हनुमानजी के हाथों देवांतक और त्रिशिरा का वध

कुंभकर्ण के निधन के पश्चात् दशानन रावण करुण विलाप करने लगा। उसके परिजन त्रिशिरा, देवांतक, नशंतक, अतिकाय, महोदर तथा महापार्श्व उसे आश्वस्त करने लगे और विजय का भरोसा दिलाकर युद्धभूमि के लिए प्रस्थित हुए। देवांतक और त्रिशिरा हनुमानजी के हाथों मारे गए। नील के द्वारा महोदर का, अंगद के द्वारा नरांतक का तथा लक्ष्मण के द्वारा अतिकाय का वध युद्ध में हुआ। जब हनुमान और नील ने देखा कि अंगद पर तीन-तीन सूरमा राक्षस वार-पर-वार किए चले जा रहे हैं, तब वे भी उनके बचाव के लिए उधर झपट पड़े। नील ने त्रिशिरा को एक चट्टान उखाड़कर दे मारी, पर त्रिशिरा अपने बाणों द्वारा उसे चूर-चूर कर दिया। तब देवांतक ने अपना मूसला लेकर हनुमानजी पर टूट पड़ा। अपनी ओर आते देखकर हनुमानजी ने उछलकर एक

घूँसा उसके सिर पर जमा दिया। घूँसा लगते ही देवांतक का सिर फट गया और वह प्राण खोकर धरती पर आ गिरा।

नील के हाथों मारे गए अपने चाचा महोदर को देखकर त्रिशिरा खीझ कर हनुमानजी पर अपने पैने बाण बरसाने लगा। हनुमानजी ने भी एक चट्टान त्रिशिरा पर खींच चलाई, पर त्रिशिरा ने उसे विफल कर दिया। तब हनुमानजी ने पेड़-पर-पेड़ चलाना आरंभ किया, पर वह भी नाकामयाब रहा। तब त्रिशिरा ने अपनी बर्छी हनुमानजी पर चला दी, पर बर्छी लगने से पहले ही उसे पकड़कर तोड़ दिया। तदनंतर त्रिशिरा ने अपनी तलवार हनुमानजी की छाती पर चला दी। उस तलवार की चोट खाने के बाद हनुमानजी ने त्रिशिरा की छाती पर एक धौल जा जमाया और उसके गिरते ही उसकी तलवार छीन ली। त्रिशिरा द्वारा घूँसा मारने पर हनुमानजी ने उसके मुकुट से सजे तीनों सिर को जा पकड़ा और उसी की तलवार से उसके तीनों मुकुट-कुंडलोंवाले सिर काट गिराए।

हनुमानजी का हिमालय से दिव्य औषधियों का पर्वत लाना

अतिकाय सहित अनेक राक्षसों के निधन से रावण निराश हो चला और उसे अपना विनाश आसन्न दीखने लगा। उस नैराश्य वातावरण में उसने स्वीकार किया कि मैं आज एक ऐसे किसी वीर को नहीं देखता, जो युद्ध में श्रीराम, लक्ष्मण, हनुमान, सुग्रीव आदि को परास्त कर दे। राम के बल की विपुल प्रशंसा करते हुए उसने कहा कि उनके बल-विक्रम के कारण ही असंख्य राक्षस काल के गाल में चले गए।

इन वीर राक्षसों के निधन के बाद इंद्रजीत-मेघनाद ने रण का मोर्चा सँभाला और ब्रह्म बाणों का प्रयोग कर श्रीराम, लक्ष्मण, जांबवान, सुग्रीव आदि वीरों को मूर्च्छित कर दिया। केवल विभीषण और हनुमानजी इससे बचे रहे। जब वे मशाल लेकर सभी वीरों की स्थिति को देखने चले, तब मूर्च्छितावस्था

में ही वृद्ध जांबवानजी ने विभीषण की पदचाप को पहचानकर प्रश्न किया, "विभीषणजी! हनुमानजी जीवित हैं या नहीं?" तब विभीषणजी को विस्मय हुआ कि जांबवानजी राम, लक्ष्मण या अपने राजा सुग्रीव की कुशलता न पूछकर केवल हनुमानजी के बारे में पूछ रहे हैं! तब जांबवानजी ने उत्तर दिया, "यदि हनुमानजी जीवित हैं तो समझिए कि हम सब मरकर भी जीवित हो जाएँगे, परंतु यदि वे मर गए, तो हम सबको भी मृत ही समझिए।" जब हनुमानजी सामने आए, तब जांबवानजी ने कहा कि अब इस संकट की घड़ी में तुम्हारे पराक्रम के सिवा और कोई उपाय मुझे नहीं दीखता, अतः तुम अपना पराक्रम दिखाकर सबको इस स्थिति से उबार लो।

जांबवानजी ने आगे कहा, "देखो हनुमानजी! तुम उड़ते-उड़ते दूर हिमालय पर जा पहुँचो। वहाँ पहुँचने पर तुम्हें ऊँची चोटियोंवाले ऋषभ और कैलाश पहाड़ दिखाई देंगे। उन दोनों पहाड़ों के बीच बहुत चमकती हुई बहुतेरी जड़ी-बूटियों से भरा एक पहाड़ है, जिसकी चोटी पर उठी हुई तुम्हें चार चमकीली जड़ी-बूटियाँ दिखाई देंगी। ये जड़ी-बूटियाँ हैं—मृतसंजीवनी (मरे को जिलानेवाली), विशल्यकरणी (चुभे हुए बाण निकाल डालनेवाली), सुवर्ण करणी (पहले जैसा शरीर कर डालने वाली, संधानी (घाव भर देनेवाली, टूटे को जोड़नेवाली)। तुम झटपट वे जड़ी-बूटियाँ लिये चले आओ और सब वानरों को जिंदा कर दो!"

यह सुनते ही हनुमानजी पवन जैसे झोंके के साथ आगे बढ़ चले और जांबवान की बात याद करते हुए बात-की-बात में हिमालय के पास पहुँचकर आग की लपटों, जैसे चमचमाते उस पहाड़ को देखकर उस पर कूद पड़े और उन चारों बूटियों को खोजने लगे। जब वहाँ की जड़ी-बूटियों ने देखा कि कोई हमें लेने आ पहुँचा है, तब वे झट आँखों से ओझल हो गईं। तब हनुमानजी ने उस चोटी को ही उठा लिया, जिस पर वे विराजमान थीं। सबके देखते-देखते हनुमानजी त्रिकूट पर कूद पड़े और वानर लोगों के बीच में पहुँचकर विभीषण के गले जा लगे।

उन जड़ी-बूटियों की महक पाते ही श्रीराम और लक्ष्मण झट पहले जैसे होकर उठ खड़े हुए, उनकी देहों से सारे बाण अपने आप निकलकर गिर

बिखरे, सारे घाव भर गए और साथ ही और भी जितने वानर लोग मरे, अधमरे पड़े थे, वे सब भी उन जड़ी-बूटियों की महक नाक में पड़ते ही ऐसे चेतन होकर उठ बैठे, जैसे रात की नींद लेकर जाग उठे हों, उनकी देहों से भी सारे बाण निकल गए और उनकी सारी पीड़ा हिरन हो गई।

रावण के आदेशानुसार युद्ध में मरे हुए राक्षसों को समुद्र में डाल दिया जाता था, इसी कारण मरे हुए राक्षसों को इन औषधियों से कोई लाभ न मिल सका।

वानरों के जी उठने पर हनुमानजी फिर उस पहाड़ को ज्यों-का-त्यों वहीं पहुँचाकर लौटकर श्रीराम के पास चले आए।

हनुमानजी के हाथों निकुंभ का वध

वानरों और राक्षसों के बीच प्रवर्तमान युद्ध में अंगद के द्वारा कंपन और प्रबंध का, द्विविद के द्वारा शोणिताक्ष का, मैंद के द्वारा यूपाक्ष का और सुग्रीव के द्वारा कुंभ का वध हुआ।

सुग्रीव के हाथों अपने भाई कुंभ के मारे जाने पर निकुंभ सुग्रीव पर आग बबूला हो उठा और अपना मूसल घुमाने लगा। यह देखकर हनुमानजी उसके आगे जा डटे, तब निकुंभ ने हनुमानजी की छाती पर अपना वह मूसल खींचकर चलाया, जिससे हनुमानजी को चोट नहीं लगी, पर वह मूसल चूर-चूर हो गया। तब हनुमानजी ने धड़ाक से निकुंभ की छाती पर घूँसा तान मारा, जिससे छाती पर बँध कवच टूट गया और उसकी छाती से लहू बहने लगा, पर थोड़ी ही देर में सँभलकर उसने हनुमानजी को जा दबोचा। उसके हाथ में जा पड़ने पर भी हनुमानजी ने कसकर अपना घूँसा उसकी छाती पर जमाया और उसके हाथों से निकलकर बड़ी फुरती से लपककर निकुंभ को उठाकर धरती पर दे पटका और उसकी छाती पर चढ़कर दोनों हाथों से उसका गला मरोड़कर उसका सिर उतार लिया। निकुंभ के मारे जाने पर राक्षस तो डर के मारे दहल उठे थे।

मेघनाद द्वारा मायामयी सीता का वध

जब इंद्रजीत ने देखा कि श्रीराम और लक्ष्मण दोनों युद्ध करने को तैयार हैं, उसने एक बनावटी सीता को रथ पर बैठाकर सेना के घेरे में रखकर उसे मारने का नाटक रच डाला। सीताजी को वहाँ देखकर वे इस उधेड़बुन में पड़ गए कि यह राक्षस इन्हें यहाँ क्यों लाया और इसी झोंक में बहुत से वानर सरदारों को साथ लेकर वे इंद्रजीत की ओर झपट पड़े। यह देखकर इंद्रजीत अपनी तलवार लेकर उस बनावटी सीता की चोटी पकड़कर घसीटने लगा, जिसे देखकर हनुमानजी रोने लगे और तब कड़कते हुए इंद्रजीत से कहा, "जान पड़ता है, तेरे दिन पूरे हो चले हैं कि तू सीताजी की चोटी पकड़ रहा है। पुलस्त्य जैसे बड़े ऋषि के घराने में जन्म लेकर भी तू इतना नीच है। अपने राज-पाट, घर और पति श्रीराम से बिछुड़ी हुई सीताजी ने तेरा क्या बिगाड़ रखा है कि तू इन्हें पीटे चला जा रहा है। ऐसे पाप का घड़ा सिर पर ढोनेवाला तू अब मेरे हाथों में आ फँसा है, अब कहाँ बचकर निकलेगा।"

यह सब कहते हुए हनुमानजी अपने हाथों में पत्थर की चट्टान लिये हुए बड़े-बड़े वानर सरदारों के साथ उस पर टूट पड़े, पर धुआँधार बाण बरसाकर वानर सेना में खलबली मचाकर इंद्रजीत ने हनुमानजी से कहा, "देखो वानर! जिस सीता को बचाकर ले जाने के फेर में सुग्रीव राम और तुम सब यहाँ तक चले आए हो, उसे मैं तुम्हारी आँखों के सामने ढेर करके तुम्हें और राम-लक्ष्मण, सुग्रीव, विभीषण सबको एक-एक करके अभी मार डालता हूँ।" हनुमानजी से यह कहकर इंद्रजीत ने अपनी पैनी धारवाली तलवार उस बनावटी सीता पर चलाई। उस बनावटी सीता के दो टुकड़े करके इंद्रजीत ने हनुमानजी से कहा, "देख लिया न, मैंने राम की जिस पत्नी को तलवार से काट डाला है। वह, वह रही सीता, अब लड़ाई करके क्या हाथ लगनेवाला है?"

राक्षसों के साथ हनुमानजी का घोर युद्ध

मायामयी सीता के वध को वास्तविक जानकर हनुमानजी ने आक्रोश में जो युद्ध किया, उसमें असंख्य राक्षसों का संहार हुआ। जब इंद्रजीत के भयावह गर्जन को सुनकर वानर लोग इधर-उधर भागने लगे, तब हनुमानजी के ललकार कर कहने पर वे लौट आए और हनुमानजी को घेरकर उनके पीछे-पीछे चलते हुए राक्षसों पर टूट पड़े। सीताजी को मारा जाता देखकर हनुमानजी का मन रो उठा था और इंद्रजीत की काली करतूतें देखकर वे और भी उससे चिढ़ गए थे, इसलिए उन्होंने एक बड़ी सी चट्टान उठाकर इंद्रजीत के रथ पर खींच मारी। उस चट्टान को अपनी ओर आते देखकर इंदजीत के रथवान ने अपने रथ को दूसरी ओर घुमा दिय। उस चट्टान से इंद्रजीत तो बच गया, पर अनगिनत राक्षस उसके नीचे पड़कर मारे गए। तब हनुमानजी सभी वानरों के साथ वहाँ से लौटकर श्रीराम और सुग्रीव को सीताजी को मार डालने की सूचना देने चल पड़े। हनुमानजी को श्रीराम के पास लौट जाते देखकर इंद्रजीत भी निकुंभिला देवी के यज्ञमंडप में हवन करने चला गया।

निकुंभिला यज्ञशाला पर धावा

हनुमानजी ने राक्षस सैनिकों का जो घोर संहार किया, उसका निर्घोष प्रभु श्रीराम तक पहुँचा और उन्होंने जांबवानजी से कहा कि लगता है कि महावीर हनुमान कोई असाधारण पराक्रम दिखा रहे हैं, अतः आप भी अपनी सेना लेकर उनकी सहायता में लग जाइए! जांबवानजी अपनी सेना लेकर तुरंत प्रस्थान कर गए, किंतु मार्ग में उन्हें हनुमानजी ससैन्य लौटते हुए मिले। उन्होंने श्रीराम के पास आकर 'सीताजी' के वध का जो दारुण दृश्य देखा था, वह कह सुनाया। समाचार सुनते ही जानकी के वियोग में प्रभु श्रीराम मूर्च्छित हो गए। अपने भाई श्रीराम को बेचैन देखकर लक्ष्मण को भी बड़ा दुःख हुआ और वे श्रीराम को गोद में लेकर उनसे बोले, "भाईजी! आप सदा अच्छे-ही-अच्छे

काम करते चले आ रहे हैं, फिर भी मैं देखता हूँ कि आपको विपदाएँ घेरे ही चली जा रही हैं।'' तब तक विभीषणजी वहाँ आ पहुँचे तथा प्रभु श्रीराम को अचेतावस्था में देखा।

लक्ष्मणजी ने विभीषण को बतलाया कि हनुमानजी के मुख से यह सुनकर कि 'इंद्रजीत ने सीताजी को मार डाला।' श्रीराम मूर्च्छित हो गए हैं, किंतु विभीषण ने समझाया कि शोकाकुल होकर हनुमानजी ने जो समाचार सुनाया है, वह असंभव है। फिर उन्होंने अनेक तर्क देकर यह आश्वस्त किया कि जिस सीता का वध मेघनाद ने किया है, वह वास्तविक सीता नहीं, वरन मायामयी सीता थी, तब प्रभु श्रीराम की मूर्च्छा समाप्त हुई। विभीषण ने यह भी बताया कि वानर सैनिकों का मनोबल तोड़नेवाला वह कपट करके मेघनाद निश्ंचित होकर निकुंभिला देवी के यज्ञ-मंडप में ऐसा यज्ञ कर रहा है, जिसके सिद्ध होने जाने पर उसकी पराजय असंभव हो जाएगी। अतः लक्ष्मणजी के नेतृत्व में हम सबको वहाँ भेज दीजिए, ताकि यज्ञ में विघ्न डालकर मेघनाद को सिद्ध मनोरथ न बनने दिया जाए। तब प्रभु श्रीराम ने लक्ष्मण को यह आदेश दिया कि तुम सुग्रीव, हनुमान और जांबवान के साथ जाकर उस मायावी मेघनाद का वध कर डालो।

हनुमानजी द्वारा मेघनाद को द्वंद्व युद्ध के लिए ललकारना

वहाँ पहुँचकर लक्ष्मण ने विभीषण से यह बड़े काम की और बैरियों को हानि पहुँचानेवाली बात बताई। उन्होंने कहा, ''ऐसा कीजिए लक्ष्मणजी कि वानर लोग पत्थर लेकर इस सामने खड़ी राक्षसों की सेना पर टूट पड़ें और आप इस बड़ी सेना की सारी किलेबंदी तोड़ डालें। जहाँ यह मोर्चा टूटा कि इंद्रजीत सामने दिखाई दिया। इसलिए आप इसका हवन पूरा होने से पहले ही अपने वज्र जैसे बाण बरसाकर बैरियों को धुन डालिए। विभीषण की बात सुनकर लक्ष्मण झट इंद्रजीत पर धुआँधार बाण बरसाने लगे, साथ ही वानर लोग

भी बड़े-बड़े पेड़ हाथ में लेकर राक्षसों की सेना पर टूट पड़े। उधर राक्षस भी बाण, तलवार, बर्छे और लोहे के डंडे ले-लेकर वानरों को मारने लगे। वानरों और राक्षसों की लड़ाई के इस हो- हल्ले से सारी लंका गूँज उठी, पर वानरों को ऐसी करारी मार पड़ने पर राक्षसों के पाँव उखड़ गए। जब इंद्रजीत ने सुना कि मेरी सेना को बैरियों ने मथ डाला है, तब अपना हवन पूरा होने से पहले ही लड़ने को आ खड़ा हुआ।

रथ पर इंद्रजीत के बैठते ही लक्ष्मण से लड़ने को उतारू राक्षसों की सेना इंद्रजीत के आस-पास उसे घेरकर आ खड़ी हुई। तभी पहाड़ जैसे ऊँचे हनुमानजी एक विशाल पेड़ उखाड़कर राक्षसों पर प्रहार करने लगे। यह देख इंद्रजीत ने अपने रथवान को हनुमानजी के पास अपना रथ ले जाने को कहा, ''वहाँ पहुँचते ही इंद्रजीत झट हनुमानजी पर धुआँधार बाण, तलवार और फरसे बरसाने लगा। उन सब हथियारों की मार झेलते हुए हनुमानजी बहुत तमतमाकर उससे बोले, ''अरे पापी इंद्रजीत! तुझमें बलबूता है तो आ मुझसे दो-दो हाथ हो जाए, फिर इस पवन के बेटे के हाथ से तू जिंदा नहीं बच पाएगा।'' इंद्रजीत जब धनुष उठाकर हनुमानजी को मारने के लिए खड़ा हुआ, तब विभीषण ने लक्ष्मण से कहा, ''देखिए लक्ष्मणजी! इंद्र को भी जीत लेनेवाला यह रथ पर बैठा राक्षस इंद्रजीत अब हनुमानजी को मार डालने की घात में है, इसलिए अपने पैने बाणों से इसे मार ही डालिए, छोड़िए मत।''

लक्ष्मणजी का मूर्च्छित होना, कालनेमि वध, संजीवनी बूटी लाना

हनुमानजी और इंद्रजीत में प्रवर्तमान युद्ध के बीच लक्ष्मणजी वहाँ पहुँच गए और लक्ष्मण तथा इंद्रजीत में रोषपूर्ण वार्त्ता होने लगी। तदनंतर लक्ष्मणजी से इंद्रजीत का युद्ध ठन गया। रथ के रूप में हनुमानजी ने लक्ष्मणजी को अपने कंधों पर बिठा लिया। इंद्रजीत मेघनाद ने लक्ष्मणजी के साथ युद्ध में हनुमानजी

पर भी दस सायक चलाकर प्रहार किया। जब वानरों और राक्षसों का समर देवासुर-संग्राम की तरह भयंकर हो चला, तब हनुमानजी ने लक्ष्मणजी को अपने कंधे से उतारकर राक्षसों का संहार प्रारंभ कर दिया। आवेश में हनुमानजी ने साल का एक वृक्ष उखाड़ लिया और उसी से राक्षसों पर प्रहार करना प्रारंभ कर दिया। अंत में इंद्रजीत और लक्ष्मणजी के बीच भयंकर युद्ध में इंद्रजीत रामानुज लक्ष्मण के हाथों मारा गया। मेघनाद के वध पर विभीषण, हनुमानजी एवं जांबवानजी ने इस विजय के लिए लक्ष्मणजी का अभिनंदन किया।

प्रभु श्रीराम ने मेघनाद-वध के लिए लक्ष्मणजी की भूरिशः प्रशंसा की ही; साथ में विभीषण और हुनमानजी के पराक्रम की भी प्रशस्ति में कहा कि रणभूमि में इन दोनों ने महान् पराक्रम का प्रदर्शन किया तथा तीन दिन और तीन रातों तक मेघनाद के साथ युद्धरत रहकर लक्ष्मणजी के नेतृत्व में इन सबों ने उस वीर राक्षस को मारकर मुझे शत्रुहीन बना दिया।

अपने प्रियपुत्र मेघनाद के वध के समाचार से रावण के रोष और शोक की सीमा नहीं रही। क्रुद्ध होकर वह सीता माता के वध को उद्यत हुआ। अपनी ओर इस प्रकार खड्ग के साथ रावण को आते देख सीताजी चिंता में डूब गईं और विविध प्रकार के विचार उनके मन में आने लगे। ऐसा ही एक विचार था कि यदि हनुमान की बात मानकर मैं उनकी पीठ पर बैठकर चली गई होती तो प्रिय के दर्शन हो जाते और आज यह स्थिति नहीं होती।

रावण के सचिव सुपार्श्व ने रावण को सीतावध के दुष्कृत्य से विरत किया। तत्पश्चात् श्रीराम ने समर के असंख्य राक्षसों का संहार किया, जिससे राक्षसों के करुण विलाप का निनाद सर्वत्र सुनाई पड़ने लगा। श्रीराम के सहायक के रूप में हनुमानादि सभी वानर वीर उपस्थित थे।

तदनंतर युद्ध में सुग्रीव ने विरुपाक्ष और महोदर का तथा अंगद ने महापार्श्व का वध किया। तत्पश्चात् रावण युद्ध करने आया और उसके शक्ति-बाण से लक्ष्मणजी मूर्च्छित हो गए। लक्ष्मणजी को मूर्च्छित देखकर प्रभु श्रीराम ने हनुमानजी को सुरक्षित रखने का आदेश देते हुए कहा कि अब मेरे लिए उस पराक्रम का अवसर आया है, जो चिर काल से अभीष्ट था। रावण युद्ध में

प्रभु श्रीराम के समक्ष टिक नहीं सका और उनके बाणों के भय से रण छोड़कर पलायन कर गया।

तब वैद्य सुषेण ने हनुमानजी से कहा, ‘‘हनुमानजी! तुम महोदय पहाड़ पर चले जाओ और जांबवान पहले तुम्हें बता चुके हैं कि उसकी दक्षिण चोटी पर जो विशल्यकरणी (बुझे हुए बाण या हथियार निकालकर घाव भर देनेवाली), सावर्ण्यकरणी (पहले जैसी भली-चंगी देह कर डालनेवाली), संजीवकरणी (चेतकर उठानेवाली और संधानी, टूटी हुई जगह जोड़नेवाली) बूटियाँ उखाड़कर ले आओ, जिससे लक्ष्मणजी चंगे हो जाएँ।’’ निर्देश पालन करते हुए हनुमानजी तत्क्षण आकाश में होते हुए उड़ चले।

ज्यों ही रावण ने उन्हें लंका के ऊपर से उड़कर जाते देखा, त्यों ही उसके कान खड़े हुए और वह चार मुँह, चार हाथ और आठ आँखेंवाले राक्षस कालनेमि के पास जाकर बोला, ‘‘देखो! यह हनुमान नाम का बड़ा भारी सूरमा यहाँ से गंधमादन पहाड़ पर से जड़ी-बूटी लेने के लिए उड़ा चला जा रहा है, जो देह में चुभे हुए बाण को निकालनेवाली है। तुम इसकी राह का रोड़ा बनकर उसे वहीं पछाड़ मारोगे तो लंका का आधा राज तुम्हारा हुआ धरा है। तुम ऐसा करो कि ऋषि का रूप बनाकर वहीं कहीं बीच में ही ऐसा अच्छा सा बनावटी आश्रम बनाकर खड़ा करो। उसी पहाड़ से सटा एक ऐसा ताल है, जिसमें कमलों के साथ बहुत से और फूल खिले हुए हैं। उसी तालाब में सबको निगल जानेवाली एक मगरी रहती है। तुम ऐसा करना कि जैसे भी हो, वह (हनुमान) उसी ताल में जा उतरे और तब वह मगरी उसे निगले बिना छोड़ेगी भी नहीं। बस, ऐसा जाल रचकर तुम हनुमान को खत्म कर दो। हनुमान गया तो लक्ष्मण को भी गया ही समझो और लक्ष्मण नहीं रहा तो राम और सुग्रीव भी नहीं रह पाएँगे।’’

रावण की बात मानकर कालनेमि नामक वह राक्षस उड़कर गंधमादन पर्वत के पास पहुँच गया और अपने जादू से एक सुहावना आश्रम बनाकर उपयुक्त वस्तुओं का भी निर्माण कर लिया तथा अपना बाना ऋषि का सा बना लिया। इधर हनुमानजी भी आँधी की चाल से उड़ते हुए उस गंधमादन पहाड़ के पास जा पहुँचे। सुहावना आश्रम तथा उसमें उस ऋषि बने कालनेमि को

देखकर हनुमानजी वहाँ पहुँच गए और हाथ जोड़कर खड़े हो गए। उन्होंने उस ऋषि से अपने यहाँ तक आने का वृत्तांत सुनाया। तब ऋषि बने कालनेमि ने कहा, "देखो! यह जो सामने बहुत बढ़िया ताल देख रहे हो, इसे मैंने अपनी बड़ी तपस्या से बनाया है, इसका पानी पी लेने भर से एक महीने तक न भूख सता पाती है और न प्यास।" उसकी (कालनेमि) बात सुनकर हनुमानजी उस तालाब में जा उतरे और जैसे ही उन्होंने चुल्लू से पानी पिया, वैसे ही मगरी ने उनका पाँव आ पकड़ा। मगरी के द्वारा पकड़े जाने पर हनुमानजी ने उसे पकड़ा, पछाड़ा और अपने नखों से चीर-चीरकर छितरा फेंका। तब आकाश में उड़कर पहुँची उस मगरी ने हनुमानजी से कहा, "क्योंजी! तुम वानर जैसे रूपवाले कौन हो, जो इस सुहावने ताल पर आ पहुँचे हो?" उसकी बात सुनकर हनुमानजी ने उसे बताया, "देखो देवि। रावण ने अपनी बरछी से श्रीराम के भाई लक्ष्मण की छाती छेद डाली है। उन्हीं के लिए जड़ी लेने के लिए मैं वानरों का सरदार हनुमान यहाँ चला आया हूँ, पर मैं पूछता हूँ कि तुम यहाँ इस भयावह मगरी का रूप बनाकर इस पानी में कैसे आ बसी थी।" यह सुनकर मगरी बोली, "देखो हनुमानजी! लो सुनना चाहते तो मेरी रामकहानी भी सुन लो। मैं गंधकाली नाम की अप्सरा हूँ। बहुत दिनों की बात है। मैं सूरज जैसे चमकीले उड़नखटोले पर चढ़ी, आकाश में उड़ी कुबेर की कोठी की ओर ऐसे झपट्टे के साथ चली जा रही थी कि उस झोंक में नीचे तप करनेवाले यक्ष नाम के बड़े पहुँचे मुनि को मैं देख नहीं पाई। बस इसी ढिठाई पर खीझकर उन्होंने मुझे शाप दे डाला, "देख, उत्तर की ओर जो गंधमादन नाम का पहाड़ है, उसकी दाहिनी ढाल के पास ही जो बड़ा भारी ताल है, वहीं तू मगरी होकर पड़ी सब जानवरों को पकड़-पकड़ निगला करना।" बस उसी शाप से झुलसकर मैं धरती पर आ गिरी। मेरे कहने पर ऋषि ने कहा कि जब हनुमानजी उस गंधमादन पर्वत पर आएँगे, तब तू इस शाप से मुक्त हो जाएगी। अब मैं शाप से छूटकर कुबेर की कोठी की ओर उड़ी चली जा रही हूँ। तुम्हारा भला हो। जिस काम से तुम आए हो, वह काम तुम करके ही चले जा सकोगे, पर एक बात मैं बता देती हूँ कि जिसे तुम ऋषि समझते हो, वह एक बड़ा राक्षस है। मुनि का बाना बनाए हुए इस राक्षस को तुम छोड़ना मत, मार डालना।

कालनेमि नाम के इस राक्षस को रावण ने तुम्हें मरवा डालने के लिए ही यहाँ भेजा है। उसकी बात सुनकर हनुमानजी ने कहा, ''बड़ा अच्छा हुआ कि मेरे हाथ से तुम शाप से छूट गई और अब तुम फिर से पहले जैसी ही भली अप्सरा हो गई हो, अब तुम जा सकती हो।''

उस मगरी को शाप से छुड़ाकर हनुमानजी उस राक्षस कालनेमि के आश्रम में पहुँचे, जहाँ वह फल-फूल लिये बैठा था। हनुमानजी ने दो घड़ी आँख मूँदकर उसका सारा भेद जान लिया। तब उन्होंने ललकारकर कालनेमि को कहा, ''मैं तेरी नस-नस पहचान गया हूँ।'' यह सुनकर कालनेमि अपना चार मुँह, चार पैर, चार हाथवाला असली रूप बनाकर उठ खड़ा हुआ। फिर कालनेमि और हनुमानजी में हाथापाई होने लगी। फिर तो हनुमानजी ने अपनी बाँहों में पकड़कर-जकड़कर उसे ऐसा मसल दिया कि उसकी आँतें बाहर निकल आईं और वह राक्षस धरती पर जा गिरा और दम तोड़ दिया।

कालनेमि को मार गिराने के बाद हनुमानजी गंधमादन पहाड़ पर जा चढ़े। वहाँ उन्हें गंधर्वों से जूझना पड़ा, क्योंकि वे लोग केवल हाहा-हूहू को छोड़कर किसी को नहीं जानते। लड़ाई ठन जाने पर हनुमानजी ने अपने नाखूनों तथा दाँतों से काट डाला। तब महाबली हनुमानजी पहाड़ की चोटी उठा उड़े और आसमान में तीर जैसे बन गए।

सुषेण के पास पहाड़ सहित आ पहुँचने पर उन्होंने हनुमानजी की बड़ाई करते हुए उस पहाड़ में से बूटियाँ पहचान कर उखाड़ीं। उन बूटियों को कूट-पीसकर, छानकर उसे लक्ष्मणजी की नाक के पास लेपने पर उनकी देह में चुभे हुए सारे बाण निकल गिरे और लक्ष्मणजी चंगे होकर उठ खड़े हुए। श्रीराम ने झट लक्ष्मण को गले से लगाया और आँसुओं की झड़ी लगा दी। तब उन्होंने लक्ष्मणजी से कहा, ''तुम्हारे बिना न मैं जीना चाहता हूँ, न सीता को पाना चाहता हूँ, न लड़ाई में अपनी जीत चाहता हूँ। जब तुम ही नहीं रहोगे तो मैं ही जीकर क्या करूँगा।'' श्रीराम की बात सुनकर लक्ष्मण कुछ दुःखी होकर बड़े धीमे स्वर में बोले, ''भाईजी! आप तो सच्चाई पर डटे रहनेवाले सूरमा हैं। आपने जब रावण को मारकर विभीषण को राज देने की प्रतीज्ञा ठान ली है, तब आपको ऐसी बातें नहीं करनी चाहिए। मैं दिन ढलने से पहले ही उस

पापी रावण को मरा देख लेना चाहता हूँ।'' तब खुश होकर श्रीराम सुषेण से बोले, ''आपकी दया से मैं लक्ष्मण को भरा-पूरा देख रहा हूँ।''

हनुमानजी की ओर मुँह करके खुशी में मगन श्रीरामजी ने उन्हें छाती से लगाते हुए कहा कि तुम तो हमारी जान बचानेवाले हो; जो भलाई तुमने की है, वह तुम्हारे ही बस का काम है। तुम्हारा उपकार मेरे मन में सदा बसा रहे और मैं हमेशा ऋणी बना रहूँ। नेकी फेरना तो बुरे दिनों में ही हो पाता है, पर वैसे दुर्दिन तुम्हारे कभी न हों। तब श्रीरामजी और लक्ष्मणजी ने हनुमानजी को गले लगा लिया।

श्रीराम के कहने पर हनुमानजी का सीताजी को रावण-वध का समाचार सुनाना

लक्ष्मणजी के स्वस्थ हो जाने के बाद युद्ध पुनः प्रारंभ हुआ। भगवान् श्रीराम को पैदल युद्ध करते देखकर देवराज इंद्र ने अपना रथ सारथि मातिल के साथ भेजा। राम और रावण में ऐसा घोर युद्ध हुआ, जिसकी उपमा अन्यत्र नहीं मिल सकती। विद्वान्, किंतु व्यभिचारी, वीर किंतु दुरात्मा रावण का वध श्रीराम के हाथों हुआ। शोकमग्न विभीषण को प्रभु राम ने रावण की यथोचित अंत्येष्टि करने का निर्देश यह कहते हुए दिया कि व्यक्तियों का बैर उसके जीवन-काल तक ही रहता है, मरने के बाद शत्रुता समाप्त हो जानी चाहिए।

रावण के निधन के बाद मंदोदरी तथा अन्य रानियाँ करुण विलाप करने लगीं। मंदोदरी के मन में सीताहरण के समय से सभी उत्पात-सूचक घटनाएँ एक-एक कर आने लगीं। उसी क्रम में उसे आंजनेय के लंका-प्रवेश एवं उत्पात की घटना भी स्मृत हो उठी। जिस लंकापुरी में देवताओं का प्रवेश भी दुष्कर था, उस लंकापुरी में जिस प्रकार कपि हनुमान ने उत्पात मचाया, उससे मंदोदरी आदि को भारी अनिष्ट की आशंका हो चली थी।

रावण का निधन सुनकर देवतागण प्रभु श्रीराम के प्रति आभार व्यक्त

करने आए। वे सब दशानन के वध, श्रीराम के पराक्रम, वानरों के रणकौशल, सुग्रीव की मंत्रणा, लक्ष्मण और आंजनेय की प्रभु श्रीराम के प्रति भक्ति तथा शौर्य, सीता के पातिव्रत्य और हनुमानजी के पराक्रम की चर्चा कर चलते बने।

तत्पश्चात् प्रभु श्रीराम ने अनुज लक्ष्मण को लंका नगरी में जाकर विभीषण का राज्याभिषेक करने का निर्देश दिया। वनवास व्रत के कारण अपने लिए नगर-प्रवेश श्रीराम ने स्वतः निषिद्ध कर रखा था। लक्ष्मण ने वानर वीरों के सहयोग से विभीषण को राजसिंहासन पर अधिष्ठित करके प्रभु श्रीराम को इसकी सूचना दी। तब प्रभु श्रीराम ने अपने प्रिय भक्त और दूत पवनपुत्र हनुमान को रावण के निधन का समाचार तथा अपना कुशल-क्षेम सुनाने के लिए सीताजी के पास भेजा।

श्रीराम की बात सुनते ही हनुमानजी ज्यों ही लंका की ओर चले, त्यों ही सब राक्षसों ने उनकी वाहवाही की। लंका में पहुँचकर विभीषण से पूछकर और उनके कहने पर हनुमानजी सीधे अशोक वाटिका में जा पहुँचे, जहाँ सीताजी बड़े दुःखी मन से पेड़ के नीचे बैठी थीं। उन्हें देखकर हनुमानजी ने झुककर प्रणाम किया। हनुमानजी को पहचानकर सीताजी का चेहरा खिल उठा। तब हनुमानजी ने उनसे कहा, "देखिए सीताजी! श्रीरामजी, लक्ष्मणजी और सुग्रीवजी सब कुशलपूर्वक हैं, श्रीरामजी ने अपने बैरी रावण को मार डाला है और आपसे पूछा है कि आप तो अच्छी हैं न।" हनुमानजी के ऐसा पूछने पर सीताजी ने मगन होकर डबडबाई आँखों से और भरे गले से कहा, "अपने पति श्रीराम की जीत की यह बात पहले-पहल सुनकर मैं इतनी मगन हो उठी थी कि मेरे मुँह से बोल भी नहीं निकल रहा था। हनुमानजी! ऐसी प्यारी बात सुनकर मैं आपको कुछ भेंट देना चाहती थी, पर बहुत सोचने पर भी ऐसा कुछ दिखाई नहीं दे रहा है, जो आपको भेंट में दिया जा सके। तीनों लोकों का राज भी इस प्यारी बात की बराबरी नहीं कर सकता।" यह सुनकर हनुमानजी मगन हो उठे और उनके सामने हाथ जोड़े खड़े होकर उनसे कहने लगे, "देवि! मैं जब देखता हूँ कि श्रीरामजी अपने बैरी को मारकर और जीतकर पहले जैसे ही भले-चंगे हैं, तब मैं समझ लेता हूँ कि मैंने सबकुछ पा लिया है।

तदनंतर सीताजी से हाथ जोड़कर हनुमानजी ने कहा, ''देवि! आप कह भर दीजिए तो ये सब जो राक्षसियाँ आपको डराती, धमकाती, सताती रही हैं, इन सबका मैं अंत कर डालूँ।'' हनुमानजी की बात सुनकर सबकी भलाई करनेवाली और सबको बचाए रखनेवाली सीताजी ने बहुत सोचकर कहा, ''देखिए हनुमानजी! मुझे तो अपने पापों का भोग भोगना ही था, इसलिए रावण की इन टहलुइयों ने कुछ बुरा बरताव किया भी हो तो मैं अपने जी से निकाले देती हूँ, क्योंकि मुझे इन पर बड़ी दया आ रही है। ये सब जो मुझे डराती-धमकाती थीं, सब रावण के कहने पर ही तो करती थीं, अपने मन से नहीं करती थीं। जबसे रावण मारा गया, तब से ये मुँह सीए बैठी हैं।

''देखिए हनुमानजी! मैं आपको एक बात बताती हूँ, जो एक रीछ ने बाघ से कही थी। भले लोग कभी दूसरों के बुरे बरताव को बुरा नहीं मानते, इसलिए अपनी भलमनसाहत नहीं छोड़नी चाहिए, क्योंकि सबसे अच्छा बरताव करते रहना ही भले लोगों की चमक है। भलाई के काम करते रहना ही उनकी सजावट है। भले आदमी का काम है कि कोई चाहे पापी हो या भला हो, या ऐसा भी हो, जिसे मार ही डालना चाहिए, सबको बचाए रखे, सबसे प्यार करे, क्योंकि कोई भी ऐसा दूध का धोया नहीं, जिससे कभी कोई बिगाड़ हुआ ही न हो, यहाँ तक कि जो हत्यारे लोग सदा सबको मारते ही रहते हैं और पाप-ही-पाप करते रहते हैं, ऐसे बुरे पापियों का भी कभी बुरा नहीं सोचना चाहिए।''

सीताजी की बात सुनकर हनुमानजी ने उनसे कहा, ''देवि! श्रीरामजी की रानी में तो ये अच्छाइयाँ होनी ही चाहिए। अब आप जो संदेशा दें, वह मैं जाकर श्रीरामजी को बताआऊँ।'' हनुमानजी की बात सुनकर सीताजी ने कहा, ''मैं अपने पति श्रीराजी के दर्शन के लिए बेचैन हूँ।'' यह सुनकर हनुमानजी ने उनसे कहा—''ठीक है देवि! आप श्रीराम को लक्ष्मण के साथ ही आज देख लेंगी, जिनके सब साथी वहीं बैठे हुए हैं।'' सीताजी से यह कहकर हनुमानजी वहाँ लौट आए, जहाँ श्रीराम थे और सीताजी की कही हुई सारी बातें श्रीराम को कह सुनाए।

श्रीसीताजी और श्रीरामजी का मिलन

हनुमानजी ने श्रीराम को प्रणाम करके उनसे कहा, ''जिन सीताजी के लिए इतनी सब लड़ाइयाँ लड़ी गईं, उन सीताजी को आप अब दर्शन दे ही दीजिए। जब मैं पहली बार उनसे मिला था, तभी वे समझ गई थीं कि मैं आपका अपना आदमी हूँ, इसीलिए मुझ पर भरोसा करके उन्होंने मुझसे कहा है कि मैं अपने पतिदेव का दर्शन करना चाहती हूँ।'' हनुमानजी की बात सुनकर श्रीराम कुछ देर सोचते रहे, फिर उनकी आँखें डबडबा आईं और वे धरती की ओर देखते हुए विभीषण से बोले, ''तुम सीताजी को नहला-धुलाकर, सजा-धजाकर मेरे पास ले लाओ।'' जब विभीषण ने सीताजी को श्रीराम का आदेश सुनाया, तब सीताजी ने उनसे कहा कि मैं बिना नहाए-धोए ही उनके दर्शन कर लेना चाहती हूँ। सीताजी की बात सुनकर विभीषण ने उन्हें समझाया, ''देवि! आपको वैसा ही करना चाहिए, जैसा श्रीराम ने कहा है।'' विभीषण की बात मानकर अपने पति को सबकुछ माननेवाली सीताजी ने बहुत अच्छा कहक र श्रीराम की बात सिर-आँखों पर चढ़ा लीं। फिर सीताजी सिर धोकर, नहाकर, बहुत सुंदर गहने-कपड़े पहन-ओढ़कर बहुत सज-धजकर चलने को तैयार हो गईं और उन्हें पालकी में बैठाकर श्रीराम के पास ले जाया गया, जिसकी रखवाली चारों ओर से राक्षस करते चल रहे थे। सीताजी के पालकी पर आने की बात श्रीराम को अच्छी नहीं लगी और वे विभीषण से बोले, ''सीताजी से कहो कि झटपट यहाँ मेरे पास चली आएँ।'' श्रीराम की बात सुनकर विभीषण वहाँ खड़े लोगों को इधर-उधर हटाने लगे। जब श्रीराम ने देखा कि जिन्हें हटाया जा रहा है, उन्हें यह बड़ा बुरा लग रहा है, तब सबके मन को सुखी किए रखनेवाले श्रीराम ने उन चोबदारों को लोगों को हटाने से रोकने के लिए यह कहा कि ये सब मेरे अपने लोग हैं। श्रीराम ने आगे कहा, ''घर, कपड़े और चारदीवारी से नारी का परदा नहीं होता और न इस बुरे ढंग से हटाए जाने पर ही परदा है। पति का प्यार और अपना सच्चापन ही नारी का परदा होता है। विपदा में, देह या मन रोगी होने पर, काम-काज पड़ने पर लड़ाई में, स्वयंवर में, यज्ञ में और ब्याह में नारी का

दिखाई पड़ना बुरा नहीं होता। सीता विपदा की मारी हैं, मन से भी बड़ी दुःखी हैं और मेरे पास हैं, इसलिए सबके सामने उनके आने में कोई बुराई नहीं है। इसलिए सीता को पालकी से उतारकर पैदल ही आने दो, जिससे सब उनका दर्शन पा सकें।" श्रीराम की बात सुनकर विभीषण पहले तो बड़े सोच में पड़े रहे पर फिर सीताजी को पैदल ही श्रीराम के पास ले आए। श्रीराम की बात सुनकर तो लक्ष्मण, सुग्रीव और हुनमान भी बहुत दुःखी हो उठे। आगे-आगे सीताजी अपने में ही सिमटी चली आती हुईं और उनके पीछे-पीछे विभीषण चले आते हुए श्रीराम के सामने जा खड़े हुए। भोली-भाली और अपने पति को ही अपना सबकुछ मानने वाली सीताजी ने बड़े अचरज, उमंग और प्यार के साथ अपने पति श्रीराम का मुखड़ा देखा और श्रीराम भी जिस उगते हुए पूनम के चाँद जैसे प्यारे-सलोने मुखड़े को देखने के लिए इतने दिनों से तड़प रहे थे, उसे देखकर उनका मन ठंडा हो गया तथा उनका मुख चमक उठा। वे बोल पड़े, "हनुमानजी ने समुद्र लाँघने और लंका को तहस-नहस करने का जो सराहनीय काम किया, आज वह सीताजी के मिलने से सफल हो गया।"

प्रभु श्रीराम के संदेश वाहक के रूप में हनुमानजी का निषादराज और भरतजी के पास जाना

विमान पर बैठे-बैठे ही अयोध्या का दर्शन करके अपने साथ आए हुए सुग्रीव, विभीषण और साथियों का जी बहलाने के लिए श्रीराम सोचते आ रहे थे कि ऐसा क्या किया जाए कि इन सब लोगों को अच्छा लगे। सोचते-सोचते भरद्वाज आश्रम में ही श्रीराम ने हनुमानजी की ओर देखकर उनसे कहा, "हनुमानजी तुम झटपट अयोध्या जाओ और देख आओ कि वहाँ सब भले-चंगे तो हैं न! शृंगवेरपुर जाकर केवटों के राजा गुह से मिलकर मेरी ओर से उनका हाल-चाल पूछकर कहना कि मैं कुशल से हूँ। अयोध्या पहुँचकर मेरी

ओर से भरत से कुशल-क्षेम पूछकर मेरे साथ लक्ष्मण और सीता के सकुशल लौटने की सूचना देना।

तदोपरांत रावण के द्वारा सीता के हर लिये जाने, सुग्रीव से गठबंधन होने, बाली के मारे जाने, सीता की खोज करने, समुद्र लाँघकर सीता से अपने मिलने, समुद्र के तीर पर मेरे जाने, समुद्र के दर्शन देने, पुल बाँधने, रावण को मार डालने, ब्रह्मा और वरुण से वरदान पाने और महादेवजी की कृपा से पिता दशरथजी के दर्शन करने की सारी बातें भरतजी को कह सुनाना। फिर उन्हें यह भी बता देना कि श्रीरामजी अपने सब बैरियों को जीतकर अपने साथ राक्षसों के राजा विभीषण, वानरों के राजा सुग्रीव और अपने सहचारियों के साथ प्रयाग आ पहुँचे हैं। इतना सब कहने पर भरत की मानसिक स्थिति, हाव-भाव तथा मन की बात समझकर जब हम आश्रम छोड़ें, उससे पहले ही तुम यहाँ लौट आओ।

श्रीराम की यह बात सुनकर हनुमानजी अयोध्या की ओर चल पड़े और रास्ते में शृंगवेरपुर पहुँचकर वे केवटों के राजा गुह से जा मिले और उनसे बोले, "आपके प्यारे स्वजन श्रीराम अपने भाई लक्ष्मण और अपनी दुलहन सीता के साथ लौट रहे हैं। उन्होंने कहलवाया है कि मैं कुशलपूर्वक हूँ। आज पंचमी के दिन भरद्वाज मुनिजी के कहने से उन्हीं के आश्रम में रहकर कल सवेरे वे उनसे विदा माँगकर चल देंगे और यहीं श्रीराम से आपकी भेंट हो जाएगी।"

राजा गुह को इतना कहकर हनुमानजी बहुत मगन होकर अयोध्या की ओर बढ़ चले। बहुत से नगरों और हरे-भरे क्षेत्रों को देखते हुए हनुमानजी नंदीग्राम पहुँचे। अयोध्या से एक कोस पर हनुमानजी ने आश्रम में रहनेवाले भरतजी को देखा कि उनके सिर पर जटा बढ़ी हुई है, देह पर मैल जमा हुआ है, चीर के कपड़े पहने हुए मृगछाला ओढ़े हुए हैं, अपने भाई श्रीराम के जंगल में चले जाने से बड़े दुबले हो गए हैं, फल-मूज पर ही दिन काटते हुए अपना मन बस में किए हुए, अपना सब काम-धाम करते चले जा रहे हैं। उनके सिर की जटाएँ उलझकर बहुत ऊँची हो चली हैं। अपनी देह पर वे वल्कल और मृगचर्म ओढ़े हुए हैं। बड़े ढंग से रहनेवाले, पवित्र मन के भरतजी ब्रह्मर्षि जैसे दमकी ले दिखाई पड़ रहे हैं और श्रीराम की दोनों खड़ाऊँ अपने सामने रखकर धरती का राज चलाए जा रहे हैं। भरतजी ऐसे दिखाई दे रहे हैं, जैसे धर्म ही

मानुस का चोला पहने आ उतरा हो।

हनुमानजी उनकेपास पहुँचकर हाथ जोड़कर उनसे बोले, ''दंडकारण्य में चीर-पहनकर और जटा बढ़ाकर रहनेवाले जिन श्रीराम के लिए आप दिन-रात घुलते रहे हैं, उन्होंने कहलवाया है कि मैं ठीक-ठाक हूँ और उन्होंने आपका हाल-चाल पूछा है। अब आप अपने मन से सारी कसक और सारा दुःख निकाल दीजिए। मैं आपको बहुत ही प्यारी बात सुनाने जा रहा हूँ कि आप अपने प्यारे भाई श्रीराम से मिलने ही वाले हैं। श्रीरामजी लंका में रावण को मारकर सीताजी को वहाँ से साथ लेकर अपना काम पूरा करके अपने बड़े-बड़े सूरमा साथियों के साथ यहाँ आ रहे हैं। उनके साथ लक्ष्मण भी हैं।

हनुमानजी का इतना कहना था कि भरत ऐसे उमंग से फूल गए कि वे धरती पर अचेत होकर गिर पड़े। होश आने पर ऐसी प्यारी बात कहनेवाले हनुमानजी को पकड़कर अपनी दोनों बाँहों में कस लिया तथा अपनी आँखों से बहते हुए आँसुओं से हनुमानजी को ऊपर से नीचे तक नहला दिया।

भरतजी को हनुमानजी द्वारा वनवास-विषयक वृत्तांत सुनाना

श्रीरामजी के प्रत्यागमन का समाचार सुनकर भरत के हर्ष की सीमा नहीं रही। उन्होंने हनुमानजी से वनवास का समग्र वृत्तांत सुनना चाहा, तब हनुमानजी संक्षेप में वनवास के समय की सारी घटनाएँ भरतजी को सुनाने लगे। उन्होंने कहा, ''आपके लौट आने के बाद वह जंगल ऐसा सुनसान हो चला, तब श्रीराम चित्रकूट छोड़कर दंडकारण्य में चले गए। इस घने जंगल में जाते हुए उन्हें विराध नाम का विराट भयावह राक्षस मिला, जिसे उन्होंने वहीं मार डाला। यह बड़ा जीवट काम कर वे लक्ष्मण और सीता के साथ शरभङ्ग महर्षि के आश्रम पर जा पहुँचे। शरभङ्ग ऋषि के स्वर्गवासी हो जाने पर वे मुनियों को हाथ जोड़कर जनस्थान में चले गए, जहाँ एक दिन शूर्पणखा नाम

की राक्षसी श्रीराम के पास आई तो उनके इशारे पर लक्ष्मण ने अपनी तलवार से उसके नाक-कान काट डाले। तब शूर्पणखा के कहने पर लड़ने के लिए आए उन चौदह हजार राक्षसों को श्रीराम ने मार गिराया, जिसमें खरदूषण और त्रिशिरा भी शामिल थे। इससे दुःखी होकर यह शूर्पणखा रावण के पास लंका जा पहुँची।

रावण ने अपने साथ मारीच को ले लिया, जो हीरे जड़ी खालवाला हिरण बनकर सीताजी को लुभाने जा पहुँचा। उसे देखकर सीताजी ने श्रीराम से उसे पकड़ लाने को कहा, जिसके रहने से आश्रम जगमगा उठेगा। तब श्रीराम धनुष लेकर उसका पीछा करते-करते बहुत दूर निकल गए, तब वह हिरण उनके बाण से मारा गया। इस बीच लक्ष्मण भी उनकी खोज-खबर लेने चल दिए, तब घात लगाकर रावण उनकी कुटिया पर आ धमका और सीताजी को पकड़ लिया। यह देखकर उन्हें बचाने के लिए आए उस गिद्ध जटायु को मारकर वह राक्षस सीताजी को उठाकर अपने पुष्पक विमान पर चढ़कर लंका जा पहुँचा। अनेक प्रकार के प्रलोभन देने के बाद भी जब सीताजी ने उसकी एक भी न मानी और उसे एक तिनके जैसा ओछा कहकर ऐसा ठुकराया कि फिर कभी उसका नाम तक न लिया, तब वे अशोक वाटिका में रखी गईं।

उस हिरण को मारकर लौटने पर श्रीराम ने जब देखा कि मेरे पिता से बढ़कर प्यारे गिद्ध जटायु मरे पड़े हैं, तब तो वे बड़े दुःखी हो उठे। फिर तो सीताजी की खोज करते हुए श्रीराम और लक्ष्मण गोदावरी के आसपास के जंगलों में घूमने लगे। इसी क्रम में कवंध राक्षस से उनकी मुठभेड़ हो गई, जिसे उबारकर वे उसके बताने पर ऋष्यमूक पहाड़ पर सुग्रीव से जा मिले। आपस में मिलते ही दोनों एक-दूसरे को बहुत मानने लगे। सुग्रीव को बहुत दिन पहले गुस्से में आकर बाली ने राज से बाहर निकाल भगाया था। अब तो जब श्रीराम और सुग्रीव में आपस में एक-दूसरे के दुःख-सुख की बातें होने लगीं, तब वे और भी एक-दूसरे के सगे हो गए।

श्रीराम ने उस बड़े पराक्रमी बाली को युद्ध में मारकर सुग्रीव को राजा बना दिया, तब सुग्रीव ने भी यह प्रतिज्ञा की कि जैसे भी होगा, मैं सीताजी की खोज कराकर ही रहूँगा। अपने इस उद्‌देश्य की पूर्ति के लिए चारों दिशाओं में

असंख्य वानरों को लगा दिया। खोज करनेवाले वहीं हम वानर एक ऐसी गुफा में जा फँसे कि लौटने के दिन वहीं बीत गए। हमें देर-पर-देर हुई चली जा रही थी, तभी हमें गिद्धों के राजा जटायु के भाई संपाति मिल गए, जिन्होंने हमें बताया कि सीता तो लंका में रावण के घर (मंदिर) में रह रही हैं। तब अपने साथियों की घबराहट मिटाने के लिए मैं अपने बलबूते के सहारे समुद्र लाँघकर लंका की अशोक वाटिका में सीताजी से जा मिला। मैंने देखा कि उनकी मैली दुबली देह पर रेशमी साड़ी पड़ी है और वे श्रीराम में ही पूरा मन लगाए हुए हैं। उनसे हाल-चाल पूछकर मैंने पहचान के लिए श्रीराम की अँगूठी उन्हें सौंपी और फिर उनकी चूड़ामणि पहचान के लिए लेकर अपना काम पूरा करने पर लौट आया और मैंने सीताजी की दी हुई वह चूड़ामणि श्रीराम के हाथ पर जा रखी। सीताजी का हाल सुनकर सीता के बिछोह से मुरझाए हुए श्रीराम की जान-में-जान आई और तब श्रीराम ने मन में ठान लिया कि अब लंका का मटियामेट करके ही मैं दम लूँगा। तब समुद्र के तीर पर पहुँचकर नल की अगुहाई में समुद्र पर पुल बाँधकर वानरों की सारी सेना उस पार पहुँचाई गई। वहाँ जो घमासान लड़ाई हुई, उसमें बाली ने प्रहस्त को, लक्ष्मण ने मेघनाद को और श्रीराम ने कुंभकर्ण और रावण को मार गिराया। वहीं इंद्र, वरुण, यम, शिव, ब्रह्मा और दशरथजी से श्रीराम की भेंट हो गई। तब श्रीराम वानर सहित किष्किंधा आ गए। वहाँ से प्रयाग पहुँचकर वे भरद्वाज के आश्रम में आकर ठहरे हुए हैं। कल सवेरे पुष्य नक्षत्र में आपसे उनकी भेंट हो ही जाएगी।''

श्रीराम का प्रत्यागमन

हनुमानजी से श्रीराम के आगमन की सूचना पाने के बाद भरतजी श्रीराम के भव्य और भावपूर्ण स्वागत की तैयारी पूरी कर नंदीग्राम के अग्रभाग में अगवानी के लिए चले। भरतजी अपने साथ प्रमुख पुरोहितों, नगरवासियों और हाथों में फूलमाला और मिठाई लिये चलनेवाले मंत्रियों से घिरे हुए जब श्रीराम की खड़ाऊँ सिर पर रखकर चलने लगे, तब शंख और नगाड़े बजने लगे। वे

अपने साथ श्रीराम के लिए फूलों की मालाओं से सजा उजले रंग का छत्र और दो उजले रंग के चँवर भी लिये हुए थे। भरतजी चीर पहने और काले हिरण की छाल ओढ़े हुए थे। जब भरतजी ने देखा कि सारी अयोध्या के लोग नंदीग्राम में उलट पड़े हैं, तब उन्होंने हनुमानजी से कहा, ''कहिए हनुमानजी! क्या आपने भी कपि-स्वभाव से ढुलमुल बात कह दी? मुझे न तो श्रीराम की ही कहीं झलक मिल पा रही है, न उनके साथ वे वानर लोग ही दिखाई पड़ रहे हैं।'' भरतजी की बात सुनकर हनुमानजी ने उन्हें भरोसा दिलाने के लिए बताया, ''भरद्वाज मुनिजी ने कुछ ऐसा जादू फूँक दिया है कि राह में सब पेड़ बड़े मीठे-मीठे फलों से लद गए हैं और उनमें से मधु की धाराएँ बहती चली जा रही हैं। वानर लोग जी भर फल खा-खाकर मधु पीए चले आ रहे हैं।'' थोड़ी देर रुककर हनुमानजी ने कहा, ''यह देखिए दूर से चंद्रमा जैसा चमचमाता ब्रह्माजी के मन से बनाया हुआ पुष्पक विमान सामने उड़ा चला आ रहा है, जिसे श्रीराम ने रावण को और उसके घरवालों को मारकर पाया है। इसी विमान पर सीताजी और लक्ष्मण के साथ श्रीराम बैठे हुए हैं और उन्हीं के साथ सुग्रीव और विभीषण भी हैं। विमान पर आगे ही बैठे हुए श्रीराम को देखते ही भरतजी ने उन्हें हाथ जोड़ लिये। इतने में श्रीराम के कहने पर वह हंसों से सजा हुआ सलोना विमान धरती पर आ उतरा। श्रीराम ने झट भरत को विमान पर चढ़ाया। फिर तो भरत बहुत ही मग्न होकर श्रीराम के चरणों में लोट गए। इतने दिनों पर भरत को देखकर श्रीराम ने उन्हें गोद में उठाकर बहुत दुलार के साथ छाती से लगा लिया। जब भरत को लक्ष्मण हाथ जोड़ चुके, तब भरत ने अपना नाम बताकर सीताजी को हाथ जोड़ते हुए कहा, ''मैं भरत आपको हाथ जोड़ रहा हूँ।''

तब भरत ने बारी-बारी से सुग्रीव, जांबवान, अंगद, मैंद द्विविद, नील, ऋषभ, सुषेण, नल, गवाक्ष, गंधमादन, शरम और पनस को भी गले लगाया। सुग्रीव को गले लगाकर भरत ने उनसे कहा, ''सुग्रीवजी! आप हम चारों के पाँचवें भाई हैं, क्योंकि भाई या सच्चा साथी वही है, जो पीर पड़ने पर काम आए। फिर विभीषण को बढ़ावा देते हुए उनसे भरत ने कहा, '' यह बड़े भाग्य की बात है कि आपके साथ देने से ही भ्राता ने इतना भारी काम कर डाला।

तभी शत्रुघ्न ने भी श्रीराम और लक्ष्मण को हाथ जोड़कर सीताजी के पैरों में हाथ जोड़े।

अपने बिछोह में सूखकर काँटा हुई पड़ी अपनी माता कौशल्या के पास जाकर श्रीराम ने जब उनके पैर जा पकड़े, तब तो कौशल्या उमंग में फूले न समाईं। फिर सुमित्रा और कैकेयी को हाथ जोड़े और फिर अपने पुरोहित वसिष्ठजी के पास बढ़े चले आए। अब तो अयोध्या के सब लोग एक साथ चिल्ला उठे, "कौशल्याजी का मन सुखी करनेवाले श्रीराम आपका स्वागत है, स्वागत है।" श्रीराम ने आँख उठाकर देखा कि सब लोग कमल जैसे हाथ बाँधे उनकी ओर देख रहे हैं। तब भरतजी ने श्रीराम की खड़ाऊँ उनके पैरों में पहनाकर उनसे कहा, "आप जो यहाँ का राज्य मुझे धरोहर बनाकर सौंप गए थे, वह मैं लौटा रहा हूँ। मेरी साधें पूरी हो गईं कि आज मैं अपनी आँखों से अयोध्या के राजा श्रीराम को लौटा देख पा रहा हूँ। आप राज का भंडार, कोठार, घर और सेना सब देख-सँभाल लीजिए, जो सब आपकी धाक से दस-दस गुणे हो गए हैं। भरत की यह बात सुनकर सारे वानर लोगों और विभीषण की आँख छलक पड़ी। तदनंतर भरत को गोद में बैठाकर श्रीराम उस विमान से ही भरत के आश्रम पर जा पहुँचे। वहाँ पहुँचकर श्रीराम ने विमान से कहा कि अब तुम कुबेरजी के पास उड़े चले जाओ और उन्हीं की सवारी में रहना! फिर अपने गुरु वसिष्ठजी के पैरों में पड़कर और उन्हें बढ़िया आसन पर बैठाकर श्रीराम दूसरे आसन पर बैठ गए।

उपहार वितरण तथा विदाई

प्रभु श्रीराम के राज्याभिषेक की तैयारी होने लगी। सभी अयोध्यावासी एवं आगंतुक वानर, राक्षस इस महोत्सव में भाग लेने के लिए सुसज्जित होने लगे। कांतिमान हनुमान और कपिराज सुग्रीव स्नान करके, दिव्य वसनों से विभूषित होकर तथा दोनों कानों में सुंदर कुंडल धारणकर नगर की ओर चल पड़े। पट्टाभिषेक की पूर्ववेला में श्रीराम अपने मंत्रियों से सुग्रीव की मित्रता

और पवनपुत्र हनुमानजी के पराक्रम का वर्णन करते जा रहे थे। जब भरतजी ने सुग्रीव से अनुरोध किया कि आप श्रीराम के अभिषेक हेतु जल लाने के लिए अपने दूतों को भेजिए, तब सुग्रीव ने जांबवान, हनुमान, गवय और ऋषभ को चारों दिशाओं से जल लाने के लिए भेजा। हनुमानजी उत्तर दिशा में गए और अतिशीघ्र अभिषेक-कार्य हेतु जल ले आए। राज्याभिषेक के पश्चात् राजा रामचंद्र सभी आगंतुकों को उपहार देने लगे।

श्रीराम ने एक सूरज जैसी जगमगाती नग-जड़ी सोने की अनूठी माला सुग्रीव के गले में पहनाई और बहुत प्यार से दो चाँद की किरणों के जैसे चमचमाते विजापट (बाँह पर बाँधे जानेवाले भुजवंद) अंगद को भेंट किए।

चाँद की किरणों जैसा जगमगाता जड़ाऊ मोतियों का हार, जो पवन देव ने लाकर दिया था, उसे श्रीराम ने सीताजी के गले में पहनाया, साथ ही दो अनूठी साड़ियाँ भी दीं, जो कभी मैली न हों और बहुत से अच्छे-अच्छे गहने दिए। सीताजी कुछ सोचती हुई श्रीराम की ओर देखने लगीं कि हनुमान को भी कुछ भेंट देनी चाहिए और श्रीराम की ओर देखते हुए अपने गले से मोतियों का हार उतारा। श्रीराम ने झट उनके मन की बात ताड़कर उनसे कहा, "बड़े भागवाली सीता! तुम जिसे चाहो, उसे यह हार दे डालो।" तब सीताजी ने बड़ी दमक, धीरज, बड़ाई, समझ-बूझ, बलबूते, सिधाई, काम करने का ढंग जाननेवाले, हियाब और जीवटवाले हनुमानजी को वह हार भेंट किया। वह हार पहनकर हनुमानजी बड़े ही सुहावने लगने लगे।

श्रीराम ने जी खोलकर विभीषण, सुग्रीव, हनुमान, जांबवान और सभी वानर सूरमाओं को जो कुछ जिसका मन चाहा था, वह सब बहुत सा सामान भेंट कर डाला।

जब वहाँ से चलने की बारी आई, तब सबकी आँखें डबडबा चलीं और वे सब बड़े भारी मन से वहाँ से चल दिए। तब हनुमानजी को भी जाते देखकर श्रीराम ने रोककर उनसे कहा, "देखो हनुमान! तुम्हारी जैसी आवभगत होनी चाहिए, वैसी हो नहीं पाई, इसलिए तुम जो चाहो, मुझसे माँग लो, क्योंकि तुमने मेरे लिए ऐसा बड़ा काम कर दिखाया है, जो दूसरा कोई कर नहीं सकता था।"

यह सुनकर हनुमानजी बहुत प्रसन्न हुए और कहने लगे, "तो भगवन्! (जब आप कहते हैं तो) ऐसा कीजिए कि जब तक आपकी रामकथा इस धरती पर सुनाई जाती रहे, तब तक मैं जीता रहूँ और वह कथा सुनता रहूँ।" तब श्रीराम ने हनुमानजी को गले से लगाते हुए कहा, "ठीक है। जब तक धरती पर पहाड़ और समुद्र रहेंगे, तब तक तुम भी ऐसे हट्टे-कट्टे, भले-चंगे और सदा जवान बने रहोगे।"

सीताजी ने भी हनुमान को वर देते हुए कहा, "जितने भी सुख से रहने के ठाठ-बाट के सामान हैं, वे सब तुम्हारे पास अपने-आप धरे रहेंगे, दानव गंधर्व और अप्सराएँ सब आकर-आकर तुम्हारी सेवा-टहल किया करेंगी और जब भी तुम चाहोगे, तभी मीठे-मीठे फल और मीठा पानी तुम्हारे लिए पहुँच जाया करेगा।"

तदनंतर श्रीराम ने वानर सरदारों से कहा, "वानर सूरमाओ! आप लोग मेरे साथी, शरीर और भाई हैं, क्योंकि आप ही हैं, जिन्होंने मुझे बड़ी भारी विपदा से उबार निकाला था और राजा सुग्रीव बड़भागी हैं कि उन्हें आप जैसे साथी मिल पाए हैं।"

अयोध्या में सुग्रीव और विभीषण के वीर-बंधु विविध प्रकार के पक्वान्न तथा मधु का सेवन करते हुए सुखपूर्वक निवास कर रहे थे। मास भर का समय उन्हें मुहूर्त जैसा लगा। शिशिर का दूसरा महीना आरंभ होने पर भगवान् श्रीराम ने वानर एवं राक्षस वीरों की विदाई की। सुग्रीव एवं विभीषण को धर्मपूर्वक शासन चलाते रहने का परामर्श देने के बाद उन्होंने हनुमानजी के प्रति विशेष कृतज्ञता का भाव व्यत्क करते हुए कहा, "हे मित्र! तुमने जो मेरे साथ बहुत सी भलाइयाँ की हैं, उनमें से एक पर मैं अपनी जान निछावर कर सकता हूँ और तुम्हारी की हुई और बची हुई भलाइयों का तो मैं सदैव ऋणी ही बना रहूँगा। मैं तो यहीं मनाता हूँ कि मेरे लिए तुम्हारी की हुई भलाइयाँ मेरी देह में ऐसी पच जाएँ कि मैं उनका बदला कभी चुका ही न पाऊँ, क्योंकि भलाई का बदला तो तभी चुकाया जा सकता है, जब दूसरा भी विपदा में पड़ा हो, इसलिए भगवान् करे तुम कभी विपदा में पड़ो ही नहीं।" यह कहकर श्रीराम

ने अपने गले से चाँद सा उजला वह हार उतारकर हनुमानजी के गले में पहनाया, जिसके बीच में नीलम का चौका लटक रहा था। छाती पर सजे हुए उस हार से हनुमानजी और भी सुहावने लगने लगे।

विदाई की बात सुनकर सब वानर लोग एक-एक करके उठ-उठकर श्रीरामजी के पैरों में सिर रखकर वहाँ से जाने लगे।

सुग्रीव और विभीषण भी विछोह होने से आँखों में आँसू भरे श्रीराम के गले से लग-लगकर चल दिए।

किंतु हनुमानजी प्रभु श्रीराम की सेवा में रह गए और जब भगवान् अपनी लीला समाप्त कर धराधाम से विष्णु लोक जाने लगे, तब हुनमानजी को यह वरदान देते गए कि जब तक इस धरती पर रामकथा होती रहेगी, तब तक तुम यहाँ विचरण करते रहोगे और आज भी हनुमानजी इस धरती पर विराजमान हैं तथा जहाँ-जहाँ राम कथा होती है, वहाँ-वहाँ वे प्रच्छन्न रूप में अवश्यमेव उपस्थित रहते हैं।

श्री हनुमान
एक बहुमुखी व्यक्तित्व के स्वामी

बल के धाम, सोने के पर्वत सुमेरु के समान कांतियुक्त शरीरवाले, दैत्यरूपी वन को ध्वंस करने के लिए अग्नि रूप, ज्ञानियों में अग्रगण्य, संपूर्ण गुणों के निधान, वानरों के स्वामी, श्रीरघुरनाथजी के प्रियभक्त पवनपुत्र श्री हनुमानजी को शत-शत प्रणाम।

श्री हनुमानजी एक ऐसे बहुमुखी व्यक्तित्व के स्वामी हैं, जिनके समान दूसरा कोई अन्य उदाहरण नहीं है। वे ज्ञान, भक्ति, सेवा में सबसे अग्रणी हैं तथा सबसे सरल, निराभिमानी, कृपालु, व्यवहारकुशल और सर्वशक्तिमान हैं। यद्यपि हनुमानजी के कई रूप हैं। विद्वान् ब्राह्मण के रूप में ज्ञानियों में अग्रगण्य हैं। क्षत्रिय ब्राह्मण के रूप में हाथ में गदा उठाकर चलते हैं। हनुमानजी के

संबंध में रामजी ने कहा था कि समाज के सभी वर्णों—ब्राह्मण, क्षत्रिय, वैश्य, शूद्र चारों का रूप हनुमानजी में दिखाई देता है अर्थात् हनुमानजी सभी के हैं।

हनुमानजी ने प्रभु श्रीराम से स्वयं यह जानना चाहा, "आपने मुझे ब्राह्मण भी कहा, क्षत्रिय भी कहा, लेकिन वैश्य क्यों कहा? आपको मुझमें ऐसे क्या वणिक गुण दिखाई पड़े?" तब श्रीरामजी ने उनसे कहा, "प्रिय हनुमान! वैश्य दूसरों पर कर्जा चढ़ा देता है, तुमने भी मेरी इतनी सेवा कर दी है कि इसे चुकाना मेरे लिए आसान बात नहीं है।"

हनुमानजी बहुत भोले स्वभाव के थे और इसी भोले रूप में (सिंदूरवाला रूप) उनकी सब जगह मंदिरों में पूजा की जाती है। एक बार माता सीताजी को सिंदूर लगाते हुए देखकर हनुमानजी ने पूछा, "माताजी, यह किसलिए लगाया जा रहा है?" माता सीता ने कहा, "यह सौभाग्य की निशानी है।" हनुमानजी ने पूछा, "इससे होता क्या है?" सीता माता ने कहा, "इससे रामजी प्रसन्न होते हैं।" इसके बाद हनुमानजी ने उनकी पूरी बात भी नहीं सुनी और अपने पूरे बदन पर उन्होंने सिंदूर लगा लिया। तब से उनको इसी रूप में पूजा जाने लगा क्रमशः)

हनुमानजी विद्वान्, गुणी व बहुत चतुर थे और रामकाज करने के लिए सदैव उत्सुक व उत्साहित रहते थे। प्रतिस्पर्धा के इस युग में हनुमानजी के चरित्र से यह सीख लेनी चाहिए कि हमें भी इन तीन गुणों (विद्वत्ता, गुण, चतुराई) को धारण करना चाहिए। भगवान् श्रीराम ने इसी से चतुराई के सारे कार्य इन्हीं से करवाए। हनुमानजी जब सीता माँ की खोज में लंका जा रहे थे, तब उनकी चतुराई के कुछ उदाहरण सुंदर कांड में मिलते हैं—

समुद्र ने हनुमानजी को रघुपति का दूत समझकर मैनाक पर्वत से कहा, "हे मैनाक! तुम इनकी थकावट दूर करनेवाले हो, मग्लव तू इन्हें विश्राम दे।" हनुमानजी ने उसे हाथ से छू दिया, फिर प्रणाम करके कहा, "भाई! श्रीरामचंद्रजी के काम किए बिना मुझे विश्राम कहाँ?"

यहाँ पर हनुमानजी ने मैनाक पर्वत के साथ चतुराई दिखाई। उसको अस्वीकार नहीं किया, केवल स्पर्शमात्र कर दिया। स्वर्ण पर्वत मैनाक सुख

और समृद्धि का प्रतीक है। हनुमानजी ने सुख-समृद्धि को ठुकराया नहीं, उसे स्पर्श किया तथा अपने उद्देश्य को नहीं भूले।

कई बार ऐसा होता है कि वैराग्य और सादगी के स्वभाव को स्वीकार करने के कारण कुछ लोग सुख-समृद्धि के साधनों को अपना शत्रु समझ बैठते हैं। मनुष्य का यह स्वभाव है कि जिससे अधिक विरोध किया जाए, मन उसी पर ज्यादा टिक जाता है और इस तरह मन में आसक्ति आ जाती है। श्री हनुमानजी द्वारा मैनाक पर्वत को स्पर्श करने का अर्थ है, विवेक के साथ सुख-समृद्धि के साधनों का उपयोग करना। यहाँ संकेत यह है कि साधनों का उपयोग किया जाए, उपभोग नहीं।

श्री हनुमानजी जब अपने मार्ग में आगे बढ़ते हैं तो उनके सामने सुरसा नामक राक्षसी आती है। उन्हें खाने के लिए उस राक्षसी ने अपना मुँह बड़ा करके खोला तो हनुमानजी ने भी अपने रूप को बड़ा कर लिया। फिर छोटे बनकर उसके मुँह में प्रवेश कर बाहर निकल आए।

इस आचरण से उन्होंने यह बतलाया कि जीवन में किसी से बड़ा बनकर जीता नहीं जा सकता। लघुरूप होने का अर्थ है नम्रता, जो सदैव विजय दिलाती है। इस प्रसंग में जीवन प्रबंधन की एक महत्त्वपूर्ण बात निहित है कि हनुमान चाहते तो सुरसा से युद्ध कर सकते थे, उसे पराजित कर सकते थे, लेकिन इन्होंने विचार किया कि मेरा लक्ष्य इससे युद्ध करना नहीं है, क्योंकि ऐसा करने से समय और ऊर्जा, दोनों नष्ट होंगे, इस समय लक्ष्य है, सीता माता की खोज और इस पर अधिक ध्यान देने की जरूरत है। हम सभी अपनी जिंदगी में अपने लक्ष्य को भूल जाते हैं और लड़ने-भिड़ने में लग जाते हैं। इस तरह स्वयं को श्रेष्ठ व बड़ा सिद्ध करने में हम अपने लक्ष्य से तो भटकते ही हैं, साथ ही दूसरों की नजरों में भी बड़े नहीं बन पाते, क्योंकि बड़े वे होते हैं, जो लोगों के दिलों को जीतते हैं, लोगों के दिलों में राज करते हैं।

हनुमानजी को अपने मार्ग में आगे सिंहिका नाम की राक्षसी मिलती है, जिसे उन्होंने मार डाला, क्योंकि वह ईर्ष्या का प्रतीक थी। वह उड़ते हुए लोगों की परछाईं पकड़कर उन्हें खा जाती थी। श्री आंजनेय का यह मत है कि ईर्ष्या

को जिंदा नहीं रहने देना चाहिए, इसे मार डालना चाहिए। ईर्ष्यालु लोग अपनी पूरी ऊर्जा दूसरों से लड़ने में लगा देते हैं, जबकि यदि मनुष्य को लड़ना है तो अपनी किस्मत से लड़ना चाहिए, ताकि वह उसे बेहतर बना सके। भाग्य भले ही न बदले, फिर भी इस अपरिवर्तित भाग्य का सामना करने के लिए अपने वर्तमान हालात बदलने का प्रयास तो किया ही जा सकता है।

जब समुद्र को पार कर श्री हनुमान लंका पहुँचे, तो लंका द्वार पर लंका की रक्षा करनेवाली लंकिनी नामक राक्षसी मिली, अतिलघु रूप होने पर भी उसने हनुमानजी को पहचान लिया और बलपूर्वक उन्हें रोकने का प्रयास किया, तब उन्होंने लंकिनी को मुक्का मारा और उसे घायल कर दिया।

लंकिनी लंका की रक्षक थी, किंतु वह रावण जैसे चोर की सेवा में थी। जो रक्षक एक गलत व्यवस्था की रक्षा करे, उस पर प्रहार करना चाहिए। शौर्य का यह अनुपम उदाहरण श्री हनुमानजी ने यहाँ प्रस्तुत किया और उनकी चतुराई भी हम सभी के लिए प्रेरणादायक है। इसलिए हनुमानजी के बारे में यह कहा गया है कि वे अति चतुर हैं।

हनुमानजी के बारे में गोस्वामी तुलसीदासजी कहते हैं कि 'रामकाजु करिबे को आतुर।' हनुमानजी आतुर हैं, आलसी नहीं। एक पल की भी देरी लगाए बिना वे श्री रामजी का कार्य करने के लिए तत्पर रहते हैं। रामकाज करने का एक अर्थ यह भी है कि भगवान् श्रीराम को सुख पहुँचाना, उन्हें प्रसन्न करना। हम जिससे भी प्रेम करते हैं, उसे सुख पहुँचाने के लिए उसके कार्यों को करते हैं, न कि केवल कार्य को पूरा करने के लिए। जो कार्य दूसरों को सुख पहुँचाने के लिए किया जाता है, उसे करने में खुशी होती है, उत्साह होता है और मन भी उस कार्य को करने से प्रसन्न होता है, जबकि किए गए कार्यों से जब किसी को दुःख पहुँचता है, तो मन भी दुःखी हो जाता है। इसलिए सदैव सुख पहुँचानेवाले कार्यों को करना चाहिए। इसी में सफलता का मार्ग निहित है।

श्री हनुमानजी भक्ति के परम सागर, परम शक्तिशाली, भगवान् श्रीराम के सबसे बड़े सेवक हैं।

भीम से हनुमानजी का मिलन

वन पर्व में पवनपुत्र हनुमान एवं अन्य पवनपुत्र भीम की मुलाकात का रोचक वर्णन मिलता है। वनवास-काल में एक दिन द्रौपदी को एक सुंदर सहस्रदल कमल वायु के झोंके से सहसा आकर गिरा हुआ मिला। द्रौपदी ने भी वैसा ही कमल लाने का आग्रह किया। भीम इशान कोण से (जिधर से कमल आ गिरा था) उस दिव्य कमल को लाने चले, ताकि उसे काम्यक वन के आश्रम में लगा सकें। भीम ने गंधमादन पर्वत पर पहुँचकर कमल के अन्वेषण में ऐसी गति दिखलाई कि सभी पशु-पक्षी व्याकुल हो चले। गजनाद को सुनकर हनुमानजी ने जँभाई ली और भीमसेन को गंधमादन पर्वत पर जाते देखा।

भीम जिस मार्ग पर अग्रसर हो रहे थे, वह संकटापन्न था। अत: हनुमानजी उन्हें रोकने के लिए कदली वन में जा लेटे। बली भीम ने जब मार्ग में एक वानर को लेटा देखा, तब अपने दर्प में उसको हटने का निर्देश दिया। हनुमानजी ने कहा कि मैं बूढ़ा वानर हूँ, मेरी पूँछ हटाकर आगे बढ़ जाओ। जब लाख यत्न करने पर भी उनकी पूँछ नहीं हटी या हिली, तब भीम विस्मित हो चले और पूछ बैठे कि आप कौन हैं, मुझे स्पष्टत: बतलाइए।

द्रौपदी के आग्रह पर भीम कमल लाने चल पड़े, तब भीम के बचाव के लिए हनुमानजी यह सोचकर कि उनके आगे जाने से उन्हें कोई शाप न दे बैठे या उठा पटके, वे कदली वन में जा लेटे। उनकी पूँछ की फटकार की कड़क सुनकर भीम के रोएँ फरफरा उठे और वे यह जानने के लिए उस कदली वन (केले के जंगल) में इधर-उधर घूमने लगे कि यह आवाज कहाँ से आई। घूमते-घूमते उन्होंने देखा कि बड़ी-बड़ी लंबी-लंबी बाँहोंवाला एक भारी वानर लेटा पड़ा है। भीम को ढिठाई के साथ आया देखकर हनुमानजी ने मुसकराते हुए कहा—

"अरे भले मानव! सुख से सोते हुए मुझ रोगी को तुमने भला क्यों उठाया। कम-से-कम तुम्हें तो जीवों पर दया करनी चाहिए। हम तो पशु ठहरे, इसलिए हम तो जानते नहीं कि क्या ठीक है, पर मनुष्य तो बड़े

समझदार होते हैं और सभी जीवों पर दया करते हैं, फिर तुम्हारे जैसे लोग मन, बोली और शरीर से ऐसा खोटा और बुरा काम क्यों किए जा रहे हैं, जिससे दूसरों का मन दुःखे। इससे जान पड़ता है कि न तो तुम धर्म जानते हो कि कब, किससे और कैसा बरताव करना चाहिए, न तुम पढ़े-लिखे लोगों के पास उठे-बैठे हो, क्योंकि तुम बड़े उजड्डपन के साथ यहाँ के जानवरों को सताए जा रहे हो। बताओ, तुम हो कौन और क्यों इस जंगल को सताए जा रहे हो कि तुममें नाम की भी भलमनसाहत नहीं रह गई है। यह क्षेत्र मनुष्यों के लिए वर्जित भी है तथा यहाँ से आगे इतनी खड़ी चढ़ाई है कि आगे किसी से जाया नहीं जा सकता, साथ-ही-साथ यह रास्ता देवलोक को जाता है, जहाँ बिना सिद्धि पाए किसी मनुष्य की वहाँ पहुँच नहीं हो सकती। अतः मेरी बात मान लो, क्योंकि तुम्हारी भलाई के लिए ही मैं तुम्हें रोक रहा हूँ कि तुम यहाँ से आगे एक पैर नहीं धर सकोगे। तुम्हारा यहाँ आना अच्छा ही हुआ, पर अब मेरा भला सुझाव मानकर यहाँ के मीठे मूल और फल खाकर चलते बनो और बिना बात के अपनी जान संकट में मत डालो।''

हनुमानजी की बात सुनकर भीम उत्तेजित होकर बोले, ''क्षत्रिय वर्णधर्मा, मैं तुमसे पूछ रहा हूँ कि तुम हो कौन और तुम वानर जैसा बाना क्यों बनाए हुए हो। मैं सोम वंश का कुंती का बेटा भीमसेन नाम का पांडव हूँ।''

भीम की बात सुनने के पश्चात् हनुमानजी बोले, ''यह समझ लेना कि मैं वानर तुम्हें उधर पैर नहीं धरने दूँगा, जिधर जाने को तुम सोच बैठे हो। इसलिए भलमनसाहत इसी में है कि सीधे से लौट जाओ, जिससे बैठे-बिठाए तुम चपेट में न आ जाओ।''

इस पर भीम ने कहा, ''मैं यह नहीं पूछ रहा हूँ कि यहाँ चपेट खानी पड़ेगी या और कुछ विपदा झेलनी पड़ेगी। सीधी सी बात यह है कि तुम रास्ता छोड़कर उठ खड़े हो, कहीं मेरे हाथ तुम्हें पटकनी न खानी पड़ जाए।''

हनुमानजी ने कहा, ''देखो, मेरे से तो उठा जा नहीं पाता, क्योंकि मैं तो बहुत रोगी हुआ पड़ा हूँ। जो तुम जाने पर ही तुले हो तो ऊपर से लाँघकर निकल जाओ।''

तदनंतर भीम बोले, ''मैं देख रहा हूँ कि निर्गणु भगवान् सभी प्राणियों के

शरीर में व्याप्त रहते हैं, इसलिए ज्ञान से ही जाने जा सकनेवाले उस परमात्मा की न तो मैं हेठी कर सकता, न उन्हें लाँघ सकता हूँ। यदि मैं बड़ी-बड़ी पोथियों के भूतभावन भगवान् के रूप को न जानता होता तो अब तक मैं तुम्हें और इस पहाड़ दोनों को वैसे ही लाँघ जाता, जैसे हनुमानजी समुद्र को लाँघ गए थे।''

तब हनुमानजी ने भीम से पूछा, '' यदि जानते हो और बात कर सकते हो तो बताओ कि वह हनुमान कौन था, जो समुद्र को लाँघ गया था।''

इस पर भीम ने उत्तर दिया, ''हनुमानजी सारी अच्छाइयों से भरे हुए, बड़े समझदार, जीवट और बलवाले बड़े भारी वानर मेरे भाई थे, जिनके किए हुए बड़े-बड़े काम से रामायण भरी पड़ी है। राम की पत्नी सीता को खोजने के लिए वे सौ योजन चौड़े समुद्र को एक छलाँग से लाँघ गए थे। वे ही मेरे बलवान भाई थे और मैं भी उन्हीं के जैसा बलवान, सबकुछ कर सकनेवाला ऐसा तगड़ा हूँ कि सामने आओ तो तुम्हें भी पछाड़ सकता हूँ। अब भलाई इसी में है कि झटपट उठ बैठो, मुझे जाने दो और मेरी बात तुमने यदि नहीं मानी तो देख लेना मैं तुम्हें यम के यहाँ भेजे बिना न छोड़ूँगा।''

जब हनुमानजी ने देखा कि इसे घमंड हो गया है तो मन-ही-मन उस पर हँसते हुए उन्होंने भीम से कहा, ''अच्छा भाई! मुझ पर दया करो। बुढ़ापे के मारे मैं उठ नहीं पा सक रहा हूँ, इसलिए मुझ पर दया करके मेरी पूँछ सरकाकर निकल जाओ।''

हनुमानजी के ऐसा कहने पर भीम ने अपनी बाँहों के बल के घमंड में कहा—''ठीक है। मैं अभी इस बुड्ढे और दुबले-पतले मरियल वानर की पूँछ पकड़कर इसे यमराज के पास भेज देता हूँ।'' तब बड़ी हेठी के साथ भीम ने मुसकराते हुए अपने बाएँ हाथ से हनुमानजी की पूँछ जा पकड़ी, पर बहुत हाथ-पैर पटकने पर भी उसे टस-से-मस न कर सके। फिर वे उनकी पूँछ को दोनों हाथों से पकड़कर उठाने लगे, पर वह पूँछ हिली तक नहीं। जब अपना सारा बल लगाकर उसे तिल भी नहीं हटा या उठा सके, तब वे हारकर हनुमानजी के पास पहुँचकर तथा हाथ जोड़कर प्रणाम करते हुए कहने लगे, ''मैंने आपको कुछ ऊँची-नीची बातें कहीं हैं, उनका बुरा न मानकर

क्षमा कर दें तथा यह बता दें कि आप हैं कौन?''

कुंतीनंदन भीम के प्रश्न करने पर हनुमानजी कहने लगे, ''देखो भाई! तुम्हारे मन में यह जानने की ललक है तो मैं तुम्हें पहले से अब तक की अपनी सारी बातें बताए डालता हूँ, सुनो! मैं केसरी की पत्नी से वायुदेव का बेटा हनुमान नाम का वानर पैदा हुआ। सूर्य के बेटे सुग्रीव और इंद्र के बेटे बाली वानर लोगों के राजा थे और वहीं मेरा सुग्रीव से अपनापन हुआ। किसी बात पर मतभेद होने के कारण बाली ने सुग्रीव को घर से निकाल बाहर किया और वह मेरे साथ ऋष्यमूक पर्वत पर बहुत दिनों तक रहते रहे। कुछ दिनों के बाद दशरथ के बेटे वीर राम ने इस पृथ्वी पर विष्णु के रूप में अवतार लिया। वे अपने पिता की बात मानकर अपनी पत्नी सीता और भाई लक्ष्मण के साथ धनुष-बाण लेकर दंडकारण्य में आ पहुँचे। वहाँ पापी रावण बड़े धोखे से सीताजी को हरकर ले गया। श्रीराम अपनी पत्नी को ढूँढ़ते हुए अपने भाई लक्ष्मण के साथ ऋष्यमूक पहाड़ पर जा पहुँचे, जहाँ उनकी मुलाकात सुग्रीव से हुई। सुग्रीव के साथ श्रीराम की मित्रता हो गई, जिन्होंने बाली को मारकर सुग्रीव को वहाँ का राजा बना दिया। राजा बनने के बाद सुग्रीव ने सीताजी की खोज में चारों दिशाओं में हजारों वानरों को भेजा। मैं भी बहुत से वानरों को साथ लेकर दक्षिण दिशा की ओर चल दिया। उधर जाते हुए संपाति नामक एक बड़े भले गिद्ध ने सीताजी का पता बताते हुए कहा कि वे रावण के घर में बंद हैं। तब मैं श्रीराम का काम करने के लिए सौ योजन चौड़े समुद्र को छलाँग लगाकर लाँघ गया और देवताओं की बेटी जैसी राजा जनक की बेटी सीताजी से रावण की वाटिका में जा मिला तथा राम की प्यारी वैदेही को समझा-बुझाकर एवं ढाढ़स बँधाकर सारी लंका को उसकी अटारियों, परकोटों और तोरणों के साथ जलाकर फिर लौट आया। तदनंतर मेरी बात मानकर श्रीराम ने बहुत समझ-बूझकर सेना के साथ समुद्र पर पुल बाँधकर लंका में प्रवेश किया और लड़ाई में पापी रावण को मारकर विभीषण को राजा बना दिया, जो बड़े धर्म पर चलनेवाले रामजी के भक्त और अपने भक्तों को प्यार करनेवाले थे। फिर श्रीराम सीताजी के साथ अयोध्या लौट आए और अपनी राजगद्दी पर बैठकर राज्य का कार्य संचालन करने लगे। तब श्रीराम से मैंने

यह वर माँगा कि जब तक संसार में रामकथा होती रहे, तब तक मैं जीता रहूँ। श्रीराम ने मेरी बात मानकर कहा कि ठीक है, ऐसा ही होगा।

''भाई भीम! सीताजी की दया से मैं यहाँ आकर रहता हूँ। यहाँ मुझे एक-से-एक बढ़िया खाने-पीने के सब सामान बराबर मिलते रहते हैं। श्रीराम के अपने धाम साकेत जाने के बाद यहाँ अप्सराएँ और गंधर्व लोग श्रीराम का चरित्र गा-गाकर मेरा जी बहलाए रखते हैं।

''भीम! यह जान लो कि इस राह पर कोई मनुष्य पैर नहीं धर सकता। इसलिए मैं देवताओं की इस राह को रोके बैठा हूँ, क्योंकि इधर जाने से या तो तुम्हें कोई उठा पटके या शाप दे बैठे, क्योंकि यह तो देवताओं का रास्ता है, यहाँ मनुष्य नहीं जा सकते। और तुम जिस के लिए आए हो, वह तालाब यहीं है।

यह सुनकर भीम ने बड़े प्रेम से और खुशी मन से अपने भाई हनुमानजी को प्रणाम करके बड़ी रसीली बोली में उनसे कहा कि आपसे मेरी भेंट क्या हुई कि मेरा भाग्य ही खुल गया, यह तो आपकी बड़ी कृपा हुई कि आपका दर्शन हो गया। तदनंतर कौंतेय भीम ने आंजनेय हनुमानजी से अनुरोध किया कि आपने समुद्र लाँघते समय जो विशाल रूप बनाया था, कृपया उसका प्रदर्शन कर दीजिए। तब हनुमानजी ने कहा कि अब न वह समय रहा और न परिस्थिति रही, अत: वह रूप दिखलाना संभव नहीं है, किंतु जब भीम ने प्रीति और हठ के साथ कहा कि उस विशाल रूप का दर्शन किए बिना मैं प्रस्थान करनेवाला नहीं, तब हनुमानजी उस रूप की झलक प्रस्तुत करने को तत्पर हुए। तत्पश्चात् उन्होंने अपना विशाल रूप दिखलाना प्रारंभ किया, उनके पर्वताकार शरीर को देखकर भीम भयभीत और विस्मित हो चले। तब हनुमानजी ने विस्तृत होना बंद कर दिया और सामान्य आकार में आकर भीमसेन का आलिंगन किया, जिससे भीम की समस्त श्रांति और कलांति दूर हो गई। तदनंतर भीम ने प्रश्न किया कि जब आप स्वयं इतने सामर्थ्यवान थे कि समस्त लंका का सत्यानाश कर सकते थे, तब आपने दशानन-हनन का कष्ट रघुनंदन को क्यों दिया? इस पर हनुमानजी ने कहा कि यदि मैं ही जगज्जननी जानकी को रावण के पाश से छुड़ा लाता, तो श्रीराम की कीर्ति

नष्ट हो जाती, अतः उन्होंने स्वयं स्वजनों के सहित लंकेश का वध कर अक्षय यश और अमरता को प्राप्त किया। तत्पश्चात् भीम को आशीर्वाद देकर तथा कौरव-पांडव युद्ध में पार्थ के रथ की पताका पर विराजमान रहने का आश्वासन देकर पवनपुत्र हनुमान अंतर्धान हो गए।

पंचमुखी हनुमान

श्रीराम-रावण युद्ध के समय एक समय ऐसा आया, जब रावण को अपनी सहायता के लिए अपने भाई अहिरावण की सहायता की आवश्यकता आन पड़ी। अहिरावण तंत्र-मंत्र का प्रकांड पंडित एवं माँ भवानी का अनन्य भक्त था। वह अपने भाई रावण की सहायता के लिए प्रस्तुत था। उसने रावण को सुझाव दिया कि यदि श्रीराम एवं लक्ष्मण का ही अपहरण कर लिया जाए तो युद्ध तो स्वतः ही समाप्त हो जाएगा। उसने अपनी माया से सुग्रीव का भेश बनाकर श्रीराम और लक्ष्मण के विश्राम-स्थल पर पहुँचकर सोने की अवस्था में ही श्रीराम और लक्ष्मण को पाताल लोक बलि प्रदान के लिए ले गया।

शिविर में जब श्रीराम और लक्ष्मण नहीं मिले तो उनकी खोज में हनुमानजी पाताल लोक पहुँचे। द्वार पर रक्षक के रूप में मकरध्वज (जिसका आधा शरीर मगर का तथा आधा वानर का) से युद्ध कर और उसे हटाकर जब हनुमानजी पातालपुरी के महल में पहुँचे तो श्रीराम और लक्ष्मणजी को बंधक-अवस्था में पाया। वहाँ पाँच दिशाओं में पाँच दीपक जल रहे थे और माँ भवानी के सम्मुख श्रीराम और लक्ष्मण को बलि देने की पूरी तैयारी हो चुकी थी। तभी आकाशवाणी हुई कि अहिरावण का अंत करना है, तो इन पाँचों दीपकों को एक साथ एक ही समय में बुझाना होगा। यह रहस्य ज्ञात होते ही हनुमानजी ने पंचमुखी हनुमान का रूप धारण किया।

पंचमुखी हनुमान के पाँच मुख इस प्रकार हैं—

1. श्री वराह (उत्तर दिशा की तरफ का मुख)
2. श्री नरसिम्हा (दक्षिण दिशा की तरफ का मुख)

3. श्री गरुड़ (पश्चिम दिशा की तरफ का मुख)
4. श्री हत्यग्रीव (आकाश दिशा की तरफ का मुख)
5. श्री हनुमान (पूर्व दिशा की तरफ का मुख)

इन पाँच मुखों को धारणकर हनुमानजी ने एक साथ सारे दीपकों को बुझाकर अहिरावण का अंत किया और श्रीराम और लक्ष्मण को मुक्त किया।

अहिरावण-वध

रावण के सहस्रों वीर प्रतिदिन श्रीराम के साथ होनेवाले युद्ध की भेंट चढ़ ही जाते थे, उसके चुने हुए परमपराक्रमी योद्धा भी काल के गाल में प्रवेश कर गए थे, किंतु जब उसका प्राणप्रिय पुत्र अजेय मेघनाद सुमिया कुमार के शर से विद्ध हो गया, तब रावण धैर्य धारण न कर सका। वह व्याकुल होकर मूर्च्छित हो गया। उसे अपने सहयोगी अहिरावण की स्मृति हो आई, पर पाताल के राक्षसराज अहिरावण को संदेश कैसे भेजा जाए? लंका से बाहर जानेवाले द्वारों पर तो शत्रु के सैनिकों ने अधिकार कर रखा था।

'अहिरावण देवी-भक्त है' रावण ने विचार किया और वह सीधे देवी-मंदिर में पहुँचा। वहाँ उसने स्नान करके शुद्ध वस्त्र धारण किया और देवी की पूजा में तल्लीन हो गया। दशानन की आराधना से आकृष्ट होकर अहिरावण वहाँ तुरंत आ पहुँचा। उसने आदरपूर्वक रावण के चरणों में प्रणामकर उससे पूछा, "आपने मुझे कैसे स्मरण किया?"

"अहिरावण! मैं बड़ी विपत्ति में उलझ गया हूँ। इस विपत्ति से मुझे तुम ही उबार सकते हो।" रावण ने अहिरावण से प्रार्थना की।

"क्या हुआ और मुझे क्या करना है, आज्ञा दीजिए।" अहिरावण ने उत्तर दिया।

"अयोध्या नरेश दशरथ के दो पुत्र राम और लक्ष्मण वन में आए थे।" रावण ने बताया, "उन्होंने मेरी बहन शूर्पणखा के नाक-कान काट डाले और खर-दूषण को मार डाला। इस पर क्रुद्ध होकर मैंने उनकी पत्नी सीता का

हरण कर लिया। बस, युद्ध छिड़ गया। इस युद्ध में मेरे एक-से-एक वीर योद्धा मार डाले गए। यहाँ तक कि कुंभकर्ण और मेघनाद भी नहीं बचे। अब मैंने असहाय होकर तुम्हारा स्मरण किया है।''

''आपने सीता का हरण कर उचित नहीं किया।'' अहिरावण ने मन की बात स्पष्ट कर दी, ''आप वीरतापूर्वक श्रीराम से युद्ध करते, यह तो शोभा की बात थी, किंतु उनकी सहधर्मिणी का हरणकर अनीतिपूर्ण कार्य किया है। इसका परिणाम तो शुभ हो ही नहीं सकता, दूसरे कुंभकर्ण, खर-दूषण और इंद्रजीत को मारनेवाला सामान्य पुरुष नहीं होगा, किंतु आप मुझे आज्ञा दीजिए, मैं क्या करूँ?''

रावण ने कहा, ''और कुछ नहीं, तुम किसी प्रकार केवल राम और लक्ष्मण को अपनी पुरी में ले जाओ और वहाँ उनका वध कर डालो।''

''आपके संतोष के लिए मैं यही करूँगा।'' अहिरावण ने दशग्रीव को आश्वासन दिया। ''आकाश में प्रकाश देखते ही आप समझ लीजिएगा कि मैं निर्विघ्न दोनों भाइयों को लिये जा रहा हूँ।''

रात्रि का समय था। दिन भर के युद्ध से थकी श्रीराम की सेना शयन कर रही थी। आंजनेय का पहरा था। उन्होंने अपनी पूँछ बढ़ाकर वानर-भालुओं की विशाल सेना को घेरे में ले लिया था। अहिरावण सहम गया। कुछ क्षण सोचकर वह विभीषण का वेष धारणकर भीतर प्रविष्ट होने लगा। हनुमानजी के पूछने पर विभीषण शेषधारी अहिरावण संध्या-वंदन करने का बहाना बनाकर भीतर प्रविष्ट हो गया। हनुमानजी के मन में संशय तो हुआ, पर वे चुप ही रहे।

समस्त सैनिकों के जग जाने की आशंका से दुष्ट अहिरावण ने उन्हें मोहित कर दिया, जिससे श्रीराम और लक्ष्मण सोते ही रहे। महाशक्तिशाली अहिरावण ने उन दोनों भाइयों को उठाया और वह आकाश-मार्ग से तीव्र-गति से भागा। सहसा आकाश में प्रकाश छा गया। रावण की प्रसन्नता की सीमा न थी।

भगवान् श्रीराम के चरण-कमलों में सोए हुए सुग्रीव आकाश में तीव्र प्रकाश के कारण जाग पड़े। उन्होंने अपने समीप प्रभु को नहीं देखा तो चिल्ला

उठे, ''प्रभु कहाँ गए?'' वानर-सेना में कोहराम मच गया। अंगद, विभीषण, नल, नील जांबवान आदि सभी आश्चर्यचकित थे। बुद्धिमान जांबवान ने हनुमानजी से कहा, ''भैया! अब तुम्हीं हम लोगों, की रक्षा करो।'' जांबवान ने फिर हनुमान से पूछा, ''रात्रि में कोई अपरिचित तो नहीं आ गया।'' तब हनुमान ने कहा, ''नहीं, रात्रि में कोई नहीं आया। हाँ, विभीषणजी अवश्य समुद्रतट से संध्या करके देर से लौटे थे।'' हनुमान का उत्तर सुनकर विभीषणजी चकित होकर बोले, ''मैं तो सायंकाल से ही प्रभु-चरणों के समीप था। अवश्य ही किसी मायावी असुर ने षड्यंत्र रचा है।''

कुछ क्षणों के उपरांत चिंतित विभीषण ने कहा, ''लंका के किसी भी मायावी असुर का सामर्थ्य नहीं कि वह मेरा वेश धारण कर सके। निश्चय ही यह कुकृत्य अहिरावण ने किया है। केवल वह ही मेरा वेश धारण करने में समर्थ है।''

विभीषण ने हनुमानजी से कहा, ''असुरवंश का प्रतापी राजा अहिरावण पातालपुरी में रहता है। राक्षसा-वंश का सर्वनाश होता देखकर रावण की सहायता करने के लिए वह सुमिया कुमार के साथ प्रभु को उठा ले गया है। आप शीघ्र वहाँ जाइए और उस असुर का वध करके प्रभु को वहाँ से ले आइए, अन्यथा हमारा जीवन नहीं रह पाएगा।''

विभीषण से पाताल-प्रवेश का मार्ग तथा अहिरावण की राजधानी आदि की आवश्यक जानकारी प्राप्तकर हनुमानजी ने कहा, ''आप लोग पूर्णतया सजग और सावधानी रहिए। शत्रु को प्रभु तथा मेरी अनुपस्थिति की गंध न लगने पाए। हनुमानजी सुग्रीव को प्रणाम कर वायु वेग से जय श्रीराम कहते उड़ चले। पाताल में पहुँचकर सीधे अहिरावण के नगर के द्वार पर पहुँच गए। वहाँ ठीक उन्हीं के आकार-प्रकार का एक महाकाव्य वानर नगर की रक्षा के लिए नियुक्त था।

हनुमानजी सूक्ष्म रूप धारण कर द्वार के भीतर प्रवेश करने ही जा रहे थे कि गरजते हुए वानर ने कहा, ''तुम कौन हो? सूक्ष्म रूप धारण कर चोरी से कहाँ जा रहे हो? मेरे यहाँ रहते तुम द्वार के भीतर कदापि प्रवेश नहीं कर

सकते। मेरा नाम मकरध्वज है और कान खोलकर सुन लो, मैं परमपराक्रमी बजरंगबली हनुमान का पुत्र हूँ।''

हनुमानजी ने चकित होकर पूछा, ''अरे! हनुमान तो बाल ब्रह्मचारी हैं। तुम उनके पुत्र कहाँ से आ गए।'' मकरध्वज ने उत्तर दिया, ''मेरे पिता जब लंका-दहन के बाद समुद्र में पूँछ बुझाकर स्नान कर रहे थे, तब श्रम के कारण उनके शरीर से स्वेद बह रहा था। वही स्वेदयुक्त जल एक मछली पी गई। वह मछली पकड़कर मेरे स्वामी अहिरावण के भोजनागार में लाई गई थी। काटते समय उसके उदर से मेरी उत्पत्ति हुई। अहिरावण ने ही मेरा पालन-पोषण किया और अब उन्हीं के आदेश से मैं उनके इस नगर की रक्षा कर रहा हूँ।''

''बेटा! हनुमान तो मैं ही हूँ।'' हनुमानजी अपने विशाल रूप में प्रकट हो गए। मकरध्वज ने उनके चरणों में प्रणाम किया।

हनुमानजी ने उससे पूछा, ''बेटा! यह तो बता दो कि अहिरावण मेरे स्वामी श्रीराम और लक्ष्मण को यहाँ ले आया है क्या?''

मकरध्वज अत्यंत विनयपूर्वक उत्तर दिया, ''नाम तो मुझे विदित नहीं, किंतु आज ही कुछ देर पहले वे कहीं से श्याम-गौर दो अत्यंत सुंदर राजकुमारों को उठाकर ले आए हैं और अभी कुछ ही देर में उन्हें देवी के सम्मुख बलि चढ़ाने वाले हैं।''

''अच्छा, अब मुझे जाने दो।'' हनुमानजी के मुख से निकलते ही मकरध्वज ने उत्तर दिया, ''नहीं पिताजी, आप भीतर नहीं जा सकते और जब तक मैं जीवित हूँ, आप मुझे पराजित किए बिना भीतर किसी प्रकार प्रवेश नहीं कर सकेंगे। यदि पिता के नाते मैंने आपको द्वार के भीतर जाने दिया तो मैं धर्म से च्युत हो जाऊँगा। मैं अपने स्वामी के साथ विश्वासघात कदापि नहीं कर सकता।''

हनुमानजी को प्रभु के पास पहुँचने की जल्दी थी। उन्होंने तुरंत अपने पुत्र मकरध्वज पर मुष्टि का प्रकार किया, पर वह भी वीर पिता का वीर पुत्र था। युद्ध छिड़ गया। किसी प्रकार हनुमानजी ने उसे पछाड़कर उसी की पूँछ से उसे कसकर द्वार पर बाँध दिया और स्वयं द्रुत गति से भीतर चले गए।

हनुमानजी सूक्ष्म रूप से देवी-मंदिर में पहुँचे। वहाँ उन्होंने देखा कि

चामुंडा के सम्मुख प्रज्वलित अग्निकुंड के समीप याद्ध, अर्घ्य, जल, रक्त-चंदनर्ध्य रक्त पुष्प और रक्त पुष्पों की माला तथा धूप-दीपादि पूजोपकरण प्रस्तुत हैं। अहिरावण स्नान करके रक्त वस्त्र, रक्तचंदन एवं रक्त पुष्पों की माला धारणकर वहाँ आ गया है। पूजा प्रारंभ होनेवाली है। हनुमान सीधे वेदी देवी के पीछे चले गए। परम प्रभु श्रीराम के अनन्य सेवक पवन कुमार के स्पर्श से देवी पाताल-प्रविष्ट हो गईं और उनके स्थान पर स्वयं श्रीरामदूत देवी के रूप में भयानक मुख फाड़कर खड़े हो गए। अहिरावण ने पूजा प्रारंभ की।

असुर ने श्रीराम और लक्ष्मण को मँगवाया। बलि के लिए उन्हें स्नान कराकर मूल्यवान नवीन वस्त्र और आभूषण धारण करने थे। तब अहंकारी असुर बोला, ''अब कुछ ही देर में तुम दोनों भाई देवी की भेंट चढ़ा दिए जाओगे।''

प्रभु को सदा मौन देखकर लक्ष्मणजी अत्यंत विस्मित थे। उसी समय श्रीरामजी ने अपने अनुज से कहा, ''भाई लक्ष्मण! आपत्ति के समय समस्त प्राणी मेरा स्मरण करते हैं, किंतु मेरी आपदाओं को हरण करनेवाले तो पवनकुमार ही हैं। अतः हम लोग उन्हीं का स्मरण करें!'' यहाँ पवनपुत्र हनुमान कहाँ? लक्ष्मणजी के कहते ही भगवान् श्रीराम ने उत्तर दिया, आंनेय कहाँ नहीं हैं? धरा के कण-कण में विद्यमान हैं। मुझे तो देवी के रूप में भी उन्हीं के दर्शन हो रहे हैं।''

लक्ष्मणजी ने देवी की ओर दृष्टि उठाई ही थी कि हनुमानजी ने घोर गर्जना की, जिससे संपूर्ण पातालपुरी काँप उठी। राक्षसराज अहिरावण के नेत्र मूँद गए। इतनी ही देर में हनुमानजी ने एक ही झटके से अहिरावण के हाथ से तलवार छीन ली और राम एवं लक्ष्मण को अपने कंधों पर बैठाकर लगे असुरों का वध करने।

अहिरावण ने कुपित होकर अपनी तीक्ष्ण तलवार से हनुमानजी पर आक्रमण किया, किंतु रुद्र के अवतार ब्रजांग पर लगकर उसकी तलवार टूट गई। अब क्रुद्ध होकर हनुमानजी ने अपने हाथ की तलवार से एक ही झटके से अहिरावण का मस्तक उतार दिया। रक्त का फव्वारा छोड़ता और नाचता हुआ उसका कवंध पृथ्वी पर और मस्तक प्रज्वलित अग्निकुण्ड में गिर पड़ा।

इस प्रकार असुर का हवन पूर्ण हुआ।

अहिरावण का सारा परिवार मारा गया। वहाँ से चलते समय श्री रघुनाथजी ने अपनी ही पूँछ से आबद्ध मकरध्वज का परिचय पाकर तुरंत हनुमानजी को आदेश दिया, ''सर्वप्रथम मकरध्वज को पाताल का राज्य प्रदान करो।''

हनुमानजी ने मकरध्वज को राज-तिलक देकर कहा, ''बेटा! तुम धर्मपूर्वक शासन करते हुए सदा-सर्वथा मेरे स्वामी श्री सीता-राम का स्मरण करते रहना।''

मकरध्वज ने भगवान् श्रीराम और लक्ष्मण के दुर्लभतम चरणकमलों की रज माथे चढ़ाई और अपने पिता को प्रणाम कर उन्हें आदरपूर्वक विदा किया। हनुमानजी अपने प्रभु श्रीराम और लक्ष्मण को अपने कंधों पर बैठाकर तीव्रतम गति से लंका की ओर उड़े।

इधर वानर-भालुओं के दुःख का पार नहीं था। सभी चिंतित, दुःखी और अशांत थे। उनकी व्याकुलता उत्तरोत्तर बढ़ती जा रही थी कि सबने हनुमानजी का हर्षोल्लासपूर्ण स्वर सुना—'जय श्रीराम!'

वानर-भालुओं ने प्रसन्न होकर देखने लिए अपने-अपने नेत्र उठाए ही थे कि उग्रवेग हनुमानजी श्रीराम-लक्ष्मण के साथ उनके मध्य उपस्थित हो गए। वानर-भालू हर्षोल्लास में गर्जन करने लगे, ''भगवान श्रीराम की जय! सुमित्रानंदन की जय! पवन पुत्र हनुमान की जय!''

सुग्रीव की सेना में प्रसन्नता की लहरें उमड़ पड़ीं और उधर इस जयघोष को सुनकर दुष्ट दशानन का मुख मलिन हो गया।

हनुमदीश्वर

रावण के मृत्यु के साथ ही लंका विजय का कार्यपूर्ण हो गया। फिर विभीषण के राज्याभिषेक के अनंतर श्रीरघुनंदन अपनी सहधर्मिणी सीता, अनुज लक्ष्मण, पवनपुत्र हनुमान, वानरराज सुग्रीव, युवराज अंगद, महामतिमान जांबवान आदि वानर-भालुओं के साथ पुष्पक विमान पर आरूढ़ हो आकाश-

मार्ग से चलकर गंधमादन पर्वत पर उतरे। वहाँ परमसती विदेह नंदिनी सीता की अग्नि-परीक्षा के द्वारा शुद्धि की गई। उस समय महामुनि अगस्त्यजी के साथ दंडाकरण्य निवासी ऋषि-मुनियों ने गद्‌गद कंठ से प्रभु की स्तुति की।

श्रीराम ने उन तपस्वी मुनियों के चरणों में श्रद्धापूर्वक प्रणाम कर अत्यंत विनय के साथ निवेदन किया, ''तपस्वी ब्राह्मणो! मैं क्षत्रिय हूँ। दुष्टों का शमन करना मेरा धर्म है। इस कारण मैंने लंकाधिपति रावण का तथा उनके भाइयों और पुत्रों का ही नहीं, संपूर्ण पुलस्त्य कुल का संहार किया है, किंतु वह था तो ब्राह्मण कुलोत्पन्न ही। अतएव ब्राह्मण वध के पाप का प्रायश्चित्त क्या है ? आप लोग कृपापूर्वक विचार करके मुझे यह बताने का कष्ट करें।''

श्रीरघुनंदन के वचन सुनकर मुनियों के मन में बड़ी प्रसन्नता हुई। उन्होंने कहा, ''मर्यादापुरुषोत्तम श्रीराम! आप यद्यपि स्वयं परब्रह्म परमेश्वर हैं, जाप नाम की कोई वस्तु आपका स्पर्श भी नहीं कर सकती, आपने तो उन असुरों को मुक्ति प्रदान कर उनका परम मंगल ही किया है, किंतु मर्यादा-पालन और मर्यादा-रक्षा आपका धर्म है। अतएव आप यहाँ लोक संग्रह की दृष्टि से शिवलिंग की स्थापना करें। उनके दर्शन एवं पूजन से मनुष्य तो परम पद प्राप्त करेंगे ही, रावण वध का दोष भी दूर हो जाएगा।''

लिंग स्थापना का पुण्यमय समय दो ही मुहूर्त में आनेवाला था। अतएव उसी काल में प्रतिष्ठा करने की दृष्टि से श्री राघवेंद्र ने पवनकुमार को शिवलिंग लाने के लिए कैलाश पर्वत भेजा।

परम पराक्रमी श्रीराम भक्त हनुमान की प्रसन्नता की सीमा न रही। वे अपने आराध्य श्रीसीता-राम के चरणों में प्रणाम करके वायुवेग से उड़ चले। कैलास पहुँचते उन्हें देर न लगी, किंतु वहाँ लिंग रूपधारी महादेवजी का दर्शन नहीं प्राप्त हुआ। तब हनुमानजी ने आशुतोष शिव को संतुष्ट कर उनसे शिवलिंग प्राप्त कर लिया और फिर विद्युत् गति से लौट पड़े।

इस तरह हनुमानजी के न पहुँचने से स्थापना का मुहूर्त व्यतीत होते देखकर तत्त्वदर्शी मुनियों ने धर्मपालक श्रीरामचंद्रजी से कहा, ''रघुनंदन! पुण्यकाल समाप्त होनेवाला ही है। अत: वैदेही ने लीलापूर्वक जो बालू का शिवलिंग बनाया है, इस समय आप उसी की स्थापना कर दीजिए।''

मुनियों का आदेश प्राप्त होते ही भगवान् श्रीराम ने अपनी सहधर्मिणी सीता तथा ऋषियों के साथ आचरण प्रारंभ किया। उस समय ज्येष्ठ मास के शुक्लपक्ष की दशमी तिथि और बुधवार दिन था। ऐसे परम उपयुक्त योगों की उपस्थिति में गंधमादन पर्वत पर सेतु की सीमा में भगवान् श्रीराम ने लिंगरूपधारी पार्वती वल्लभ भगवान् शिव की स्थापना की। उस समय उक्त लिंग में स्वयं सती शिरोमणि पार्वती सहित शशांक शेखर, कर्पूरगौर, आशुतोष शिव प्रकट हो गए। उन्होंने प्रसन्नतापूर्वक भगवान् श्रीराम को वर प्रदान करते हुए कहा, ''रघुनंदन! आपके द्वारा प्रतिष्ठित इस रामेश्वर लिंग के दर्शनार्थियों की समस्त पाप-राशि क्षणार्ध में ध्वंस हो जाएगी।''

भगवान् शंकर अंतर्धान हुए ही थे कि हनुमानजी कैलास पर्वत से उत्तम शिवलिंग लिये वेगपूर्वक वहाँ आ पहुँचे। उन्होंने वहाँ आते ही माता जानकी, परमप्रभु श्रीराम, वानरराज सुग्रीव के चरणों में प्रणाम किया, किंतु जब उन्होंने भगवती सीता एवं मुनियों के साथ श्री रघुनाथजी को बालुकामय शिवलिंग का पूजन करते देखा तो वे अत्यंत दुःखी हो गए। खिन्नमन उन्होंने श्रीरामजी से कहा, ''प्रभो! आपके आदेशानुसार मैं वायुवेग से कैलाश पर्वत पर गया। वहाँ भगवान् शंकर का दर्शन न मिलने से उन्हें प्रसन्न करने के लिए मैंने तपस्या प्रारंभ की। फिर महादेवजी की कृपा से यह उत्तम लिंग लेकर मैं द्रुतगति से आ ही रहा था कि आपने यहाँ बालू का लिंग का स्थापित कर लिया। अब मैं इस शिवलिंग का क्या करूँ ?''

अपने अनन्य भक्त पवन-पुत्र हनुमान को उदास देखकर प्रभु ने उन्हें अत्यंत स्नेहपूर्वक समझाया, ''कपीश्वर! तुम शोक मत करो। तुम्हारी अनुपस्थिति में शिवलिंग की स्थापना का पुण्यकाल व्यतीत हो रहा था, इस कारण मैंने इस सीता -निर्मित बालुका लिंग की स्थापना कर दी। तुम गंभीरतापूर्वक विचार करोगे तो प्रत्यक्ष देखोगे कि तुम्हारा किया हुआ प्रत्येक कर्म मेरा किया हुआ है और मेरा किया हुआ प्रत्येक कर्म तुम्हारा। मैंने जो इस शिवलिंग की स्थापना की है, यह तुमने ही की है, तुम यही समझो।

''वानर श्रेष्ठ! आज शुभ दिन है। अतः इसी समय अपना कैलास से लाया हुआ श्रेष्ठ शिवलिंग यहाँ तुम ही स्थापित करो। 'हनुमदीश्वर' तुम्हारे

ही नाम से यह लिंग त्रिलोकी में प्रख्यात होगा। पहले हनुमदीश्वर का दर्शन करके तब रामेश्वर का दर्शन होगा।''

भगवान् श्रीराम ने हनुमानजी को समझाते हुए आगे कहा, ''निष्पाप हनुमान! तुमने मेरे सेवा की दृष्टि से असंख्य ब्रह्म राक्षसों का वध किया है, तुम्हारी दृष्टि उन्हें शीघ्र परमधाम भेजने की थी। तुम तो स्वयं परम पावन हो, अतएव पाप तो तुम्हें स्पर्श भी नहीं कर सकता, किंतु व्यवहारत: इस लिंग की स्थापना से तुम उस पाप से मुक्त हो जाओगे।''

भगवान् श्रीराम की आत्मीयता एवं प्रीति से प्रभावित पवन नंदन श्री रघुनाथजी सर्वमंगल मूल चरण कमलों में दंड की भाँति लेट गए और फिर खड़ा होकर हाथ जोड़े गद्गद कंठ से स्तवन करने लगे।

करुणामूर्ति श्री रघुनाथजी की स्तुति करने के अनंतर हनुमानजी भक्तिपूर्ण हृदय से जगज्जननी श्री जानकीजी की स्तुति करने लगे।

इसके बाद हनुमानजी ने प्रभु के आदेशानुसार श्रीरामेश्वर के उत्तरी भाग में अपने द्वारा लाया हुआ शिवलिंग स्थापित कर दिया।

गायत्री के परम साधक

भगवान् श्रीराम केअनन्य भक्तों में श्रीहनुमानजी सर्वोपरि हैं। प्रभु श्रीराम के लिए उन्होंने अपना समस्त जीवन समर्पित कर दिया। लंका जलाने, राक्षसों को मारने एवं रामराज्य की व्यवस्था में हनुमानजी का उत्कृष्टतम योगदान रहा है। उनके अंदर जो अलौकिक शक्तियाँ आईं, वे भगवान् राम की कृपा से आईं, किंतु उन्होंने भगवान् सूर्य से गायत्री मंत्र-दीक्षा प्राप्त करके जो साधना संपन्न की, उसका योगदान कम नहीं था। गायत्री साधना में महातपा तपस्वी ऋषि का विशेष मार्गदर्शन उन्हें भगवान् सूर्य के आध्यात्मिक लोक में ही प्राप्त हुआ।

एक बार मतंग ऋषि के आश्रम में माँ अंजनी के साथ श्री हनुमानजी उपस्थित थे। माता ने विचार किया कि सूर्य से दीक्षा श्री हनुमानजी पहले ही

ले चुके हैं। उन्होंने ही उपनयन संस्कार संपन्न कराया है; वे ही इनके आचार्य भी हैं, अब हनुमान को आगे उन्हीं से शिक्षा प्राप्त करनी चाहिए। ऐसा विचार करके माता अंजनी ने हनुमानजी की ओर प्यार से देखते हुए कहा, "पुत्र आगे की शिक्षा प्राप्त करने के लिए तुम्हें श्रीराम के पावन नाम का स्मरण करते हुए सूर्यलोक प्रस्थान करना होगा।" अपनी माँ की बात धैर्यपूर्वक सुनकर उन्होंने कहा, "जैसी आपकी आज्ञा माँ!" हनुमानजी ने सभी को प्रणाम कर सविता लोक की ओर प्रस्थान किया। राम-नाम की मणि उनके पास थी, उनके लिए कुछ भी असंभव नहीं था, इसलिए सविता लोक तक पहुँचना उनको बहुत सरल लगा। सविता लोक का एहसास अब उन्हें होने लगा था।

सविता का यह क्षेत्र पवित्रता, प्रभा व प्रकाश से पूर्ण था। यहाँ सात्त्विक एवं दिव्य ऊर्जाएँ अनेक दिशाओं से गतिशील थीं। इनकी विभिन्न गतियों से अनेक रूप व आकारों की सृष्टि होती थी। यह सब अद्‌भुत, विचित्र व विलक्षण होते हुए भी सुमनोहर था। हनुमान यहाँ आकर ठिठक गए। आगे कोई भी मार्ग या दिशा नहीं सूझ रही थी। अब क्या करें? यही सोचते हुए उन्होंने प्रभु श्रीराम के पावन नाम का स्मरण किया। हनुमानजी को मालूम था कि 'राम' नाम के दो अक्षर विवेक-वैराग्य, श्रद्धा-विश्वास, ज्ञान-भक्ति एवं तप व समर्पण के प्रतीक हैं। जहाँ सभी साधनाओं व साधनों की गतियाँ थम जाती है, वहाँ से श्रीराम का नाम साधक को मार्ग दर्शन सुलभ करा देता है। श्रीराम के नाम में सभी साधन-पथ सहज ही समाए हैं।

यही सोचकर हनुमान अपने अंतःकरण में श्रीराम-नाम का भावपूर्ण स्मरण करने लगे। अपने प्रभु के नाम की धुन-सुमिरन की लगन में वे ऐसे लीन हुए कि उन्हें देश-काल, दशा-दिशा का कुछ भी भान न रहा; बस, आनंद व अहोभाव में ये क्षण बीतने लगे। आध्यात्मिक आत्मिक जीवन का यह सहज सिद्धांत है कि जो प्रभुमय हैं, जो प्रभु में हैं, उनके जीवन के सभी दायित्व भी स्वयं प्रभु ही निभाते हैं। यह कथन इन क्षणों में बड़ा ही सार्थक, सटीक व सही साबित हुआ। एक तेजस्वी स्वर ने उन्हें पुकारा, "वत्स हनुमान!" इस स्वर में बड़ी आत्मीयता घुली थी। सहज मिठास का इसमें समावेश था। भावनाएँ इसमें भरी थीं।

इस पुकार से वे सचेत हुए, सामने देखा तो एक परम तेजस्वी ऋषि खड़े हैं। उन्होंने स्वयं ही अपना परिचय दिया, ''वत्स! मेरा नाम महातपा है। सभी के प्रेरक परमात्मा की प्रेरणा से मैं यहाँ पर आया हूँ। मेरा दायित्व है कि मैं तुम्हारे आगे के पथ को प्रशस्त व प्रकाशित करूँ।'' हनुमान को उनकी बातों में सत्य व स्नेह घुला हुआ अनुभव हुआ। बड़े ध्यान से वे उनकी सभी बातें सुनने लगे। ऋषि महातपा उनसे कह रहे थे, ''पुत्र! यहाँ से आगे सविता का वह परम दिव्य क्षेत्र है, जहाँ केवल वहीं आत्माएँ जा सकती हैं, जिन्होंने अपने संपूर्ण अस्तित्व को सविता के भर्ग से प्रकाशित कर लिया हो और जिसके सभी पंचकोश गायत्री के तेज से पूरी तरह से प्रकाशित हों।''

इतना कहकर ऋषि महा तपस्वी ने उनसे कहा, ''गायत्री मंत्र में सृष्टि के समस्त ज्ञान व विज्ञान की धाराएँ समाई हैं। इन सभी ज्ञान-विज्ञान की धाराओं को आत्मसात् करने के लिए तुम्हें अपने पंचकोशों को गायत्री के भर्ग से तेजस्वी व प्रखर करना होगा। फिर तुम्हारा संपूर्ण अस्तित्व ऊर्जामय हो जाएगा। ऐसा करने पर तुम्हारे सूक्ष्म व कारण शरीर के साथ स्थूल शरीर भी ऊर्जा शरीर में रूपांतरित हो जाएगा। तभी तुम्हारी आगामी यात्रा संभव हो सकेगी, क्योंकि इससे आगे पदार्थ की गति नहीं है, केवल सात्त्विक एवं दिव्य ऊर्जाएँ ही यहाँ से आगे गति कर सकती हैं।''

उनके ऐसा कहने पर हनुमान ने उनकी ओर ध्यान से देखा और थोड़ी देर तक देखते रहे। ऋषि महातपा का रूप व उनकी आकृति श्वेत, शुभ्र, पवित्र व दिव्य ऊर्जा से विनिर्मित थी। इसमें प्रभापूर्ण प्रकाश था, परंतु तपन के स्थान पर सुकोमल स्निग्धता का सुखद एहसास था। उनके पूरे अस्तित्व से प्रेम, आत्मीयता व भावनात्मक मिठास का निर्झर झर रहा था। हनुमान कुछ देर इसी में डूबे रहे। तभी महातपा के स्वर ने उन्हें सचेत करते हुए कहा, ''वत्स! अब मैं गायत्री, वह परम गोपनीय मंत्र बताता हूँ, तुम भी मेरे साथ-साथ बोलना, जिससे तुम अपने सभी स्थूल, सूक्ष्म व कारण शरीरों को ऊर्जारूप में बदल सकोगे, साथ ही तुम्हारे अस्तित्व के सभी पंचकोश गायत्री के महाभर्ग से आप्लावित हो सकेंगे।''

इतना कहकर उन्होंने बड़े धीमे, किंतु मधुर स्वर में उच्चारित किया—ॐ

भूर्भुवः स्वः तत्सवितुर्वरेण्यं भर्गो देवस्य धीमहि धियो यो नः प्रचोदयात्। उनके इस तरह से उच्चारण के साथ यह गायत्री का परम गोपनीय मंत्र हुनमान के अस्तित्व में घुलने लगा। इस परम मंत्र में ऋषि महा तपस्वी के दीर्घकालीन तप की महा ऊर्जा भी समाविष्ट थी। इसमें भिन्न पाद के रूप में कहे गए गायत्री के तीन चरणों ने हनुमान के स्थूल, सूक्ष्म व कारण शरीर को दिव्य व परम ऊर्जा में रूपांतरित करना प्रारंभ कर दिया। भूर्भुवः स्वः की तीनों व्याहृतियाँ सहज ही उनका संपर्क सविता देव से स्थापित करने लगीं।

इस अनोखे क्रम के साथ ऋषि महातपा ने गायत्री की उच्चकोटि की साधना से संबंधित कुछ अलौकिक व अद्‌भुत क्रियाएँ संपन्न कीं। वे ऐसी क्रियाएँ थीं, जिन्हें संपूर्ण सृष्टि में कुछ ही गायत्री के तत्त्वदर्शी ऋषि संचालित, संपादित एवं क्रियाशील कर सकते थे। हनुमान ने भी इन्हें अपनी आत्मा में धारण कर लिया। जब हनुमान इसे धारण कर रहे थे तो ऋषि महातपा ने उन्हें सावधान करते हुए कहा, ''पुत्र! ये सभी क्रियाएँ दुर्लभ, अलौकिक एवं परम गोपनीय हैं। संपूर्ण सृष्टि में कुछ ही लोग इनसे परिचित हैं। इनका भेद तुम किसी से भी न कहना। इनके प्रभाव से प्रकृति की कोई भी क्रिया या परिवर्तन तुम्हारे शरीर को प्रभावित न कर सकेगा। प्रकृति के समस्त परिवर्तनों के बीच बड़े ही रहस्यमय ढंग से तुम अपरिवर्तित रह सकोगे।''

ऋषि महातपा के इस कथन पर हनुमान ने अपनी मौन सहमति व सम्मति दी और ये देवी-दुर्लभ क्रियाएँ गोपनीय ही बनी रहीं। बस, इनके प्रभाव अवश्य हनुमान के अस्तित्व पर झलकने लगे। भिन्न पाद गायत्री मंत्र इन रहस्यमय क्रियाओं से जुड़कर अपने विचित्र व अलौकिक प्रभाव दिखाने लगा। इसकी आश्चर्यजनक सक्रियता के साथ हनुमान की देह परिवर्तित होने लगी। कुछ ही क्षणों में अब उनकी बाह्य व आंतरिक देह ऊर्जा में परिवर्तित हो गई। यह विचित्र, किंतु सत्य घटना थी। हनुमान अब ऊर्जा रूप हो गए।

वहाँ उस स्थल पर ऊर्जा के जो विभिन्न रूप व आकार दिखाई दे रहे थे, हनुमान भी अब उनमें से एक हो गए। ऐसा होकर उन्होंने जाना कि वे भय से मुक्त आत्माओं के क्षेत्र में हैं। यह ऐसा आश्चर्यजनक क्षेत्र था, जहाँ विभिन्न मुक्त आत्माएँ अपने ज्ञानशरीर में रहती हैं। बड़ी विवित्र अनुभूति थी

यह। इस ऊर्जा के शरीर को पाने के बाद अब वहाँ के सभी रहस्य एक-एक करके उनके सामने प्रकट होने लगी। साथ ही प्रशांत व प्रकाशित होने लगे, वह दिव्य मार्ग, जो भगवान् सूर्यदेव के आध्यात्मिक लोक की ओर जाता था, वहाँ अज्ञान व अविवेक की छाया भी न थी। वहाँ तक पहुँचना ही ज्ञान की पराकाष्ठा को पाना था।

□□□